火车向前开

向前开

长篇小说

HUOCHEXIANGQIANKAI

王明学 著

中国出版集团

现代出版社

图书在版编目（CIP）数据

火车向前开/王明学著. --北京：现代出版社，2017.4
ISBN 978-7-5143-5969-5

Ⅰ．①火… Ⅱ．①王… Ⅲ．①长篇小说－中国－当代
Ⅳ．①I247.5

中国版本图书馆CIP数据核字（2017）第064533号

火车向前开

作 者	王明学
责任编辑	李 鹏
出版发行	现代出版社
地 址	北京市安定门外安华里504号
邮政编码	100011
电 话	010-64267325 010-64245264（兼传真）
网 址	www.1980xd.com
电子邮箱	xiandai@vip.sina.com
印 刷	北京一鑫印务有限责任公司
开 本	710×1000 1/16
印 张	16
版 次	2017年7月第1版 2022年7月第2次印刷
书 号	ISBN 978-7-5143-5969-5
定 价	42.00元

目录 CONTENTS

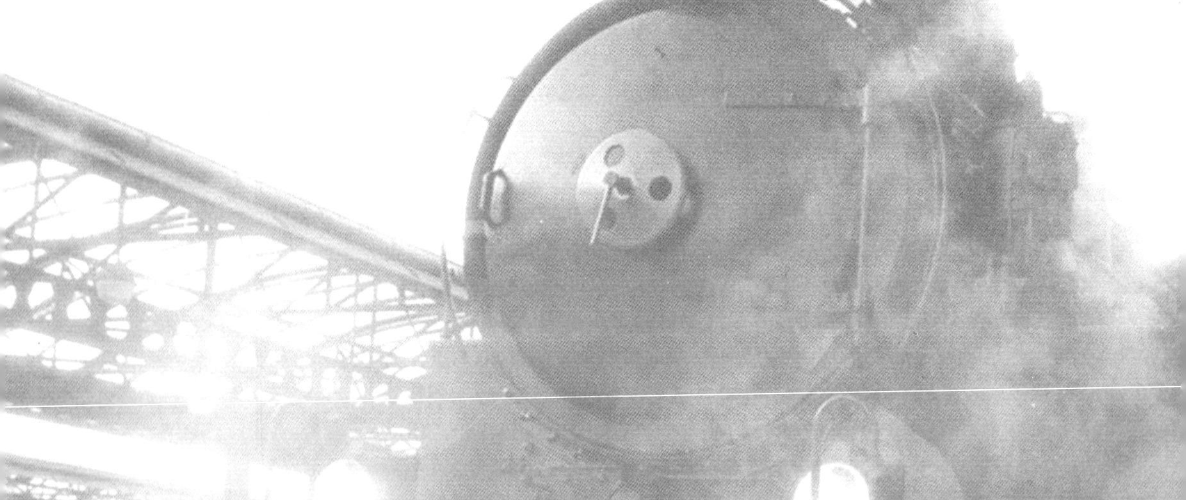

引 子

　　吴愤星的父亲不是亲生的，他亲生父亲被他现在父亲碾死，身首异处，血肉模糊，腥气冲天，惨不忍睹。吴愤星与现在父亲有着杀父的不共戴天之仇，但怪的是吴愤星一点不恨现在父亲。有人骂他浑蛋、糊涂虫，没血性，不是男人，白痴、傻瓜一个。骂的雨点劈头盖脸地向他砸来，糊里糊涂地纠缠他身心，像鞭子一样抽着他的人生，他痛苦过，惶惑过，挣扎过，可是，就是鼓不起向现在父亲复仇的勇气，他给我说这是因为他的意识明白，心没死，良知醒着，觉得现在父亲虽然是凶手，但不是坏人。虽说现在父亲碾死了亲生父亲，但亲生父亲也有错，过错不全在现在父亲。吴愤星把他知道的全部情况叽叽歪歪在我耳边讲了无数次，并提供了调查他和他现在父亲及有关人员情况的最大方便，要我写一下他和他父亲，不虚构不联想不推理不臆造，把真实情况反映出来，减去心里的重压，让生命出口长气。希望读者看后此书提点建议：做一个有良知男人好嘞，还是做一个有血性的男人强，或者什么……帮他做个选择。如果读者能看完此书，不妨给他去个电话，他会万分感谢你的。听说他备有价值不菲的纪念品和数目不小的奖金。他的电话是：12345678900。

　　下面就是我记录整理的《火车向前开》。

第一章　出事

1. 江边的鬼道湾又出事了：火车碾死两人，撞飞一小孩。

开火车的司机叫吴愧仁，他清楚事故主要责任不在他，可仍然忐忑不安，犹如头遭棒击，腰挨刀砍，脚受火烧，一股疼痛从心底冒起来，迅速扩散肝脏骨髓，此刻胸脯起伏，脸颊变色，气喘心慌，恨不得把手中的检点锤扔进长江去，让锤头与波涛述说悲惨和无奈，他脸阴沉，两道又粗又黑的眉毛剑一般地上翘，几朵愁云挂在上方哭泣：是倒霉，鬼摸了脑壳；还是残忍，凶恶的刽子手，活生生的两条人命啊！

发生事故的当时，他破例地下了驾驶室。夜空如洗，寒风袭人，在火车头惨白的头灯照射下，副司机把碾成血肉模糊的两具尸体从火车前轮下拖出来，放在钢轨边的水沟旁，路基上的腊肉、花生、鸡蛋、蔬菜等物品在阴森的月光下撒了一地，几只偷食的老鼠啄一嘴疯一般叫叫着跑去，冷风裹着强烈的血腥味直往鼻孔里钻，三米左右处小孩的哭声直撞耳鼓。吴愧仁走上前去伸手抱小孩，此时前方车站值班员通过专用步话机传来的第三次催促已经由大声的述说变成疯狂的吼叫：吴大车，你再不立即开车，占着区间线路，耽误了通过的特快列车，要负全责。祸闯大了，看你以后怎样在铁路上干，落了铁饭碗看你怎样过日子！

吴愧仁梦醒似地停住脚，右拳向空中砸去，朝天大吼：霉气呀，晦气！我这是在干人活吗？然后无奈地转身上车把车开出了区间，可那事故现场的惨景老在眼前晃动，小孩凄惨哭叫声一次次在耳边缠绕，他死死地抓住驾驶窗旁的木框，把杯里的茶水从头淋下去，任随淡黄的茶水顺着额头脸腮往下流，抓起锋利的小刀刺进粗壮的大腿，赶走麻木和迟钝，寻求一次次痛感，强迫自己头脑清醒，恢复自如动作，才终于顺利地完成了以后操作程序。

翌日早上退乘后，温暖的阳光洒满大地，初夏的天空无比明朗，可吴愧仁并没感到阳光的暖意和天空的清爽，神情灰暗，心存寒冷。通过机务段门外并列的八股铁轨线路，他走进了铁路住宅区。此地扇形坡面，浓密的树荫边，黄墙的低矮平房或者两楼一底的青砖楼房错综屹立，窄石梯坎和不宽的水泥路把楼与楼、房与房之间连得四通八达。左边是机务段的单身宿舍，右边是铁路家属住房。左右分界处有一块不大的平地，被一个叫月晓玲的青年女子占住摆了小食店。食店主要食客是来往上下班的铁路职工，生意时段浓淡，早上八九点钟最盛。摊主算不上漂亮女性，在公正男人的眼里，顶多三分加，但她是个有头脑的女子，虽然和各种年龄的男人大一句小一句的开着荤素搭配的玩笑，惹得单身老头和未婚小伙子脸红心跳，口水滴答，却把捏得恰到好处。女人要在世上混口饭吃，不能太傻，太实。太傻，莫名其妙成为富人或者官吏的玩物，玩腻了，要烦了，顶多给你一笔钱，可感情、青春、人格、自尊，成了发酵的酸面团，灰暗软弱，生菌霉臭，做什么也顶不了用。太实，穷得除了力气就是出汗水的男人，每天对你一千个笑脸，天天把洗脸水、洗脚水端在你面前，可是关爱和殷勤当不了饭吃，到头来，除了郁闷就是叹息，焦了今天愁明天，没个安稳祥和，哪算什么过日子！她瞅同学、乡邻命运，品自己优劣长短，挖空心思接地气，给自己绘出了婚姻活地图——于是这个从山乡走出的姑娘把视线落到了旱涝保收饭碗稳当的铁路工人身上，尤其是在火车头上干活的人。火车头上干活人分三种：司炉，专职烧火造蒸气，副司机重点负责瞭望，司机是火车头的司令，列车的威武雄壮气震山河，全由他的胆识和智慧创造。她用心灵的扫描仪巡视从眼前走过的穿铁路工装的小伙子，哪怕是结过婚离异了的也不放过。她试探过几个五大三粗的副司机、司炉，没得到温存和快感，遭到的是饿狼一样的猛扑，留下不少恐惧和余悸。高大英俊的吴愧仁是她仰望的太阳，高悬在晴朗的天空，望一眼就激动半天，脸颊发烫，悄悄地多打量几眼，搞不好晚上春梦连绵，浑身如抽去筋骨一样。她想接近太阳，却莫名的害怕，想和他说话，就是嘴不听使唤，手指飒飒颤抖，仿佛一下成为弱智女。不知情的他，极少主动和她说话，每次到小食店来都挺绅士客气地说，请小月下三两红汤酸辣小面，酸足，辣够。然后就坐在那里翻看从路边随手买来的报纸。摊主总是悄悄在碗底多放一坨猪油，或者从内屋里拿出最新鲜的花椒、辣椒放进碗里，有时还背过头去亲口尝一尝碗里的味道，是不是最棒最佳。对女人心有余悸的吴愧仁只觉得面好吃，店主服务态度好，没想过其他的，对月晓玲细腻的情感传导像绝缘板一块。这天他又来到小食店，照旧说出平日的要求。摊主从自己蓝花白瓷杯里倒出一杯香茶递过去：吴大车，面随后就到。

男人点头嗯了一声。

眼尖的摊主发现坐在自己眼前使人心跳梦绕的男人，眼里布满血丝，眉宇间深藏倦意，一副失落烦躁的样子，心里一阵莫名的隐痛，急切柔声地问：你昨晚很累吧。

哎，别说了，遇到最倒霉最揪心最惨痛的事情。

摊主正要问何事，那边来了几个常客大声吆喝：人都快饿断气了，快快下面来。月晓玲明知来人出语夸张，还是笑着走了过去。和气生财是小店经营的起码常识。

一会儿，吴愧仁吃了月晓玲端来的面，脸红起来，额头泌出细微的汗珠，他要的就是这种感觉。他站起来把钱放在桌上，眼睛盯一盯女老板，她仍然和那边食客友好地说笑，他走了两步又回过头来：月老板，有没有江津老白干，来一瓶。

有哇，吴大车，等等，马上就来。月晓玲边说边走了过来，拿起平柜下方的酒瓶，用湿毛巾擦了又擦，没灰尘非常满意了，才递过去，想了一会儿，感到还没尽意，又转身到里屋拿出两个盐鸭蛋递过来。

这盐鸭蛋好多钱一个？

什么钱不钱的……吴大车，就两个蛋？算我请客，这点还是请得起。

不，不，哪能吃白食，他抬头正经地望她一眼，小生意赚点钱不容易，不说个价钱，蛋我就不要了。

你呀，就是那样没劲。哎，你实在要拿钱就两个蛋一元五角钱。

吴愧仁放足钱在桌上，转身走了。

月晓玲忙完那边的事过来收钱，拿到手上数了数：哪要得到这么多嘛，这个男人是粗心？还是大方？或者是……她脸红起来，心里道：花痴，贱人，真不害臊……尽往那方面想。

没走多远，吴愧仁忧愁疼痛又上来了，恍恍惚惚的，生平第一次如此。回到家，父母不在，他草草地收拾床铺就躺了下去。这是套铁路老式职工家属住房，内间父母住，外间客厅、饭厅、书房、卧室，十一平方米全部兼用。他躺在床上希望快快入睡，可事与愿违，眼皮扑扑地跳，数数，吐长短气，默念丹田……催眠术用尽，神经依然亢奋，像有一条打不跑的癞皮狗缠在脑壳里跳。他干脆翻身起来把盐蛋切成四块，用大口盅倒出酒来，一口接一口地喝，盐蛋什么滋味感觉不出，酒从喉咙辣到肚皮，热到头顶，仿佛钻进蒸笼里。很快他从门后挂着的玻璃镜片里看到自己眼珠发红，目光僵硬，额头、脸颊发青。他拍着自己的脑门，叫着睡，睡，什么也不要想了，可眼前一朵朵发亮的小金花乱飞……此时响起开门声，父母亲回来了，看见儿子横躺在床上，满屋酒气，父亲赶忙把窗户打开，一阵冷风袭来，吴愧仁咳嗽了两声，母亲立即把窗户关上，又觉得不妥，赶忙把窗户打开一条极小的缝，还用软绳把窗扣套上。

父亲拉开吴愧仁床头边的灯，见儿子面容憔悴，额头冒汗，仿佛害了大病，摸摸儿子没发烧，悬着的心才落了下来。他已经从旁人的闲聊里知道儿子昨晚出了事。闲牛吹得玄乎：说什么鬼道湾的游魂野鬼组织深夜麻将比赛，个个上阵，乌虚呐喊，拳打脚踢，天昏地暗，阴府无光，输得邪火噼啪的黑白无常晕头转向地乱呼乱跑，慌乱中硬把一对年轻农村夫妻拉去赛场凑角子，当炮灰……

父亲的抚摸使儿子睁大眼睛，轻声叫道：爸，泪珠断线似地向下滚。

孩子，别在意，常在江边走，哪有不湿鞋。

不是那样的，爸爸，如果说我当时想得周到些，临近鬼道湾就把列车速度减下来，不是看见异常情况才采取措施，就可能完全不一样了。

2. 这几天吴愧仁住在百里之外的机务折返段（火车头调换方向，上煤水的地方），车队长告诉他车伤的处理还算顺利；两口子死了，没啥近亲，只有一个隔房的叔伯，说什么都不答应抚养孩子，说自己残疾人一个，哪还有能力照顾小孩。只得村长暂时照看，跟县福利院联系一下，看能不能送到那里。回到机务段本部，吴愧仁仍然惦念此事。

早上九点半钟，铁路机车乘务员集中学习。吴愧仁早早地来到，见时间还早，就站在宣传栏前看里面的文章和插画。他觉得现在形势变化快，有些理论和观念是前些年想都不敢想的：比如以经济建设为中心，过去讲是以阶级斗争为纲嘛；实践是检验真理的标准，过去是执行最高指示不走样；发展生产共同富裕，以前是越穷越光荣……

突然一个小孩拉住他的右边衣襟，带着哭腔地喊到，还来，把我爸爸、妈妈还来，就是你把我爸爸、妈妈轧倒的。

吴愧仁转过头来，见一个六七岁的小男孩，脑壳圆圆的，个头瘦瘦的，全身穿得破旧，一双帮底快分离的解放鞋前端露出不安的脚趾头，泪水掩盖下的眼里闪出炽热的光。他明白了是怎么回事，转身弯腰说：孩子，对不起，向你赔罪。我也不愿意那样做。

你不愿意？哪个把我爸爸、妈妈轧倒了，说谎，呸！遭狼吃。孩子朝地上吐了口唾沫，手抓住他衣襟使劲扯动了几下。

孩子，你听我说，吴愧仁腰弯得更低了，他本想说我也有责任，发生事情后成天做噩梦，但看到孩子凶神恶煞的样子，怕长了他邪气，就改口说：谁叫他们半夜三更在铁路上走？

谁叫你把火车开过来。火车停下来让我们过了再开嘛。你这个坏蛋，把我的爸爸、妈妈还来。小孩说着抢起胳膊向吴愧仁额头打去，幸好他闪得快，小孩扑了个空，向前跟跄了几步，他急忙抓住了他胳膊才免得摔到地上。小孩又抓起地上的碎石向吴愧仁撒去，他头一偏躲了过去，碎石落在宣传栏上嘣嘣响，有几颗石子砸在旁边的火车副司机二蛮头上，他有几分火了，平常他习惯作弄人哪吃过亏？此刻夸张地放开嗓门吼道：哪来的野小子，敢在机务段里打人，怕不怕我提起胳膊把你甩出门去？眼睛如牛卵子般。

你敢，小孩转身用头向二蛮撞去，二蛮赶紧窝住肚腹，肚子被头抵住退后了好几步。二蛮脸似猪肝，抢起胳膊向小孩甩去，吴愧仁担心事情闹大不可收拾，急忙挺身护住小孩，他拉住小孩往旁边一侧，二蛮的耳光落在了宣传栏板上，他甩着手掌跳来跳去，痛得呀呀地叫，小孩看到此情破涕为笑。吴愧仁拍着小孩肩膀讨好地说：他好狼狈……活该，你走吧。不然等会他要找你算账。

小孩警惕地说，你……，我不走，不怕，就要爸爸、妈妈。

二蛮忍住痛仍想占便宜，指着自己的鼻子说，小孩，你看我像不像你爸？

小孩又向他扑去，吴愧仁赶忙喝道，二蛮子，还逗？他真叫你爸，你喂得起，养得活，担当得了吗？

这时屋内车队长闻声跑出来，对小孩说袁野，前天不是说好了，今天怎么又跑来了，有啥事？

村长在外头忙，哪有时间管我？他老婆何姑姑凶得很，我饭都没得地方吃，我就要我爸爸、妈妈。还来，还来。他嘴朝着吴愧仁，唾沫飞了对方一脸。

吴愧仁抹了把脸，沉住性子，弯腰低头说，你还没吃饭吗？边说边把孩子拉到了机务段大门口，指着对面的小食店说，那个店的女主人姓月，我们熟，你去跟她说，你是我的亲戚，要吃啥子自己喊，我到时候付钱给她就是了。

袁野说，我到那里吃饭，顿顿吃肉嘎嘎哟。

二蛮插嘴道，吴大车，你心肠太软了，这种农村崽儿，巴到就扯不脱哟。

袁野对着二蛮鼓起眼睛道，你才是崽儿。我就喜欢吃肉嘎嘎！

就在这时一个黑壮的中年男子从机务段大门口冲进来，二话没说，弯腰把袁野像米口袋一样地扛在肩上转身走了，嘴里说，你这个野孩子，一转眼就跑到这里来了。

车队长认得来人是村长。他对吴愧仁等围观的乘务员说，娃儿造孽——麻烦多着呢。拜托各位跑车的大车，当班多长个眼睛，紧急停车灵光点。

当天学习完后，为避免节外生枝，领导再次安排吴愧仁到折返段住点，半个月才换回来。

机车乘务员调这派那家常便饭，月晓玲见惯不惊，也没去多想。不过她已经从别人闲聊吹牛中了解到吴大车出事的缘由经过。火车轧死人不稀奇，稀罕的是死者的娃儿扭到铁路费。听说小孩去拦过出乘路上的吴大车，用木棍狠狠地打吴大车的后背，吴大车没还手，连哼都没哼一声——是小孩气性大，还是吴大车忍得气，换个人小孩哪敢？现在的小孩，犟得很！快看快看，那个犟拐拐小孩不是又来了。

月晓玲看袁野今天脸洗得干净，上半身穿件八成新衣服，就是大了点，不晓得哪个好心人施舍的。她细看小孩，宽额大脸，五官生得端正，眼珠转动间透出机灵。她第一次见到袁野是20天前擦黑快关门的时候，她听到了院坝边响起刷刷的声音，以为是狗啃骨头猫追耗子之类的响动，没当一回事，可声音越来越近，越来越响，就走到外面一看，一个六七岁男孩在扫地，尘土飞扬，灰雾障目，沙粒乱响，她赶忙拿起纱网罩住柜上桌上的佐料菜蔬，气愠道：哪里跑来的娃儿，捣什么乱。

小孩专注扫地，没听到她的话，手上继续着。

哎，谁叫你来捣乱？她夺过他扫把。

小孩抬起头来，用衣袖擦额头和脸颊上的汗珠，一张娃娃脸顿时花得只剩下眼睛转了，小孩说，月阿姨，我帮你扫地，完了再给你擦桌子、板凳。

谁叫你来的？我自己能做。月晓玲说着生分话，脑海却搜寻小孩是谁？为什么要到这里来套近乎？片刻想起吴大车给她讲过，有个父母双亡的小孩造孽可怜他有责任，要到这里吃东西，只管给他，钱他来付。月晓玲问，你是不是叫……？

我叫袁野。

你是不是……机务段，哪个的亲戚？

我不是他亲戚，他把我爸妈轧倒了，恨他。阿姨，我帮你干活，我会洗碗、摘菜、端水、扫地，有饭吃就行了。

你开啥子玩笑？小不点。她顿时明白怎么回事了，态度转了弯：小朋友爱劳动，阿姨喜欢。不过，到这里来就要听阿姨的话……过来洗脸、洗手后再说。再机灵的小孩也敌不过聪明的成年人，几喝几哄几诈的，袁野就把来龙去脉全说了，月晓玲劝导他：吴大车与你的妈、爸今世无冤前世无仇，过去认都认不到。哪会故意用火车去撞去碾，——你听没听没说过，她睁大眼睛夸张地舞着手说，鬼道湾游魂野鬼多得很，一到后半夜就哀声怪气地哇哇乱叫，追撵捉人去喝血吃脑子，你妈和老汉可能遭鬼摸了脑壳，恍惚了，啥都不知道，睁起眼睛乱转，要不然，深更半夜怎么会去和火车争道，……好在，苍天有眼，把你给留下来了。

袁野听了月晓玲的添油加醋脊背都凉了，想起那天深夜迷迷糊糊地躺在爸爸的背上，又迷迷糊糊地被甩到铁路轨道外面的地上，只晓得张嘴使劲哭，到底有没有孤魂野鬼哀叫没在意，也没听到。可能有，也可能没有……肯定有，要不然爸爸妈妈怎会去跟火车抢道？他吓得直哆嗦起来。

月晓玲继续说，你不晓得，那个姓吴的火车司机出了事，悔得肠子都青了，成天眼睛发直，走路神恍恍的，见人就磕头作揖地说，请告诉我哪里有后悔药卖嘛，要能买到后悔药，就是不要我这条命，也要跑去买二两吃下去重新来过。

他真磕头，买后悔药？袁野惊讶，且几分疑惑，一圈白牙泛光。

可是呀，小朋友，你知道吗，世上这样药那样药多如牛毛，可就是找不到后悔药卖。能找到后悔药卖，我都去找点来吃，把自己变成个男的，生在有钱有势的人家。可找不到后悔药呀。找不到后悔药，就是说发生过的事就不可能从来，袁野呀，你人小，遇到的事不多，可道理一样，只得认命。月晓玲连想起自己的身世眼圈发红。

袁野似懂非懂的，然而心中的怨恨开始松动了。

3. 吴愧仁驻点回来，见月晓玲问，小男孩来没有？吃了多少钱，我全给。

月晓玲说：小孩懂事、勤快、机灵，吃倒没吃啥子，忙倒帮了不少。玩笑道，用童工政府晓得了遭罚款，你可要背起哟。

吴愧仁说，背就背，有啥子嘛，连你背起来都行，我的背宽厚。

玩笑话无心，听话人却有意思，脸红到耳根，向他甩个媚眼：你敢。

吴愧仁确实不敢，他在女人面前吃过亏。

吴愧仁休息的时候爱到铁路文化宫翻看报刊，借阅书，几个管理员把他认熟了，有什么好书都给他留着。这天晚上天黑尽了，繁星眨眼，路灯齐放，吴愧仁手捧一本《唐诗鉴赏辞典》从文化宫出来顺石梯坎下公路回家，闻到一缕醉人的栀子花香。花香来至何处？这个地方没栀子树呀，循着花香走去，他发现不远处的路边两个小孩卖花，一男一女，男孩圆脑壳大眼睛，那不是袁野吗？他要过去，转念却停住步，因为风把两个小孩的对话送进耳里：走吧，袁野，回去了，天黑这样久了，哪来人买哟？

俏俏，再等一会吧，花卖不完，回去我没饭吃，何姑姑又不准我进屋。

何姑姑心肠太狠，昨晚又打了你吧，我们屋里都听到你哭叫声。

俏俏，我肚皮饿慌了，拿了狗碗里油饼子吃，姑姑看见了，说喂狗的，你哪能吃？

吴愧仁实在忍不住了，眼里包着泪水，他走过去，愣了一会儿，强按住悲愤说：小孩，我买花，全部要了。从包里摸出张大钞票递过去。

袁野抬起头来看清买花人，吃惊地说，你买？

是我买，全部要了。吴愧仁把钱塞进袁野手里。

袁野从包里摸出零钞找补。

吴愧仁说，算了，不补钱了，都作买花。

我哪来这么多花？我不能白要你的钱。袁野把补的零钱递过去。

吴愧仁柔声说：你这孩子，说不找了，你就不找了吧，多几个钱烫你手？

——那今晚只卖你两把，我记好账，你明天来拿，我天天晚上都在这里或者那边的屋角卖，总共还差你六把花对不对。

吴愧仁摸着袁野黑漆漆的头发说：好，我知道了。

他刚要走，袁野从俏俏背篼拿起一束花，拉住他的手说，等等，这把花不是卖给你的，也不在你付钱之内，我想你回铁路住宅区时把它带给月阿姨。为什么呢？前一段时间，我到她店里吃了好几次面都没给钱，这花就送她。

吴愧仁拿着栀子花送给已收摊的月晓玲，她捧着鲜花嘻哈地笑个不停。随后两人围着栀子花叽咕了一阵子。吴愧仁走后，月晓玲找出个天蓝色瓷瓶，在繁乱拥挤的屋里挪出块空地，把栀子花插进瓶，郑重地搁置着。雪白的栀子花依偎着青色枝条静静地吐着香气，屋顶的白炽灯眉开眼笑。她心里美滋滋地：傻傻的吴大车，俊哥哥，我的太阳，说袁野托你送来鲜花，就直说你送我鲜花不是更好吗？

从那以后月晓玲带着吴愧仁的嘱托再忙也安排时间去碰袁野，从他那里拿回一捧捧时令鲜花，她把这些花放在小店最外面的木方桌上，有人买就卖，遗憾的是，这里以前没经营过花，月晓也没有精力和时间去扯起喉咙大声叫卖，于是大多数时间是瞪着鲜花枯萎，目送其入垃圾箱。第二天她再去袁野那里买。时间长了，袁野想月阿姨怎么会要这么多鲜花，天天都来买，未必她拿去再次赚钱。他悄悄跟随她后面，终于知道了事情的真相，他拉住月晓玲说：月阿姨，你为什么要这样做？

月晓玲说：我只是个跑腿的丘二，给钱的老板是吴大车，你看他给买花的钱还有这么多。她跑进屋，从一个木箱里摸出厚厚的一叠钱。袁野感到有一股说不出来的热流由心中升起，暖暖的，一波又一波涌动，巴着骨，贴着肉，全身流淌。一天中午，袁野被一个大男孩欺负，抢了他的背篼，还把他推下水沟，恰巧碰到吴愧仁路过，吴愧仁挥动胳膊几喊几吼吓跑了大男孩，扶起袁野，帮他擦身上的泥土，揉受伤的腿杆，带他到对面的饭馆饱饱地海吃了一顿，还领他到儿童商店买了两套新衣服。袁野感到就是自己亲爸亲妈在世也没得吴愧仁好。当天晚上他终于忍不住了，藏在铁路住宅区拐弯处，猛地钻出来拦住出乘路上的吴愧仁动情地说，你为什么要对我这么好？两行热泪吧嗒地往下流。吴愧仁弯下腰说，我……不好。真的，袁野小朋友，叔叔不好，心头有愧。

袁野一下紧紧地抱住了他的腰。

吴愧仁再次从驻乘点回来后，月晓玲见到他慌张地说，最近几次找袁野拿花都没见着人，不知他到儿童福利院去了，还是出事了？

哦，吴愧仁脑壳嗡嗡地响，仿佛跌入万丈深渊，他强迫地镇住情绪，自语道，小家伙懂事机灵，他真要走哪去，肯定要说一声。嗯，十有八九出啥事了。

真的吗？没深想的月晓玲更加慌乱起来。

吴愧仁开始找袁野了，东奔西跑地找了几个晚上，始终没见人，一天傍晚在路边寻到了前次和袁野一起卖花的小姑娘俏俏，从她嘴里知道，袁野背猪草太重摔进坡沟，伤了脚杆躺在屋头好几天了。

你带我去找袁野，我要见他。

那我的鲜花卖不了了？俏俏说。

吴愧仁从包里摸出大钞票，递给俏俏说，这些鲜花我买了。

俏俏带路，吴愧仁转了七道湾过了三道坎，来到乱石坡下的土房院子里，四处空空的，除了鸟叫，连狗吠声都没有。推开一扇破旧的木门，进到低矮窄屋，一股刺鼻的霉臭味袭来，吴愧仁赶忙捂住鼻子，在窗口投进的微弱光亮下，他看见袁野睡在一堆乱草丛中，脸色苍白，反应迟钝，他喊了几声，袁野才木痴痴地望着他，张嘴要说什么，可什么也没说出来，鼻涕呼呼响。

吴愧仁拨开乱草，见袁野腿杆红肿，问怎么没去医院？谁来照看你？

何姑姑说，小孩摔伤，家常便饭小事，包几天草药就好了。

胡扯。看来你是伤到骨头了。他们人呢？

袁野摇摇头。

吴愧仁二话没说，弯腰背起袁野就往铁路医院跑。在医院，他通过各种关系，献烟送笑赠红包，千方百计给袁野治伤。一个多月后，袁野伤好该出院了，出来到哪里去呢？吴愧仁和他的父亲分头去找村长找何姑姑，都没找到，问旁人也不知去向。村长和他老婆搞的什么把戏，人间蒸发了！

把袁野送到区儿童福利院去吧，他哭天泼地的坚决不去，说那里的小孩都是弱智、傻子、断手杆、跛子的，一点都不好耍！吴愧仁的母亲杨莲去医院看受伤的袁野差点惊叫出声来，她说这个小孩，我认得到，那回在菜市场买菜不是他提醒，我的皮包就遭贼娃子摸去了，我当时要感谢他，可眨眼就不见人了。当听说袁野出院后没去处时，她说暂时住我们屋头吧，挤到点过日子，以后再跟他寻个好去处。

在场人点头，只好暂时这样了。

第二章　相亲

1. 袁野住进吴家，增加了室内密集度和饱和量：过去天天打开的餐桌现在收起来，用时放平搁正；木质长椅正式晋升为简易床，吴愧仁爱看书，东搁一本，西叠一堆，现在收拢来堆放在了床头柜上。好在吴愧仁经常跑车不在家，袁野那时就可以在他的床上扯伸脚杆享受宽敞了。

这样的住宿袁野感到温暖如春，他倍加珍惜。每天起床后抢着做家务事：捅火炉、倒煤灰、扫地、抹桌子、端花盆，他发现吴贵生老爷爷喜欢喝早茶，起床的第一件事就是把炊壶搁在捅开的炉子上烧鲜开水，然后泡上一杯浓茶，吴贵生老人睁开眼睛就闻到满屋茶香，嘴巴甜甜的，一天精神都清爽。杨莲老太太过去最烦心是买菜，买少了价格贵不说，一天光买菜就走几趟，还做不做其他的事情？一次买多了手臂提得又酸又痛,特别是回家要走二十几步石梯坎,累得满头大汗,现在好了,一买菜袁野就跟在身旁,背个竹篾背篼,多买点菜也不操心没人拿了。老两口不止一次地说,袁野这个娃儿乖,懂事,勤快,要是房子宽点,儿子又娶了媳妇,就把他一辈子留在身边,多个人多双筷子多个碗嘛!

老两口眼前最操心的是儿子娶媳妇的大事情。

莫说老两口儿就是吴愧仁自己也搞不清楚,月下老人那根演绎千古绝唱,造就惊世悲喜的姻缘红线为什么就抓不着,看到看到要飘拢了,不知道什么地方一阵风来,红线又从眼前飘过了。吴愧仁想:是不是前些年被女人强迫做了那事,倒起霉来,霉起冬瓜灰,那事不能怪我,我也是受害者。妈妈说吴愧仁小时候吃了猪脚叉,媳妇都被猪脚叉走了。爸爸说别信迷信,是时间没到,譬如我三十五岁才结婚,一辈子不是过得有滋有味嘛?妈妈揪着爸爸的老脸说不害臊,你还不是趁我父母死在坏人的刀下,把我连哄带劝地拉走,不然我一个富家千金小姐哪会嫁给你一个老铁路?

老铁路配书香之女,月下老人的红线就牵得好,你没看到我每月到十五,对着月亮拜谢吗?妈妈又要去揪爸爸的老脸,爸爸闪开了,屋内响起哈哈的笑声。

如果埋怨寻媳妇眼睛过高,实在活天冤枉,我们的火车司机吴愧仁自知平素草芥一个,无背景和超人智慧,从没做过找富婆发财、找权势人家女儿当金龟婿的美梦;但随便找个女人结婚安家,他也不愿意。古今中外的书告诉他:婚姻不光是男女间性的愉悦和满足,前次被女人强迫发生性行为,一点不愉悦舒服,全是恐惧和耻辱。婚姻应是生死相许的心仪。经人介绍或吴愧仁追求过的女孩可以坐满火车车厢的两排椅子,可就没一个女孩成气候的。看着父母亲望眼欲穿的样子,吴愧仁心酸了,觉得自己命运多舛,怀疑自己想多了,甚至责怪自己书读多了,倒是没文化没思想,找个女人就结婚,可能娃儿都会上街打酱油了。饱经风霜的吴贵生对此心头着急,嘴上却说得淡,他说愧仁儿子,在婚姻这条道路上,你就要像开火车闯坡那样,信心足,斗志旺,眼睛永望前方,不管三七二十一,全力确保水足汽满,炉膛火盛苗旺,一个劲儿向前冲,冲上了那个坡，幸福日子就到了。

听到父亲说开火车闯坡，天地间阴阳之气瞬间鼓满吴愧仁胸膛，他仿佛身体增高八尺，全身热血沸腾，血管鼓噪，脸颊发红，两眼深邃，眉间含笑，急急地接通友人电话，说按时前往约会地点，与又一个姑娘见面。

吴愧仁穿戴整齐，平视前方，挺胸收腹地步出家门，好像去完成一次必需的特殊运输任务，恰好和去理发店做过头发回来的月晓玲迎面相遇，月晓玲见他穿得伸展，容光焕发，便玩笑道：又去相亲哈，吴大车？

吴愧仁点点头，挺挺胸，一副得意样。

月晓玲心头酸溜溜的：相亲？相鬼的个亲，一点眼水都没得，傻头傻脑，白痴呆瓜，情不会，意不懂，心头不开窍——哪个姑娘看得起你？除非……嗯，她捏了下自己嫩白的脸蛋，感到自己如一颗熟透的苹果，喷吐着青春的香艳，却被一个睁眼瞎忽视，冤屈死了。等吴愧仁走远了，月晓玲对着他的背影仍然骂声不断。

2. 吴愧仁来到长江边一个古色古香的茶楼，滔滔江水哗哗东去，阵阵春风送来桃李的清香。此刻坐在对面的是一个中学女教师，厚厚的玉粉掩饰不了眼角和眉心不浅的皱纹，她像期末向学生出考题一样，侧着头向吴愧仁提出一道又一道问题，吴愧仁面带微笑恭恭敬敬作答。

请问你会唱歌吗？女教师问。

卡拉OK厅去过几次，那里的歌曲不适合我。

哦，你歌喉奇特，能不能唱几句？

我不会唱，唱不好。我唱歌，你心头跳，眼放光。

哦，你还有点幽默嘞，不要谦逊嘛，心头跳，眼放光，说明对你有感觉，请你就随便唱几句……

在女教师再三催促下，吴愧仁来到窗前，望着滚滚的江水，一片红光浮在江面上，几只水鸟临空飞翔，来往的船只破水前行，联想到跑车时阳光灿烂，彩霞满天，凉风徐徐，高山峻岭雄伟，辽阔草原苍茫，飞禽走兽雄壮，江河瀑布滔滔，心胸豁然开朗，热血上涌，定眼如神，就扯开喉咙，把肺腑之气打开阀门般放了出去，震得鸟儿惊喳喳腾空乱飞，桃枝柳树遭狂风吹般颤抖，旁边的茶客和老板拍手称赞好大的气量，好棒的神韵，好雄的音色。

女教师问：这就是你唱的歌？

不是我一个人爱这样唱，我们铁路的机车乘务员都喜欢如此唱。每当夜深人静时，寂寞、枯燥、疲惫袭来使人神经麻木，睡眼蒙眬，为了自己和车上旅客的生命财产安全，我们都趁列车交会时，抓紧时间下到站台上，面对月亮星星，朝着黑乎乎的河流原野如此放声地吼上一通，也怪，脏气、废气、怨气、阴气跑出后，再蹬上机车，神情焕发，睡意全无。我……唱了，别见怪哈。

女教师苦笑了一下，心底说：神经。

被叫作神经的吴愧仁非常失望，因为他从女教师的眼里看到了轻蔑和冷漠，但仍然讨好地说：我们到那边去走走好吗？听说才建起个公园。

女教师犹豫了一下，才站起来跟吴愧仁出了茶屋。说实在的，女教师配吴愧仁，单从人才讲，她还显得约逊一筹，吴愧仁高大魁梧，她身长脚杆短，肩膀宽脑壳小。路人不断向男士投来赞许的目光，暗言男士身边的女人不是大款，就是权势者。如果聪明人要找男女搭档感觉，此时的女人感觉应该特好。可是人与人不同，花有几样红，萝卜白菜各有所爱。

两人走久了，女教师高跟鞋打脚，越走越吃力，那就叫辆出租车吧，不是吴愧仁舍不得钱，运气背，左等右等就是没出租车来。来了辆公共汽车，等车的人潮水般涌过来，抢上车门。吴愧仁护着女教师，旁边一个七八十岁的老太太也紧挨着他。不知是哪个家伙故意捣蛋，从后面突发力，人群向前直倒，吴愧仁赶紧身子往右后侧挡住向前扑的人群，护着老太太免受伤害，左边的女教师却被挤倒在地上。结果是老太太、女教师、吴愧仁都没上到车。老太太一再感谢吴愧仁，说他心肠好赶她的寿，活一百二十岁不算长。女教师左脚杆被擦伤一块皮，吴愧仁摸出自己浅色的手帕给她包上。并自责地道：都怪我，去逛啥子公园哟，在茶馆喝茶安逸得很嘛。

吴愧仁和女教师再次进到了另一家茶楼。女教师揉着受伤的脚，斜眼江水淡淡流，几片枯叶飘在水面，不快和丧气蜕变为挑衅，冒出被愚人重复过无数次的问题：如果说船在河中间翻了，一个男人的母亲、妻子都落到水里，两人都不会游泳，你说这个男人应该先救哪一个？心亮如灯的吴愧仁愕然。

这件事情后来遭吴愧仁的母亲知道了，骂他脑壳太笨，做事傻，说话就不晓得倒个拐拐，转个弯弯，你就说先救妻子又哪样？我都是五六十岁的人了，多活一天少活一天没啥呀！

吴愧仁心结疙瘩，苦恼地漫步，鬼使神差地到了月晓玲食店门前。他耍朋友接触的女人不少，可谈得拢的不多。姑娘群中，月晓玲还和他说得上几句，每次说话摆龙门阵她眼睛都望着他，至少关注尊重吗？月晓玲见到他愁眉苦脸的样子，就晓得这次见女朋友又鸡飞蛋打了，心头暗暗高兴，却装出漫不经心的样子，故意打趣地问，这次你见面的女朋友肯定年轻、漂亮、有文化、工作又好。

你啷个晓得的嘞？

你的眼睛告诉的哇。她顿了下：你的眼睛好高吗？平常的女娃娃，眼睛都不瞥一下？

你冤枉我，月晓玲女士，是别个看不起我嘛。

哦，她是个啥子人？连我们的吴大车都看不进眼，真是瞎眼咄咄了。

你过奖了，月晓玲。我正想向你请教个问题，你们年轻女娃娃最了解女娃娃的心。

啥问题？

吴愧仁把女教师提的翻了船先救母亲还是先救妻子的问题一五一十地复述了一遍。月晓玲笑起来了，心里明白那个女教师根本没看上吴愧仁，要不然谁会耍朋友初次见面就提如此使人难堪的问题。但她却不愿这样说，害怕伤了自己喜欢的男人，就说，让我来回答，肯定男人谁都不要去救，他先救自己吧。

你是这样想的，不得行呀。我说先救母亲她都发起火来了，还敢说救自己？

你说爱情是什么？她盯着他问。

吴愧仁背出句名言：爱情是一个狂热的奇迹，它使星星放声歌唱，岩石迸裂粉碎，山岳插上翅膀。他笑望着她又道：真正的爱情始终使人向上，不管激发这爱情的人是谁？

月晓玲红着脸说，我不懂你这些大道理，也不会你这些文绉绉的话，可我晓得如果爱一个人，就应该努力使这个人生活得好，敢于为所爱的人牺牲自己的一切，如果说这个男人在救母亲或者妻子的时候死了，作为妻子的女人活着还有什么意义？

哟，看不出来呀，月晓玲，你对爱情的见解如此深刻，佩服，佩服！

月晓玲心里说，佩服个屁，我对你的心意，你就真的不知道？

吴愧仁说，要是那个女教师像你一样认识爱情就好了。

3. 面对再次碰壁，吴愧仁的父母亲继续给他打气：东方不亮，西方亮，黑了南方有北方，只要敢追求，到时候感动了老天爷，说不定什么时候就把一个能干漂亮的媳妇送到你面前。

吴愧仁又来劲了，头一昂，呼地站起来，嘴里道，我不相信落马坡要落马，我还想骑马哩。他仿佛坐在驾驶室里，上拉蒸气机车锅炉注入蒸气的气门把，下握驱动列车轮子前进的手把，眼望前方，岩石和花草向后闪去，一脸牵引列车闯坡的勇猛豪情。

父亲拍着他的肩膀说，好，开火车的就得有火车头样子，抽时间和另外的女孩见面。

我们的工薪族吴愧仁，外表形象抢分，职业说得过去，岁数也不太大，因此愿意和他见面的女孩真不少。

这次和吴愧仁见面的是一个百货公司的女营业员，金丝框眼镜在凸突的宽额下一次次下滑，又在修长的手指推动下再一次次上行，镜片后的眼睛反复地打量眼前高大英俊的火车司机，满脸雄壮阳刚气，心里道，这才像个男人样。笑着问，你们开火车到不到北京、上海？

去北京、上海是列车上的列车员、检车员，我们开火车只到百公里左右的折返段就换班。

哦，那你们买不到贵州的烟、上海的糖、广州的百货、北京的布鞋哟。

只要有钱，拜托人帮忙还是买得到，只是量大了不行，次数多了不好。

你们火车头买得到便宜货不？

买几只鸡，带两个鹅，顺便带点菜回来吃新鲜还是可以的。

那就买几百斤莲花白菜回来，转手也要赚些钱。

机务段领导查得紧，捎、买、带多了要遭处分。

哦，是这么回事。眼镜营业员兴趣一下没有了。她冷静地对火车司机说，我先走到，有点急事，你再坐坐嘛。

吴愧仁感到意外，只好说，哪，你走好。站起来把她送到门口，还举起手来挥了挥，礼貌地说，慢走，再见。

眼镜营业员心里叽咕道：再见，你等到起吗！这个社会人再漂亮当不了饭吃，还是赚大钱拈便宜才实惠。

接下来准备和吴愧仁见面的是一个运输合作社的女会计，她矮矮胖胖，粗手粗脚，宽额大脸的，特别讲究过日子的基本条件，还没和吴愧仁见面，就在介绍人的带领下悄悄地摸到吴愧仁的家里看殷实，恰好碰到袁野从屋里走出来，吃惊地问小朋友，你住在这里吗？袁野被问得恍眉恍眼的，搞不清是哪个回事，就点点头。然后到外面去捡废纸、废塑料瓶子去了。

女会计一下和介绍人发起火来：你们要说真话，到底吴愧仁结过婚没得？高大英俊的火车司机会找不到婆娘？肯定是你们联合起来骗我。介绍人把有关袁野的情况反复解释，她还是嚷嚷道：我是个最讲实际的人，多一个人多张嘴，吴愧仁挣那点钱够吃？未必，一辈子吴愧仁就和他的妈、老汉住在一起？跟你说清楚，袁野是暂时住，过几天就找个地方把他送走。

我也把话说清楚，不把娃儿送起走，要和我耍朋友，没门！

4. 我们的吴愧仁暂不知此事。经过这段时间接触，他对袁野产生深深的爱怜和眷恋，多懂事的娃儿呀，不像一般孩子那样把耍的天性展示尽致，而是渴求知识，时常自觉在屋里，一会儿拿一本书翻来覆去地看，能不能看懂且不深究，可全神贯注一本正经的神情就让人惊奇；一会儿又找出张旧纸和铅笔在上面画画写写，坐下去一动不动的就是个把小时。吴愧仁想起自己小的时候也喜欢看书读报写写记记，那时找不到书读，报纸也不多，翻来覆去一个腔调，看到稍有点知识和文采的字句就抄下来，抄不赢就趁人不注意地撕下报纸，悄悄地藏在衣兜里，次数多了，引起管理阅览室老先生的注意，那次抓了个正着。老先生没责备他，只说以后别这样做。不久，老先生还送了几本线装书给他，有孔子的《论语》，老子的《道德经》什么的。这个老人前年去世了，吴愧仁伤心了很久……袁野求知欲特强，应帮助他。

一天袁野把茶杯端到吴愧仁面前，眨着明亮的眼睛说，叔叔，我想和其他小孩一样上学读书。

吴愧仁喝了口茶，美美地道，要读书，好事！人没知识就像没长眼睛的瞎子，做什么都不顺当。附近有铁路子弟小学，远点有黄桷园小学。我抽时间问问，给你报个名。

第二天吴愧仁问机务段一个岁数大点的同事，如何给娃儿报名读书。回答：小孩报名读书必须有户口。到哪去找户口？吴愧仁多次去找曾经见过面的袁野所在村的村长，都没见着人，听说到他女儿那去了，什么时候回来，谁也不知道。这事有点棘手。吴愧仁想了想，铁路小学有几个朋友，平常来往到起的，自己也伸手帮他们做过一些事情，叫他们网开一面，收了袁野行不行？

事情没有吴愧仁想象的那样简单。吴愧仁的朋友中，一个是铁路小学的年级主任，一个是副校长。两人听了事情的原委，脸拉得很长，只是抽烟，半天没有开腔。

到底行还是不行，你们说话呀？吴愧仁着急地道。

白白净净斯斯文文的副校长和吴愧仁是穿开裆裤长大的铁哥们，他遇到什么难处，吴愧仁总是两肋插刀地站在他一边，此时副校长甩掉烟屁股，抬起头来说，愧仁，我想问你，用不用得着这样做？

有什么不妥？孩子要读书，我们想办法帮，错了？

你呀，把事情想得那么简单，这个娃儿，已经记得事了，他长大了，是恨你还是爱你，把你当仇人还是恩人？

这些，我翻来覆去地想过，这是他长大后的事。我只要做到无愧于心，无愧于人就行了。

你总不会忘记农夫和蛇的故事吗？农夫把蛇从冰雪里救活，蛇却要他的命。

哪是蛇，眼前是孩子。

哎、哎！吴愧仁，吴理论，你把事情看得那样透彻，还有什么好说的呢？

不过，我们是朋友，不绕圈子，袁野要读铁路小学，不是你的子女肯定不行，他读地方小学还可以帮点忙。

地方小学就不要户口了？

黄桷园小学校长是我的朋友，给他打声招呼，也许可能行，但别人也许要问火车司机的小孩来读地方小学，是不是小孩有啥毛病？

还有个办法，一直没开腔的年级主任说，你都是快三十岁的人了，干脆去找个老婆结婚，把袁野收为养子，名正言顺地读铁路小学，而且一劳永逸。

我到哪去找老婆？又不是买衣服，随便拿一件。收养孩子的手续是民政局办吗？你们和民政局熟不熟，我个人收养娃儿行不行？

那你要去问民政局了，区民政局夏局长我们熟，我先给他说一说你的情况，等几天你再去找他嘛！

隔了七天，吴愧仁找到夏局长，回答很干脆，欢迎有条件的人士收养孤儿，减轻社会负担。一个人收养小孩子，没开这样的先例，只要吴愧仁找到女朋友，结婚安了家，两人同意收养袁野，一定开绿灯。

第三章　缘分

1. 就在吴愧仁为袁野忙这忙那的时候，他的父母亲听到女会计要朋友的条件，急得脸青面黑，心慌意乱，病急乱投医，想这事因袁野住家引起，如果劝走他了，儿子找媳妇不就顺当了？

他们试着找袁野谈，叫他去区福利院，他不干。他说，我就住在你们屋楼脚下走檐里，白天到外捡垃圾，晚上去睡觉，你们就把我当一只猫呀狗呀来养就行了。当他知道因他的存在吴叔叔连女朋友都没要成，就放声地大哭起来，哭得翻江倒海地动山摇，两个大人围着劝也无济于事。哭够了哭累了就早早地躺在长椅上睡觉。第二天早上吴贵生老两口儿起床感到不对劲，平常睁眼就闻到的鲜茶香味没有了，以前每天早上端到平柜上的鲜花盆今天仍然孤独地在窗台上；桌子、凳子擦过，地面也扫得干干净净。两人在木椅上发现一张纸条，歪歪扭扭的错别字里传达一个意思：走了，别找我。

这个小孩气量好大？他能上哪去呢，外面坏人多得很。老人很后悔不该向他摊牌，叫他走，如果小孩出了不测，会愧疚揪心一辈子的。老人到垃圾站、废料场、乱石岗，就连小孩以前去卖鲜花的路边边、屋角角也找了，哪有他的影子呀？

吴贵生特别自责，他骂自己越老越糊涂，当年"二七"大罢工被反动派杀害的工友留下的儿女，谁个不是抢着当亲生儿女一样的抚养，现在的日子不知比过去好过多少倍，却自私麻木起来，心铁一般硬，孩子，你在哪里呀，老人流泪了。

当吴愧仁知道袁野出走，责怪父母不商量，恨那个女会计意识低下，连一个小孩都容不下的人，会爱丈夫？与其共患难？吴愧仁到处找袁野，越找越清醒了，他问自己，这回找到袁野，敢不敢向世人挑明带着孩子找老婆？这时，车队长跑来告诉他，说铁路派出所找他去。吴愧仁赶到铁路派出所，一个漂亮的女警官问他认不认识一个年纪六七岁名叫袁野的小孩？他说认得呀，小孩前一段时间就住在我家里，他不辞而别了，我们四处找得好苦。

袁野离开吴家后，回到乡村伙同小伙伴去山上挖过野菜，去河边的大桥下捡过垃圾，去陡坡下帮人推过人力车……他不止一次爬在新坟前向亲生父母哭诉，世上亲爸亲妈最好，吴家人平常再对我好，关键时刻就两样了。

一个小伙伴问袁野：你铁路爸爸不要你了。

袁野说：他不是我爸爸，我爸爸妈妈躺在地里的。他感到不对，有些不妥，赶忙争面子说：吴叔叔对我很好，是我不要他们了。

俏俏说你在铁路上，住的、吃的、穿的，比我们农村好，你还要走，他们打你了？

胡说，他们从来不打人，对我很好，就是因为好才要走。

小伙伴们不明白地眨着眼睛。袁野说我不走，吴叔叔找不到女人，结不成媳妇。

哦……小孩们似懂非懂。袁野晚上常在吴家楼前房后转悠，想吴爷爷、吴奶奶现在睡觉了吧，天冷铺盖一定要盖好不要掉在地上了。吴叔叔跑车回家没有，你找的女朋友她同意了吧！

此时女警官脸色严肃起来，低声对吴愧仁说你晓不晓袁野同一群人偷盗铁路器材？吴愧仁惊讶地说不会哟，这个小孩勤快，本分，不偷鸡摸狗。

噢，女警官又翻看了一下记录本：嗯，是像他在不知情下所为，帮人抬铁块能得力钱而入伙，或者误进了小偷圈子，你带回去，加强教育。哦，另外，这是在他身上搜出的一包东西，我们叫他交出来，他开始怎么也不干，后来做了好多工作才拿给我了。

吴愧仁接过一坨拳头大小根块状的东西，毛茸茸，黄澄澄的，看来看去认不到叫啥子。

吴愧仁带袁野走出派出所，关心他脏了瘦了。袁野问吴叔叔女朋友要成没得？吴愧仁佯装气恼：人小鬼大，大人耍不耍朋友关你啥事？就你想得多，想得怪，吴愧仁拿出那坨块状物问袁野这是你的，它是什么东西？

此时闻讯赶来的吴贵生老两口儿一眼认出是野箢根，名贵天麻中的一种，问袁野在哪儿找的？

袁野说俏俏的外公从高山捎带来的，医吴爷爷吴婆婆高血压、风湿病最好、最有效。

好孩子，你心善心好。两个老人搂着他泪流满面，走，回家，有我们吃的就有你吃的，有我们住的就有你住的，谁也撵不走。

爸爸，没谁撵他呀，是那混账女会计一派胡言，吴愧仁停顿了一会，郑重其事地说：爸、妈都在这里，这几天我想得很多，你们不是教我一辈子活在世上，要无愧于心，无愧于人。说真的，对袁野的父母，我心有愧，对袁野，我人有愧，我不结婚，对你们有愧，过去我耍朋友这样那样考虑得多，现在我想清楚了，只要肯接纳我和袁野，她是个女人，我都会考虑。

孩子，太为难你了，干脆把袁野交给我们老两口儿，你自个儿奔你的前途去。

不，爸爸、妈妈，我已经想定了。你们岁数大，身体也不好，如果那样，对你们不公平，对袁野也不好。天底下总有那种心胸开阔，容得下我和袁野两个人的善良姑娘。

吴母说就是嘛，有的人天生就喜欢小孩，就说那边开食店的姓月的姑娘对袁野就喜欢得很，两个人又打又笑的，不晓得情况的，以为是母子俩，闲时，姑娘还教袁野认字，袁野聪明记性好，读得认真，能背好几首唐诗了。

月晓玲很喜欢袁野，但她愿意当他的继母吗？亏你们想得出来，人家还没结过婚，另外，就是她愿意当继母，我也……未必。吴愧仁忐忑了。

2. 吴愧仁耍朋友的条件一传出，吴家的门外热闹了：第二天就来了位年轻的女瞎子，她在别人的引导下和吴愧仁见面，吴愧仁哭也不是笑也不是，我吴愧仁好手好脚的火车司机降格也不至于落得这样惨啦，他摇摇头，一直把女瞎子送出门外，叫她慢慢走，走好。

没隔几天一个弱智姑娘，在母亲的搀扶下走进吴家门，姑娘进门就木痴痴结结巴巴地说完全同意吴愧仁条件，大事小事全由男人做主，绝不唱反调。吴愧仁婉言回绝，心里说我是找一个共同生活伴侣，哪是找个包袱来背起？

又过了两天，一个年纪四十开外的妇女牵个鼻涕长流的女孩跨进吴家门，她进门就要看吴愧仁带的男孩，问这个小孩性格霸不霸道，欺不欺负人，因为她丈夫死了，留下的女孩才十一岁。吴愧仁说：对不起了，我响应国家计划生育政策，只要一个小孩。

妇女说：你要把条件说清楚嘛，一辈子生活含糊不得。话后牵着孩子颤悠悠地走了。

……

这些消息传到月晓玲耳里，她笑得弯了腰，一缕希望的阳光出现在眼前，平柜上美丽的鲜花清香艳丽，她用手轻轻地摸了摸，闭着眼陶醉地吸了吸，心里说，吴愧仁呀吴愧仁，你聪明一世，糊涂一时，好端端爱你的姑娘看不到，去招惹天下笑话，笨死了，活该！

这些日子，她也想明白了，有些事情不能由着千年的习俗走，自己的幸福应该自己去争取，谁说女人就不能主动出击？要把握机会乘势而上，失去机会是天底下最后悔的事。这天下午，她早早地关了店门，把自己着意地打扮了一番，找出最贴身的淡绿色春秋衫，画了眉毛，洒了香水，脸颊抹上淡淡的胭脂，在盘起的黑发里插上亮晶晶的紫花，她对着镜子自我欣赏：不高不矮的个头，该凸的地方凸，该凹的地方凹，尤其是那对会笑会传情的眼睛，十个男人九个魂都要被勾走，我能把他拉到身旁吗？能！肯定能！她笑了！

月晓玲的打扮真发生了效力。吴愧仁晚饭后到地区去还书，他抬头看见前面走的姑娘身材好好呀！淡绿色衣服、裤子、腰带、鞋子颜色搭配恰到好处，少见的发式特别，步子走得不快不慢，溜圆的臀部像波浪蠕动，两条秀腿笔直修长；他朝旁边挪动步子，看见姑娘的脸盘，白皙而饱满，心里道，肯定活泼又健康。

当走到岔路口时，姑娘转身向过路人打招呼，——是月晓玲？吴愧仁有点不相信自己的眼睛，揉了揉，再细看，是她呀。平常没发现，这个女人真的好漂亮！他赶忙向前去打招呼。

其实月晓玲早就算好，吴愧仁什么时候该到地区去，她是有意在路上碰他。

今天食店关门早，到哪？

我有点事，刚办完没想碰到你了。

哦，有缘哈，我到地区还书，早一天晚一天去没什么，今天天气好好哟，凉快得很，请你到那边小路走走好吗？吴愧仁提出这样的邀请，自己都感到吃惊。

难得吴大车有雅兴，我愿意陪你。月晓玲心中笑开了花。

也怪，吴愧仁在月晓玲面前什么话都说，什么苦恼忧愁都讲，他把近一段时间发生的事不差分毫地说了出来，月晓玲笑得差点岔了气。她突然打住笑，红着脸说，我给你介绍个女朋友，保证比瞎子、弱智、二婚嫂强。

先决条件你清楚，要接纳我和袁野。

当然晓得，是我呀，结婚就有袁野这样大个娃儿真是福气。袁野这小孩乖，勤快，懂事，我就特别喜欢。

哦。吴愧仁眼睛发亮。你说说，那姑娘啥样子？莫又是见不得人的主。他想了想：有没得她的照片，先给我看看？

走嘛，我带你去见那姑娘。月晓玲带着他在铁路文化馆转悠，来到一扇大玻璃镜前，她站住脚，细细地打量自己：圆圆的脸盘，大大的眼睛，嫩白的皮肤，还有眉宇间羞涩的红晕，对自己非常满意。她转身对站在一旁眯缝眼睛欣赏的吴愧仁说，你看到没得，你可要看好哇。

吴愧仁转动脑壳四处看没见其他姑娘。

月晓玲娇羞地说，傻大个，你看镜子里头。

吴愧仁腾地全身一热，一下明白过来，脑壳嗡地一声响，心里亮出一片光，额头、脸颊染上红，他再寻月晓玲，已经不知去向。

我们的男主人公真的就那么情商低劣，脑壳痴傻，一点都觉察不到月晓玲的一片心思吗？否也！吴愧仁自己有自己的择偶标准：一定的文化，相对固定的职业，人才一般就行了。前两项月晓玲得了零分，尤其看不惯她常和男人荤素搭配的嬉哈打笑，没正经女人的气质。材料室有个女工就不一样了，一次一个副司机借机捏了她屁股，她吭地给其一耳光，吴愧仁以为这才是女人的样子，可惜那女工早是孩子的妈了。副司机二蛮也给吴愧仁叫过苦，说食店那个月妹，神态看起来很随和，可占不到一点便宜，那回手还没伸拢她肥圆的屁股，就遭面汤烫得哇哇地叫。吴愧仁听过这话，对月晓玲印象才好点，把她列入好女人之列。细想和月晓玲相处的时光轻松自如，偶然开点小玩笑，从里到外舒服，未必潜意识对她好了？可是她没得固定的工作呀？

吴愧仁把月晓玲的试探和自己的顾虑、犹豫全给父母亲说了，母亲说，要得呀，月妹妹，能干，勤快，懂事，看到我很远就打招呼，落雨天，她再忙也要扶着我走下那几步陡梯坎。去年有段时间，我和你爸爸的风湿关节炎发了，下不了床，出不了门，她好多次把面端到屋头来，没多收一角钱，难得她心善！

父亲磕了磕叶子烟杆，抬起头来若有所指地说：开火车又有多能干？还不是靠技术和劳动吃饭，卖小面怎样，人家也是靠劳动吃饭，就低人一等了！我看，门当户对得很……不说多了，就看她接纳袁野和勤快两条，愧儿呀，你以后日子都好过，现在社会变得快，过日子靠劳动和头脑呀！

吴愧仁想起书里的一句话：寻偶是生活幸福关键，美满的婚姻，不光是你找喜欢的人，重要的是找喜欢你的人。月晓玲真的喜欢我？他一次次地问自己。

人就怪，理明了，意识仍几分犹豫，然而吴愧仁休闲时的脚步总不知不觉地往月晓玲食店走，如果有几天没看到她，心头还堵得慌了，有次他看见一个瘦高男子和月晓玲亲亲热热肩并着肩走，心头特别难受，茶饭不香，接连失眠三个晚上，拿定主意去问月晓玲，为什么要脚踏两只船？他真要去时又觉得荒唐滑稽，月晓玲什么时候是你的了呢？你表过态吗？你不表态，别人就等你到老，天底下就你一个男人？可不去问又不甘心，让月晓玲这样一个明确表态爱自己并愿意接纳袁野的姑娘从眼前滑过去？以后到哪去找哟；何况自己还有过男女间不光彩的一页，人家知道了，还不一定干哩。眼前袁野上学读书要紧！为袁野，为父母亲，为自己，都应去问一问月晓玲，掏出自己的心，从那个男人手里把月晓玲夺回来。

他急慌慌地把月晓玲约到文化馆旁边的大榕树下见面，月晓玲见他六神无主的样子，以为出了天大的事，是不是袁野这小孩又跑了？不会吧，前天袁野才抱住她腰悄悄地说，月阿姨，你就和吴叔叔成一家人吧，我好想喊你妈妈哟。月晓玲揪了他的小脸蛋，叫他不要乱喊乱讲，再胡说会打他的屁股。可心里头特别的高兴，哼起了多年没出口的民歌小调。

以冷静著称的吴愧仁此时结结巴巴：那天你和一个瘦高青年男子一路，你们要得安逸哈？

哪天哟？月晓玲丈二和尚摸不到头脑。

怎么这样健忘嘞？上前天，铁路边的小路上。

哦哦，月晓玲想起来了，是她在外地打工的不争气的兄弟，又来找她要钱了。她闻到了吴愧仁的醋味，心头一阵惊喜，这个男人假惺惺一副清高，现在着急了，再加把劲，他就会拜倒在石榴裙下了。她故意道，我和那个男人一起走，跟你有啥子关系吗？

没得啥关系，只是关心你，为你高兴。

哦，你真高兴？月晓玲以退为攻，转向欲走。

吴愧仁赶忙拉住她说，你……别走，我有话说。

你有啥话？说呀？没人捂你嘴。

吴愧仁瞅她气嘟嘟的脸颊泛起一层红润，张了几次嘴，终于把话吐出口：你那天给我介绍的女朋友还作不作数？

你还没表态？表态就作数，不表态就不作数。

那我现在表态，愿意和她一起生活，还作数吗？

作数。她等着你呢！月晓玲脸红心跳却镇静：太阳真落下来了。她道：那天你看到同我一路走的男子是我的兄弟，他在外地打工，来看我。

阳光热情地抚摸两个年轻人，路边草丛里几只小鸟轻快地鸣叫着，凉风送来醉人花香。吴愧仁一阵轻松，望着她红扑扑的脸庞，吸到一股青春的香气，浑身发热，手不由自主伸向她腰……

3. 从此吴愧仁与月晓玲约会多起来：看电影，转公园，泡温泉……每次玩得脸和心一起笑，每次分开都恋恋不舍，又抱又吻。这天黑尽了，吴愧仁去铁路文化馆回来两只脚自然而然地走到了月晓玲食店前，月晓玲刚收了店，洗漱完毕，圆脸光亮亮，透出一层细密诱人的粉气，她大大方方地叫吴愧仁内屋坐，夸他书看得多，想请教几个问题。

吴愧仁读了多少书没统计过，他也记不清楚，可有一条谁夸他书看得多，比给他一笔不菲的奖金还高兴。他走进内屋，室内东西摆得密实，但收拾得清清爽爽，尤其是平柜上花瓶里一束玫瑰色的鲜花充满温暖的柔情，他坐在床边的椅子上，月晓玲坐在他对面。月晓玲拿出自己从懂事时开始的影集给吴愧仁看，要他评选出哪一张相片最好看。吴愧仁认真地看了看影集，里面的每一张照片都有个开朗的笑容，都有一抹让人心跳的春光，都有一缕醉人的馨香，不过他脑壳转了转，眼睛眨了眨，然后说：最好看的是……月晓玲紧张地等他的答案。面前的这张，最美最好看。面前哪一张？月晓玲脑壳转来转去，没有哇？当她弄懂他的意思时，一团粉拳敲在他身上，看不出来，你还真坏。

说实在的，吴愧仁道出内心话：眼前这个姑娘，鲜活活的，浑身透着青春的活力和诱人的气息，尤其是她嘴里散出的温湿热香，让心脑蒙眬，全身每个细胞发痒。

月晓玲继续发起攻势：你说最美最好看，那你就细细地看，要什么时候看就什么时候看，要怎样看，就怎样看，让你看个够，看一辈子。说着向前移了移。

吴愧仁本能地向后退了下，莫名地吓出冷汗，他想起当年的一幕，开始也是女人丰满身体向前移后来是挣扎痛苦。他站起来要出门，可脚就是不听使唤。

此时月晓玲银铃般笑起来，你枉做是八尺高的火车司机，开起火车威武雄壮，我就这么吓人？又不会把你吃了，哈哈哈……

我就遭人吃过，吃得我现在都痛。

谁这样大胆，你说出来，我去找他算账。我的男人谁敢欺负！

吴愧仁沉默了，岁月的暗影掠过大脑，伤痛的往事浮现在眼前。错不在自己，可毕竟是自己经历。他觉得该跟月晓玲讲了，好让她决定以后。他说，事情稀罕且无耻。不跟你说，我觉得自己不是人，跟你说了，你会觉得我不是人。可我，是站你面前的活人。

月晓玲感到事情严重，担心伤害两人好不容易建立的情感，她想了会儿说，谁都有过去，过去不重要，我们活在当下，你要讲就讲，你不讲我也不爱听，更不问，你还是你，我还是我。

不，我要说，我打算把你作为生命的另一半，哪能对你不忠诚不负责？

月晓玲喜得心头发抖，端来杯凉开水，递在他手上，温柔地说，亲爱的你真好，帅呆了，嗯，你的心我懂，你放心吧，不管发生什么，我都是你的。吴愧仁喝了几口水，眯缝着眼镇静情绪后，慢慢打开话匣子：

吴愧仁在铁路司机学校毕业前夕，恰逢各地"文革"武装升级，他为了躲武斗长期在学校逍遥。学校坐落在偏僻的汉族和少数民族杂居区，多年流传"借种"陋习。"文革"瘫痪了街道、乡村地方组织，陋习如厕所边的狗尾巴草疯长。路边斜坡上住户莫姓人家，丈夫莫得号体弱多病，妻子孙丽华健美如花，绰号蛮姐。两口儿结婚三年多，做梦都想生个一儿半女，可各种办法想尽了，蛮姐的肚皮就不见大。夫妻俩商定干脆"借种"算了。于是两人盯住了有时到路边商店买牙膏、肥皂，间或在他家小饭店吃顿便饭的吴愧仁，他高大英俊健康，且读书有文化。从有了想法开始，吴愧仁到饭店吃饭，莫得号就自动避开。蛮姐便装扮妖艳，上前献媚，饱满乳房在他背后蹭来蹭去，吴愧仁浑身不自在，心底却感到了女人身体的特别，惹得体内细胞痒痒的，顿生出一种说不出来的好奇和渴望，加上饭菜量足可口，也就默默地享受着。蛮姐免费端酒给吴愧仁喝，吴愧仁端着酒想：别怕，雄起。吃了她的东西，能帮她就帮一把，帮不了她，能把我吃了？见着好东西不吃，傻呀！次数多了，习惯成自然，吴愧仁吃饭没蛮姐在场反觉空荡荡。一次吴愧仁吃完饭从兜里摸钱付账，糟了，皮包不知什么时候丢了，他急得口吃地说，蛮……姐，欠……到，下回一起给。

蛮姐热笑一下，叫杂工收拾桌上的碗碟筷子，随后说，小兄弟，你什么时候把钱拿来都行，拿不拿都没啥子。我……正有点小事叫你帮一下忙。

吴愧仁说，什么事你说，只要我做得到的。

蛮姐说，我娘家二哥写来封信，龙飞凤舞的，看都看不懂，请你帮忙念一下。吴愧仁叫她把信拿来。蛮姐从旁边的木梯上到楼上房间，在一间屋里待了会，就喊吴愧仁上去，楼上光线好些，并伸出头来把几张纸摇动着，吴愧仁稍微犹豫，就上到楼去，进到蛮姐卧室，蛮姐开亮落地式台灯，叫他过去念信，并顺手将卧室门关上。吴愧仁注意观察室内布置，没留心这一举动。其实信不长，字是有些潦草。吴愧仁还没念完信，就感到一只手伸到他腰背，蛮姐嘴巴的热气和浓郁的女人味向他袭来。吴愧仁推开蛮姐把信念完，要走，蛮姐一下抱住他说，你帮人帮到底，顺从我，我会感恩你一辈子。从来没与女人肌肤亲密接触过的吴愧仁，顿感全身战栗，他仍然推蛮姐要开门出去，蛮姐呼的下撕开自己衣服，搔乱自己头发，脱掉自己外裤，你走？你走吧？我马上喊你强奸，看革命造反派会怎样收拾你！吴愧仁的一个同学就是因为被造反派当场抓住他企图奸污少数民族的一个少女而遭活活打死。吴愧仁全身软了，一屁股坐在木椅子上……

吴愧仁被蛮姐折腾了一个多小时，走时满心委屈和耻辱，他把蛮姐塞给他的大把钱扔进了路边的垃圾堆。他想控告蛮姐的"强奸"，可又想，世人谁会相信，哪个不认为是编起故事来讲，弄来弄去最后还是男人倒霉遭殃。当晚他收拾背包回到家里，直到毕业时才回学校。他去偷看蛮姐开的小饭店，已经变成一个切面加工厂。旁边人告诉他，蛮姐几个月前就把房屋卖掉搬走了。

不幸的吴愧仁对强迫"借种"后的情况不知道。10个月后，蛮姐生下个男孩，取名莫海平。三年后，莫得号病逝，小孩随蛮姐姓，改名孙海平。他相貌身材酷似蛮姐，胆大聪明，书读到高中毕业，怀揣着母亲开饭店积累的资金到铁路沿线做生意，几起几落，成了车站附近的一个实力人物——这是后话。

4. 吴愧仁一五一十地讲完自己的经历，低下头，像做错事的小学生。月晓玲做梦也没想到事情如此，开先很气愤，心里直骂肮脏卑鄙无耻，觉得自己太倒霉了，碰到个笨男人，本属个人的神圣园地，却被其他女人抢先占领了；遭女人"强奸"了，窝囊废，软骨头，还有脸说。又转念：他不说，怎么会知呢？他笨是笨，软是软，可诚实，心是金子。

吴愧仁见她埋怨叽咕，以为难得原谅，站起来就走。

她却吼道：站住，你往哪里走？

我错误犯得大，对不起你，无脸面对。

月晓玲见他真诚待人，傻傻的，可怜又可爱，怨气消散，态度温柔起来，拉住他说，这事哪能完全怪你。她再次深情打量眼前的吴愧仁，高大英俊，魁梧健壮，耿直聪颖，女人"借种"不找这种男人找谁？傻头傻脑，歪瓜裂枣，送人家也不会要。她气恼里透出几分得意和骄傲。于是说，过去的事情已过去了，以后只要对我好就行了。

吴愧仁惶惶地坐了下来。

月晓玲转身拿出早准备好的酒、盐蛋、花生米、猪耳朵：就冲着你刚才说的实心话，也得除些霉气，喝两杯。

忐忑不安的吴愧仁没想到月晓玲如此知理大量，本来不想喝酒，也感恩地端起杯子。酒气蹿入鼻孔，他喉咙急剧地分泌出唾沫，月晓玲刚把杯倒满，他手已伸过去端起杯吞下了肚。

月晓玲称赞道，这才像我们的吴大车，铁路的男子汉。来，我陪你一杯。心跳跳，意绵绵，情切切，神迷迷。月晓玲曾经看过男女交欢的销魂动魄的文字和电视画面，想尝女人的那种滋味，让生命幸福完美，苦于没机会，此刻机会终于来了。她主动加快了喝酒，于是你一杯我一杯，喝得脸上红霞飞，你一拉我一扯，不知不觉搂在一起，你一吻我一摸，不知不觉睡进被窝。

身心放松的吴愧仁只觉得满天霞光从天空飞泻而来，鲜花怒放，百鸟齐鸣，群山低头，江河呼啸，他驾驭着水足汽满的蒸气机车向着高傲的落马坡冲啊冲！轮下哐当轰鸣，朵朵金花四溅，通过隧洞了，洞壁温暖潮湿，发出低缓动听的呻吟，似乎还有柔美的咣咚咚的水响；钻出洞外，旷野风景独好，车轮贴着钢轨赤裸裸地摩擦，上下同心共劲，扣扣配合，你中有我，我中有你，热和暖互融，心和心紧贴，呼哧呼哧，哐嘟嘟，呼哧哧，哐嘟嘟，向下压的和被压着的，发丝交混，两腹蠕动，脸额忙乱，手嘴并用，双脚缠绕，热血鼎沸，魂魄出窍，穿过去！冲上去！压着的放肆喊叫，被压着的哼声悠扬，上下通体大汗；使劲再使劲，加油再加油！冲啊冲——，列车终于冲上坡顶！快快快，吴愧仁把车上的排水阀一推，一股热流从炽热的体内向外冲喷出，温温的浆液撒了一路，路边砂石、小草拍手欢笑，风疲倦地消失，他全身一松劲，倒在了姑娘柔软的身体上。

风雨云雾后，吴愧仁从勾魂的梦境里回到现实，他睁开眼睛发现自己一丝不挂躺在床上，赶忙找回衣服急忙穿上，月晓玲站在镜子边梳理头发。

他不好意思地说，我……我……刚才做了什么？

月晓玲说，你问我，我问谁呢？你这个吴大车，看不出来一股火车冲坡的劲儿，恨不得把人家压成钢轨下的泥沙，路基底的碎末。她转身拿出一条白毛巾甩给吴愧仁：这是你的成绩。

吴愧仁打开毛巾一看，上面一片湿迹，并有星星点点的红花。他什么都明白了。

责任心极强的吴愧仁在当夜回家的路就下定了决心：这辈子就和月晓玲过。

第四章　安家

1. 自从搂着月晓玲在床上睡过一觉后，吴愧仁对女人的感觉发生了质的变化。过去他和蛮女的肌肤相触，留下的是恐怖和妒恨，现在与月晓玲销魂后，身心怀念温柔和快乐。他想：和一个心仪的女人睡在同张床上与一个人睡寡觉相比，完全两个世界。怪不得那些七老八十、断脚、缺手，傻儿、弱智都想结婚哟。尤其是躯体丰满，肌肤细嫩光滑，善解人意，炽热如火，懂得呼吸协调，肢体配合的月晓玲，想起就痒酥酥的，似乎她温湿的热气，暖暖的体香随时在脸颊、胸部、四肢缭绕。现在多了一道躺在床上思念的程序。他不止一次地盯着天花板想：去把月晓玲约出来，最好是单独在房间耍，如果说天天和月晓玲睡在一起，也不枉来人世间走一回！

退乘回来，吴愧仁一有空就往月晓玲那里钻，稍微有点机会就关门去搂月晓玲，有几回刚关上门还没干事，就有人来咚咚地敲门，大声来告诉月晓玲有几个老客户来订餐，同不同意；再次把门关上，人还没挨拢，又有人在外面高叫月晓玲的名字，问明天到底要多少新鲜菜蔬？更有甚者，譬如对面门的"心疯大姐"，一看到吴愧仁钻入月晓玲的屋就放声歌唱，载歌载舞，时不时地敲打房门，外面的人围成一团起哄寻乐子，里头的人做贼一般，受到严重音浪干扰，哪有心思干那个？吴愧仁给月晓玲下死命令下次退乘出去耍。

到外面耍，也并非吴愧仁想象的那么随心所欲，好事连连：租一间午休房吗？钱贵不说，还必须拿出两人的身份证，一看不是住在一个地址，就要受点思想教育，说什么年纪轻轻的，怎么能乱来？同时还要加倍给钱；如果说在森林浓荫下，伴着天地之灵气共同欢乐，花可笑，草可喜，可有些小动物就安逸了：一次两人刚把一张大塑料布铺在茂密的草地上，手、脚、躯体才靠在一起，一条菜花蛇就从一棵树菀下爬出来，阴悄悄地向两人梭来，吓得天生怕蛇的月晓玲大叫一声，差点昏死过去了，从此，不管吴愧仁嘴巴说出泡子，月晓玲坚决拒绝去森林草笼笼里耍了。还有一次两人走到一个景点的洞里，黑幽幽的，吴愧仁兴起抱住月晓玲又摸又啃，手还去解她的腰带，这时带红袖笼的协警电筒光刷地亮了，两人三魂出窍二魂，急急解释我们是耍朋友，不是坏人。协警说，我没说你们是坏人？看你们岁数也不小了，再激动疯狂在自己家里嘛，不要像那些毛头小伙学外国人在哪里都在啃，都在搞，中国人要含蓄，内敛。两人捣蒜般的点头称是。

男女间心甘情愿的事，对成熟健康的月晓玲来说希望天长地久，但她讨厌偷鸡摸狗，特别是几次出格惊险后，她心跳得特别厉害：想见吴愧仁，又怕见吴愧仁，喜欢和吴愧仁在一起，又怕和他在一起，尤其怕独立的在一起，干柴见了烈火双方难控制，自己体内发生变化怎么办？真出点什么事情，脸往哪里搁？因此尽量避免和吴愧仁单独接触。吴愧仁以为她变心了，对他产生厌恶感，偏偏想方设法和她在一起。月晓玲放下脸对吴愧仁说，没正式办结婚登记手续，没找到房子，不要来找我。

吴愧仁嬉皮笑脸地说，我们去办手续，我们去找房子啊。说着，粗壮有力的胳膊还是把月晓玲抱离了地面。

月晓玲甚至怀念两人没有性行为的以前情景，彬彬有礼地摆谈，清清淡淡的思念，一个眼神，一个笑容都让人回味半天。女人走到现在这一步，想回头都没办法了。她时悔时恨时甜！正大光明的恋爱，男女大龄青年的自由结合，怎么就变得做贼一般呢？一次两人终于找到了答案：缺乏属于二人世界的房子；就是把结婚手续办了，没有房子也是空了吹；不住在一起叫啥子结婚，那种结婚有多少实际意义？

去租一间房子吧？问了不晓得好多人，回答说好多年没建造房子了，娃儿从一个变成两个，小娃长成大人，哪有房子租给你哟？

2. 铁路单位的人只有找铁路组织了。不善于和领导接触的吴愧仁自从有要房子想法后，一改常态，他见了车队长、车间主任、段长先是点头笑，然后把自己特意准备的好烟递上，再述说自己的困难，把住房申请书恭恭敬敬递在领导手上，请领导帮助解决一套能住下两个人的房子，哪怕一间房，没厨房、厕所、晒台，窄点也行，只要能摆下张床。没有哪个领导不说吴愧仁是该结婚了，该安家了，该分房子了；没有哪个领导不说吴愧仁是生产骨干，提得起，放得下，顶呱呱开火车的好手；没有哪个领导不讲有房子分的时候，不管在什么场合、什么会上，都要提出来吴愧仁的分房问题，帮助说话，有的信誓旦旦用人格保证，党性担保，甚至于发毒誓。吴愧仁非常感动，觉得这么多年没白干没白活，这样多的领导都理解，都关心，都愿意帮忙。虽然几个月过去了，仍然原地踏步，没半点实质性收获，他却对组织对领导没埋怨没牢骚。没隔多久，一个无儿无女的退休工人逝世，他老伴比他死得更早，空出的房子进行调整分配；吴愧仁喜滋滋赶去问领导，这次该分给我了吧。领导说房子已经分给了油房的马跛子，他车伤被轧断腿，一家三口住在路边搭的棚棚里，暴风雨摧塌过三次。吴愧仁认得马跛子，经常同情地在远处给他带点相宜菜什么的。他没开腔了，只说了句下次一定要考虑我哟！额头皱成结，心头沉得快下雨。

在吴愧仁向房子发起进攻的时候，月晓玲也没闲着，她向来往的人打听在机务段领导中哪个领导在分房中最关键，说话最算数，就主动向那个领导靠拢，碰到起老远笑嘻嘻地打招呼，没得话找话说，特别关注领导的住址和家属，煮点东坡肘子啦，卤起鸡脚板、鸭脚板主动送去，如果他们到小店吃东西更是上宾相待，东西端最好的，钱算最少的，甚至于赔本都愿意干。时间久了那个分房说话最算数的领导寻思月晓玲的这样殷勤肯定有什么企求，就问了她。

月晓玲早就盼望他问话了，就说自己是火车司机吴愧仁的女朋友，现在岁数老大不小了，要结婚可没有房子，领导能不能帮下忙。

领导的回答像歌声一样动听悠扬，像春天的草霉一样饱满清甜，像水中鱼儿一样圆滑，像火山灰一样细密炽热，说得月晓玲沸腾满腔情，汹涌女儿泪；然而冷静地细想领导的话，却像天上的星星一样的遥远，像夜风一样看不见，摸不着；是希望？憧憬？机遇？发展，可能是！也可能不是，空空洞洞，缥缥缈缈：好像可能发生，或者曾经发生过，好像根本发生不了，或者很久以后会发生。聪明的月晓玲越想越犯难，越想越糊涂，越想越觉得自己智商低下，佩服领导确实高人一等，比自己强百倍千倍，要不然怎么会是领导，而且是说话最关键最算数的领导。

吴贵生为儿子结婚分房的事情亲自出马了，他使用老革命影响力，找到徒弟领导，直来直去叫帮这个忙，徒弟领导把他送出办公室，一再表示，能使千斤力不会九百九。

一天吴愧仁退乘后，车队长把他留下来说有事找他，叫他帮助车队写一个安全生产的总结。以前这类事情吴愧仁是不动笔的，不是他不能写，是他写的东西完全不对队长的思路。这回队长看准了吴愧仁的变化，叫他写，他百依百顺，不管怎么改都行，只要领导满意。完事后，队长郑重其事地对他说，经组织研究决定，机务段这次公路边新修的楼房，分配中有你的一套，当然是没有公布的，绝对内部可靠消息。

从不和吴愧仁开玩笑的车队长这次肯定不是开玩笑，吴愧仁把感谢的话说了一遍又一遍。当吴愧仁回到家里宣布这一消息时，家里的人一点不感到惊喜，因为吴贵生和月晓玲早已从其他管道得到同样的信息。

从那以后，吴家人，无论大人小孩，有时间都喜欢往公路边机务段新修的家属楼跑，灰色的砖头一层层地砌，附近的树木、电线杆矮了下去，水泥地板慢慢地往上垒，然而到底是从什么时候开始的，可能是楼房修到第四层吧，或者是修到三层半，运输钢筋的机械塔吊停止了转动，接着是搅拌水泥的机器也不响了，再就是上楼去修房的工人也越来越少，最后干脆就像死一般地停了下来，工地大门紧闭，只有一个老者和一只狗在门边无力地打望。

为什么停止建房？包括吴家大人小孩在内的一群群人多次围在建房周围起哄，问这问那？呜嘘呐喊；关注的人群涌到机务段办公大楼，包围了能见着的领导，指指点点，闹闹嚷嚷，质问停止建房的原因？东一个解释，西一个说法；问者不相信，问者不明白，问者很反感，问者特愤怒！但是不得不接受已成的现实：修建房屋的包工老板卷起钱人间蒸发了。

3. 一天，机务段分房说话最关键最管用的那位领导在食店门口向月晓玲招手，示意她出来有话说。

原来这位关键领导有了个好主意：有个年轻职工想调房，从楼脚调到楼上，用三间调两间。如果说吴家愿意的话，就解决眼前困难了：两个两口子各住一间，还有一间袁野住，另外房子外面是一个很宽的平坝子，有发展前途。

月晓玲对那位领导千恩万谢，只是差点没跪下磕头了。那位领导说不要谢我，办得到该办，办不到没法办，能办不办就是浑蛋！

月晓玲把这一消息告诉家人，大家都觉得是解决眼前困难最及时最有效的办法。正好租房子给月晓玲的那位房主见她生意好，心怀妒忌，单方面终止了租房合同，限她一个月内搬出。月晓玲想把房子调换后，就在房外面用牛毛毡、砖瓦搭个偏棚，照样可以做生意，真是一举三得。

由于是手握重权的关键领导牵线搭桥调房子，一切非常顺利。吴愧仁办结婚手续、收养子的事，也一路绿灯通行。只是袁野改名字费脑筋。

吴贵生说，要改名，我建议由愧仁儿提个意见。我们吴家几辈人都信奉一个原则，安详自如，淡定从容，无愧于心，无愧于人。我吴贵生的名字是我的父亲取的，意思叫我活在世上疾恶如仇，勤奋努力，珍惜生命，无愧于一生。吴愧仁的名字是我取的，意思叫他记住，人活在世上，任何时候都要有良心良知，像个人。现在袁野的改名应由他父亲吴愧仁说了。

吴愧仁想了会说，就叫他吴愦星吧。愦是愧的谐音，星是心的谐音。吴愦星，也就是无愧于心，继承了吴家家风；另一层意思，愦是糊涂昏乱的意思。在社会越来越发达的现在，选择多，诱惑多，希望儿子长大后，不管当官，还是做工人，都不糊涂，不昏迷，做官就做个堂堂正正、廉洁的好官，做工人，就做个勤劳敬业好学善良的好工人，这也就无愧于人，不失吴家风范。全家人拍手赞同意。从此袁野改名字为吴愦星。

不晓得是吴家的祖坟没埋好，还是命中带有灾难。吴家找人在院坝搭偏棚过日子的时候，铁路分局土地办公室副主任黄旺发不知从哪个地方冒了出来，此人生得矮胖肥短，眼皮一年三百六十五天都是耷得高高的，除了顶头上司外，看人一律斜视，他过去给局长开小车，时间久了感情上浓得划不开，就叫他选个办公室享受点干部待遇。他识字不多，可耳濡目染官场一套颇有心得：大权压小权，实权压虚权，近权压远权，有权压无权，有权不用权，等于没得权，不怕没得钱，只怕没有权。他常在铁路管辖区转悠，深入基层，发挥权力最大效益。他看到吴家指挥工人在路边的平坝搭房屋，感到一阵狂喜：立即威风凛凛地挺着圆肚上前喝声：谁叫你们在铁路管的国家土地上乱搭乱建？

吴贵生见来人有些眼熟，想了会儿，终于记起了是人称"土地菩萨"别名"土王八"的分局干部，急忙笑道：黄主任，你亲临基层，深入现场，欢迎指导，敬请批评。

你少给我来这一套，"土王八"根本不看吴贵生，叉着肥腰，放大声量道：你们强占国家土地，私自建造房屋，违规违章，目无法纪，胆大妄为，知道不？上耷的眼皮红透变紫，唾沫喷了对面人一脸。

吴贵生笑着解释申诉困难，并把一支高档烟递了过去，给对方点上火。

"土王八"声音小了点，但仍然公事公办的腔调：你们不能想怎么搞就怎么搞，想怎么办就怎么办，做事讲规矩，办事要手续。

月晓玲闻声，心里一转，回到屋里拿出个硬壳烟盒，递到"土王八"手上，并随意地打开盖子，凑到他面前说，拿去消遣抽得耍。打开盖子的烟盒露出一卷钞票。

"土王八"赶紧一把接过烟盒，脸上乌云转睛，声音平和起来：有困难找组织是对的，你们赶紧来办个手续，不然抓到起要重罚哟。他眼睛狡诈地在月晓玲脸上转悠：当然，能不能办是另一回事了，国家有规定嘛。

就在这时坡上面传来高喊声，黄主任，你要会见的人找到了。

……

过了两天，偏偏屋完工了，月晓玲把屋内草草地收拾后，就提着烟酒去找"土王八"。

聪明的月晓玲很快就弄来"土王八"的电话，先联系。"土王八"一听是个娇柔的女音，马上来劲了，问有什么事？是哪一位？

月晓玲嗲声嗲气地说：怎么贵人多忘事，前几天，你到铁路三村来检查工作，不是有人送你一包红壳子烟嘛，你想起来是谁了？

哦，哦！"土王八"想起装三张百元钞票的烟盒，他最懂女人的心了，欲望的嘴张大，装出正经地道：我很忙，有什么事，快说……哦，你们搭的那个偏偏要来办手续啰。

我就是来找你办手续的呀，可我怕见官，怕上你们铁路的大衙门啊，你能不能深入现场办公哇。我还准备得有烟，备有好酒。

为基层服务应该嘛，为群众服务跑断腿也乐意。月晓玲耳边响起得意的哈哈声，于是两人在电话里约好了见面时间和地点。

在空了吹娱乐城外厅两人见面了，月晓玲送上份不薄的礼，便问，等到你下批文了哟？

哪敢给你批文？知法犯法敢吗，傻儿才那么做。"土王八"悄声说，如果有人问你搭的偏偏有手续没得，你就说在办，在我这里办。我在给你办手续，看哪个还有胆子问？据我经验，只要我不问，十有八九就再没人问了。

此时娱乐城舞厅的音乐猛雷似地突然响起来，震得地皮颤抖，"土王八"好像注了鸡血一般，从座位上弹起，眉目放光，耷起的上眼皮内荡满春水，腰、脚也开始扭动起来，他礼貌地向月晓玲笑笑，弯腰道，请你赏光一曲吧。

月晓玲轻松地笑着，对不起，黄主任，我今天有事。她见"土王八"一脸不高兴，赶忙向红幕布前招了招手，过来三个二十岁出头的伴舞女，摸出一叠钱递给其中的一个说：晓红，今天黄老板就交给你了，耍不好，玩不尽兴，我找你算账。并拍拍她的俏肩，好好地替姐姐陪陪，以后有甜果子给你吃。

晓得，月姐，我们办事你就放心吧。是不是？黄哥！边说边把粉饰的脸蛋向"土王八"挨了一下，旁边的两人早伸出秀手缠绕住"土王八"的肥粗腰。"土王八"顺势张开双臂把二位女性搂进怀里，几个人跌跌撞撞陷入灯光昏暗的舞池。

4. 天老爷善解人意，一场暴雨后，暑气消散了许多，天空湛蓝，几朵白云在空中浮动，阳光从云后射出来，云边开始变黄，变红，变亮，闪出一缕缕紫红的光；久违的凉意顽强地占领四野，葱郁的树木和艳丽的鲜花被雨水冲掉灰尘后更加端庄矜持，大口地吐出清爽的气息。吴愧仁和月晓玲结婚庆典在家属大楼底楼旁边的院坝举行。

吴愧仁坚持扯了结婚证就行了，不要搞什么仪式，可他的父母和月晓玲不同意，说人生在世该乐则乐该喜则喜，光光明明做人，大大方方做事。经过协商，仪式从简。八十年代初，新的发展才起步，没有那么多的奢侈和讲究，知道信息的亲戚、朋友、同事围坐在一起，吃肉喝酒请菜，啃鸭脚板、鹅颈子，嚼兔脑壳，划拳猜子，鸣嘘呐喊，七吼八叫，酒过三巡，喝得兴起的人高喊：吴愧仁、月晓玲来一个，来一个……

吴愧仁红着脸朝着二蛮子吼，你娃小心点，莫遭骨头卡了喉咙。

月晓玲要往屋里钻，被几个工友拦住了。二蛮子扔掉手里的卤鸡腿骨头，手背在嘴上抹了一下，翻过手掌，指头停在嘴上，同时嘴里发出咪的一声长响，来一个——这个。一阵掌声过后，浪潮似地反复着，来一个，吴大车！来一个，月姑娘！性急的还把两人从两端往中间推。吴愧仁没法了，在一遍又一遍的声浪里，把厚实的嘴唇向月晓玲的圆脸伸过去……

客人散尽后，吴贵生老两口把儿子、媳妇、孙子叫到堂屋中，说有重要的事讲。

自从吴愧仁、月晓玲扯了结婚证，袁野就改口了，爸爸、妈妈、爷爷、婆婆地叫得清甜，旁边人看了眼红，尤其是袁野的小伙伴俏俏羡慕得差点儿哭了，她仍然在田野里挖侧耳根、捡野菜头，一双脚划出无数的小口，而现在的袁野，不，现在的吴愤星，穿得干干净净，布鞋、胶鞋、皮鞋，脚上的鞋子不断时新变换，衣服包里经常放着糖果和小人书。那个村长也来看过吴愤星两次，说他的亲生妈妈、爸爸在阴间保佑他，让他遇上世上难得的好善人。

此时，吴愤星把茶水端到父母、婆婆爷爷面前后，笑望爷爷，只见爷爷从里屋拿出一个紫黑色小木箱，从腰间一大串钥匙中选出一把，开了好久才把小木箱的锁打开，然后从箱里面拿出一个红绸缎包裹着的四方形黄盒子，打开黄盒子，里面白丝绸包着个拳头大小的东西，打开看，一个闪着淡绿色光的玉质宝贝展现眼前，吴贵生小心翼翼地把它拿在手上，眯缝眼细细地看了看，递给妻子杨莲。她看了会儿又把宝物递给老伴。他小心地用白绸把宝贝轻轻地擦了擦，手握宝贝说，愧仁儿，晓玲媳妇，这是你们外祖祖传下来的。他望了下妻子又继续说，你妈妈出身书香门第，一家人痛恨反动派残忍，倾向共产党，被灭门抄家，幸好她在亲戚家耍才躲过劫难，事后从屋底深藏处拿出此宝。我参加二七大罢工后与她患难相识；别说，老天爷真有眼，不是一家人，不进一家门，你们看？

吴愧仁从父亲手中接过宝贝细看，飞鸟展翅状，沉重厚实，宝贝一面上方左端铸仁字，右端铸智字，中间一行四字：无愧于心；宝贝另一面上方左端铸忠字，右端铸恕字，中间一行四字：无愧于人。吴愧仁用手轻轻地摸了摸，递给月晓玲。她看后，问这宝贝叫啥名？

母亲说，它叫"鸿鹄牒"，鸿鹄是什么意思呢？就是人们说的天鹅，常喻志向高远的人。牒就是文书的意思。你们看此宝的整体造形像不像一只飞起的天鹅，它头朝天，眼望前方，无惧无怨，展翅飞翔。

看者不住点头。

宝贝上的字啥意思呢？月晓玲又问。

这恕字吗……母亲正要开口，吴贵生打断她的话：你先别说，叫愧仁解释一下，他读书不少，前几天，我看他还在翻孔子的《论语》，老子的《道德经》，看他的悟性如何？

吴愧仁从月晓玲手中拿回宝贝认真地再看了一遍，说，说得不对处，望二老指正。恕，我理解是"己所不欲，勿施于人"，就是你自个儿不想干的事，就不要强迫别人干。忠恕，简单地说，就是做好自己，也要想着别人。光想自己的人，不是一个完整的人；光想别人的人，是不现实的人，只有做到想自己，又想别人的人，才是现实中的活人。他翻过宝牌的另一面说，仁，就是爱人，智就是了解人。一个人做到了爱人了解人，他的内心就特别地强大，应天理，顺大道。具有仁、智品质的人就是无愧于心的人。

吴愧仁说完望着父母，两人点头称是。

接着母亲杨莲讲述了宝贝的由来：杨莲的父亲是清末举人，信儒教，杨莲母亲出生富裕之家，信佛教，杨莲的父母饱读经书后深知：人生面对世间无常，唯宁静和安详才能抵制外界刺激，不媚红尘污秽，泰然于逆境，自解脱，放得下，始终淡定从容，保持幸福感觉，升华生命境界。无愧于心，无愧于人，就是宁静和安详的两块基石，貌似浅淡平庸，顺口意轻，实则坚毅凝重，超然神圣，深藏高洁意境。实践此意人生，就可自享生命，世事随缘，化俗而为不俗，变凡而为不凡，无为而无不为。于是两位老人购来陕西和田碧玉，制成"鸿鹄牒"，寄托心意，代代相传。

听完了"鸿鹄牒"的讲解，月晓玲似懂非懂，仍云里雾里，不知所以然。她哪里接触过这些？心里道：这样仁，那样智，这样忠，那样恕，看不见！摸不着！有何用？现在市场经济挣钱多为大哥，有钱就有一切。说俗点，你吴愧仁不是一个月有千多块钱垫底，日子哪有恁好过？如果说你是一个收入没保证的瘪三，再英俊张脸，我会跟着你？做梦吧！想着她打了一个长长的哈欠，眼睛眯缝起来。

吴贵生说，愧仁，这个宝贝就交你两口子保管，今晚就算传个家了。

吴愧仁抱着宝贝进了自己的房间，把它放在了自己认为最妥善的地方。

第五章　快悦

1. 光阴似箭，日月如梭，没灾没难的日子如流水，一望就没了踪影。月晓玲偏偏食店的生意如水上的波涛，时起时伏，让人担忧和揪心。不是她不会做生意，是特殊的环境限制手脚不敢做：家属区开食店，居住的乘务人员多，戴着红袖标的老大爷、老大娘在路上和房前屋后巡逻，厉声轻喊：莫大声叫，莫猴跑舞跳搞得嘣响，耽误开火车的人休息就如谋财害命般险恶；补锑锅、洗脸盆，卖炸爆米花、盐菜、豆腐乳的巡摊小贩根本进不了围，被撵得鸡飞狗跳；一个不信邪的小摊贩凭着性子硬闯，被弄得衣破裤子烂，额青胳膊紫，还被扭到铁路派出所，接待的警官轻描淡写地说了老大爷、老太太几句，转过身一本正经地问小贩认得字不？小贩说认得啊。那坡头横板上几个字看到没得？哦，有字哇？上面写的啥子，不会是军事禁区吗？也相当于铁路的家属禁区，上面写着：乘务人员休息，请勿大声喧哗！哦，是恁个回事，该我倒霉。

到偏偏食店的客人吃饭、说话声音低低的，酒也是哑起喝，划拳没吼出声就被压了下去。卖菜卖饭不卖酒，生意难得火起走。月晓玲怀念起原来那个食店来，路边边，人来人往热闹，就是你把嗓子吼破天，也没人出面说不。照此下去，哪个办哟？

吴家人笑嘻嘻地劝她，莫要想那么多，入乡随俗，世事随缘。懒惰活埋人，勤奋腰杆硬，一家人不愁吃不愁穿，轻轻松松过日子，就是福气，就是天理大道。这些新奇的观念浸入月晓玲心灵，忧愁的眉毛展开去，像正点工人作息上班了，开店一心一意，下班洗手、换衣，关门。天气好，陪着丈夫，带着儿子散步。一家三口常穿过弯路，到附近的一个小山岗，在坡上欣赏四周景色，然后下坡来，转个弯，散步铁道，这次他们下坡后见两个中年汉子坐在不远的钢轨上喝酒，明晃的酒瓶歪在道砟上，白纸包着的鸡腿散发出卤香，儿子指着不远处说，那两个人是不是疯子。

两酒鬼闻声吼起来。

吴愧仁走过去大声说，你们坐在这里找死哇！

两个汉子睁着血红的眼睛，吐出大团的酒气：我们喝酒，关你屁事，你以为你是谁呀？

我是谁？阎王殿前的无常鬼，拿你们命来，吴愧仁巡视周围又道，这地方火车轧死撞伤多少个人，知道不？你们是铁铸钢浇的吗，敢和火车比硬度？

儿子心里说，我亲爸亲妈就是在这里被撞死的，他们比你们能干多了。

两个汉子理亏，从钢轨上站起来，拿起酒瓶和卤菜下了路基，一个扭转头说，你说就说嘛，吼啥子吼，和火车比嗓门粗！另一个说，我在钢轨上喝过好多回酒，没见出事，火车来了就跑，哪有啷个傻？

吴家人说撞伤轧死的人都不傻，只有傻子才在铁路上喝酒。

两个酒汉沿着旁边的石板路走了，妻子望着背影说，你以为他们就听进去了？你明天来看，坐在钢轨上喝酒的，也许还是他们！

是他们我还是一样过去干涉。听不听出他们，说不说由我。做事要无愧于心，无愧于人。

儿子说，爸，你无愧于人我知道，是为那两个喝酒人好，可你无愧于心，你的心他们知道吗？

也许知道，也许不知道，但我自己知道哇，世界上最了解自己的人，不是别人，就是自己，就是自己的心。

儿子似懂非懂地点点头……

2. 儿子没幼儿园经历，进小学读书特别新鲜，第一天上学没等爸爸送，天刚蒙蒙亮爬起床就往学校跑，走到半跑上才想起该背个书包，正巧爸爸拿着书包追上来了，儿子牵着爸爸的手感到很自豪，父亲问儿子吃没吃早饭，快过去买两个馒头，儿子说一顿不吃饭有什么了不起，以前我饿过两天没吃饭的。父亲摸着儿子的头说，那是什么时候？现在不能这样做哈，否则你要遭受处罚。儿子天真地望着父亲说，你处罚我是打屁股还是打手板，或者扯我耳朵抽耳光。父亲说没想过，谁愿意打你哩，傻孩子！

　　吴愤星个头偏高，坐在教育室最后一排，经常有同学路过时撞他腰，摸他脑壳，有次他看见同学哈哈笑的样子，伸手在头上一摸，拿下一个淡黄色小草帽，帽檐上插两朵红花，刚要发问谁搞鬼，却见前排的白玫叫起来她的草帽不见了。吴愤星把草帽还给白玫站起来问谁搞的鬼，有本事站出来，并挥了几下胳膊。一群男同学站在黑板前拍着手说，我晓得就是不告诉你，声音整齐充满快乐。脸气得发白的吴愤星正要发作，班主任李老师进来了，同学们乖乖地回到自己位置。

　　吴愤星上课经常打瞌睡，用过扯自己头发，揪耳朵的方法克服效果欠佳。一次老师走到他面前了，他的鼾声仍像哼歌样起伏，老师轻拎他耳朵才从梦中惊醒，老师叫他站在教室后墙壁边，没过两分钟他的鼾声又响起来了，无奈老师叫他到操场跑两圈，他跑起来不停步，跑了五圈后还要跑，被教导主任叫到办公室，要他写书面检查。吴愧仁第一次被通知到校，回家后厉声地问儿子你为什么这样做，儿子说老师讲的那些我早就学过了，睁起眼睛想听老师讲，可眼睛就是不听话，不晓得哪个回事，睁着眯着，眯着睁着，一小会儿就睡着了。吴愧仁找到学校领导，希望儿子跳个班读书，老师说你儿子是偏科，上音乐课，老师教他的次数比其他同学多两倍，可他唱的还是让人惨不忍睹，咋惊着寒，门外路过的同学听他唱歌有笑歪颈项笑痛肚皮的；他上图画课更绝，同学画个太阳，在圆里面画上眼睛眉毛嘴巴，他却认为同学画错了，太阳哪看得到眼睛眉毛吗，如果人看到太阳的眼睛眉毛不烧糊才怪。因此他画的太阳从来就光光圆，像和尚的脑壳。经过家庭和学校协商达成一致意见，吴愤星学过的课可以不上，但必须保证每次考全班前三名，不然与其他同学无二。吴愤星重点转入了帮助同学做好事和踊跃参加体育活动：一次学校组织小学生文艺汇演，吴愤星始终守着班上参加汇演的同学，看衣服，帮助抬道具，买矿泉水，汇演结果班上获得年级第二名，吴愤星被演员们拉去一道庆祝，烫火锅吃得脸上红红的。每次周末卫生大扫除，不管排没排上吴愤星的班，他都总是第一个开干，最后一个离开。年级卫生检查组把他认熟了，只要他在，不给个第一名就觉得对不起人。上学路上有一个水坑，不少同学踩滑脚摔了跟头，吴愤星扛着锄头把坑填好，还在旁边插上走路小心的木板子，别人问他叫啥，他就是不说名字，结果还是被学校发现，不少人叫他小雷锋。小学生们的课间休息活动时间特别宝贵，男生分成两拨，撞拐，用手抱住，单腿蹦着向对方撞去，在一片哎哟声中，一些人纷纷落马，个别人摔了屁蹲儿。女生们凑在一块跳橡皮筋，小皮球，香蕉梨，马兰花开二十一，二五六、二五七，二八二九三十一……吴愤星是年级撞拐高手，班上男生联合进攻，他也不畏惧，一次高年级过路的一位同学见吴愤星一副得意样子非常嫉恨，心想有我在你个小瞌钻还称王称霸，不给你颜色看看不识东北。他和吴愤星酣战了十几个回合不分上下，心想这小瞌钻真有两下，急于求胜的他，就顾不上手段，在身体和吴愤星接触时狠狠地推了吴愤星一把，吴愤星没提防咕咚一声摔在地上，他从地上爬起来，从容地掸掸身上的土，捡起墙角的半块板砖，悄无声息地走到高年级同学身后，把板砖适度地拍在他的后脑上……吴愧仁再次被通知到学校，赔偿了高年级同学的医药费、营养费，影响课程进度补偿费，儿子跟着父亲回到家，以为暴风骤雨必定到来，没想到格外风平浪静。

父亲和颜悦色地说，打别人不好，被别人打不还手，失去尊严更不好。

爸，你不是说做事要无愧于心，我用砖拍他一下，心就不愧了，不然我的心，悲痛死了，惭愧死了。

你打他一下，就无愧了，哄鬼哟，儿子，要记住父亲说的后面一句，无愧于人，

我轻轻打的，没把他打死，当然无愧于他了。

父亲笑了。母亲却马着脸说，没个正经的，手点在儿子的额头上，惹事包包，两个多月的积蓄就被你打了水漂，儿子躲在一边，心想是划不来哈……

3. 过了两天儿子突然问父亲，机务段火车司机中，有几个叫吴愧仁的？

你问这个做什么？父亲警惕地道。

那次我在文化馆安全光荣榜里，看到火车司机吴愧仁安全行车80万公里。我想可能是个和你同名同姓的人。

机务段只一个人叫吴愧仁。

不可能，妻子插嘴说，那些安全行车50万公里的司机，家门口都挂上了

安全光荣匾，你安全行车80万公里了，会没得门匾？

发了光荣门匾给我们家，是我不挂。

为什么？安全不光荣吗？

不是，我觉得自己安全行车做得不好。

安全行车80万公里假的？

也不是，是一公里、一公里跑出来的。

那为什么呢？

因为安全成绩只算行车，路外伤亡不算……路外伤亡，我做得不好；不能人云我云。到那一天，我再不轧死轧伤人了，会把光荣匾挂在门框上的。

没多久，儿子吴愤星上铁路知识课，开始老师问同学谁坐过火车？全班多数人举了手，吴愤星是没举手之一，他确实没坐过，看到火车的次数倒不少。接着老师问同学们，你们知道谁的爸爸或者妈妈安全贡献最大？

教室炸闹开了，大家七嘴八舌，有的说是孟小妹的爸爸贡献最大，他是列车长，管一千多名旅客；也有人说是李清泉的爸爸，他爸爸是巡道工，背着信号旗帜、信号灯不停地走，刮风下雨也不休息；还有的说是赵忠诚的妈妈，他妈妈是车站的货运员，运货都要他妈妈开票。吴愤星也猜了，从左边第一排白玫的爸爸想起，到最后排最后一个同学李娟的妈妈，就是猜不到老师要说的是哪个的爸爸或妈妈？

这时，老师教大家静一静，说都猜错了。吴愤星，老师点名问，猜没得？

猜了，就是没猜到。

吴愤星同学，请你到讲台上来。

老师，我真猜了的，没扯谎，不信你听听我的心跳。

来嘛。

吴愤星在老师无法抗拒的命令中走上讲台。

老师说，同学们，是吴愤星爸爸安全贡献最大。上课前我做了调查比较，他爸爸是火车司机，安全行车80万公里。

教室里爆满哗哗的掌声和赞叹惊讶声。吴愤星从来没被全班同学这样关注、敬重、羡慕过，脸烫到耳根，用手轻轻地摸摸，肯定脸和耳朵都红了。

老师示意叫全班同学静一静，把一朵大红花送到吴愤星面前，说：你爸爸安全贡献大，离不开全家人支持。我代表学校老师、同学表示感谢了。

教室再次爆发热烈的掌声。

吴愤星摆摆手，不接大红花。

教室静极了，几十双眼睛露出特大的惊愕：为什么？

吴愤星把前次提问父亲得到的回答重述了一遍。

老师带头鼓掌。他说，同学们，难得吴大车有这样的高标准，严要求。以后请大家不要到道路边去耍，配合大人搞好安全，好不好？

好！声音整齐响亮。

下课后，全班每科考第一的张小漫亲热地拍着吴愤星肩膀说，愤星，我们耍成好朋友吧，以后有做不起的题问我。她还伸出小拇指和他的小拇指拉了金勾勾；全班最高大的男同学王虎，在吴愤星面前拍胸脯说，今后我就是你的后盾，哪个敢欺负你，嘣，他右拳横空一个骑马步，叫他屁滚尿流。吴愤星知道同学们对他的关心爱护都是冲着他父亲来的。他感到有这样的父亲非常自豪。

第六章　意外

1. 吴愤星所在学校教学楼走廊的两边墙上挂了些名人画像，他不晓得为什么只挂这些人的像，仿佛依稀记得老师讲过墙上挂相片的人对社会和国家有过贡献。他观看过墙上的像，除了一个头发上包了块布，留了两绺胡子的中国古人和一个穿军装戴棉帽子的小伙子外，其余都外国人，有的胡子拉碴，有的男的烫发，还有一个中年妇女混在其中，叫什么居里夫人。他想我父亲的像挂出来肯定比墙上的相片好看多了，父亲对铁路安全生产有贡献应该挂嘛。他在家里找出张父亲的黑白照片，叫王虎帮忙找人放大，像学校墙上的照片那样四周镶嵌木条，染金边。王虎的堂哥就是卖画像的人。王虎说了帮忙的三个对等条件，一是吴愤星帮忙写十次作业；二是中午吃饭后躲在树林里学狗叫，吓唬过路的女同学；三是帮忙出手打一次架。第一条吴惯星立即答应，已经帮忙写过七次作业了，第二条吴惯星也实践过，只是学狗叫没吓唬跑女同学，反被女同学闻声甩过来的石头砸了个血包，就在他考虑愿不愿意执行第三条时，没想到的事情发生了：那是个星期天的早上，他和爷爷吃完饭到路口看热闹，突然一个人从机务段跑出来喊，不好了，吴大车被派出所抓起走了。

哪个吴大车，会不会是吴愧仁？我们的亲人。

爷孙俩闻声跑进机务段，见上上下下几十个人围在运转室外吼的吼叫的叫。原来被派出所叫去的司机果真是吴愧仁。——我们的亲人吴愧仁值乘特快列车途中，为抢救三个抢道儿童紧急制动停车，儿童得救了，车上的两个外宾因惯性力作用从卧铺摔下跌成重伤。吴愧仁刚退勤就被派出所叫去问话了。此时闻讯赶来的人越来越多，机务段其他领导在外开工作会，唯车队长在家值班，他站上门口平台上大声地说：大家静一静，吴愧仁也是我的工友、同志，你们有意见，有看法，都理解，但担任出乘任务的，立即给走！他见没人动，点名叫：张朝荣，你们出乘了，赶快去。

矮胖的张朝荣抱着肚子说，队长，我拉稀，上厕所。说完往厕所方向跑去。人群爆发嬉笑声。

队长指着一个四十岁出头的中年人说，曹先同，你们该出乘了，怎么还在这里？

曹先同说，队长，我到处找你交病假条，医生叫我住院观察，我把假条交后，还要到医院观察室去。说完把一张盖上红印章的条子递了过来。

队长又气又急，转过头恳求地说，工友们，朋友们，请求你们出乘好不好。相信我能把这件事处理好。

此时派班主任跑来给队长说，顶班的费清生说他上班路上崴了脚，不能走路，实在要他出乘，就找副担架去抬他。

……

紧急！情况万分紧急！火车停运了，不到十分钟，铁道部晓得，搞不好国务院都晓得！怎么办？

此时吴愧仁的助手副司机二蛮见吴贵生在一旁，拍手叫起好来，二蛮说：

老革命,你当年参加"二七"大罢工,人上机车一拉汽笛,全部的人都行动起来,现在你去拉汽笛,我第一个响应。

吴贵生走过去揪住二蛮耳朵一扭:这就是我拉的汽笛,痛得二蛮哇哇吼,哭叫着喊放手。

队长如遇救星……

吴贵生带着孙子赶到铁路派出所大楼外,见人群围了一层又一层,原来被救性命的三个小孩的亲属闻讯赶来组织人声援吴愧仁,声援的人在不宽的平坝上,木棒、扁担杆在水泥地上节奏整齐地嘣响,数十人大声齐吼:

放人!放人!快快放人!

救人有功,抓人无理!

讲公道,要平等,依法律!

……

反复地喊,反复地杵响地面,围观的人越来越多,公路开始阻塞,附近铁路火车站下车旅客涌过来,嘣嘣,不知从哪里飞出的玻璃瓶砸烂了派出所的窗户,嘣,又一根木棍飞碰在派出所大门的石柱上;吴愤星捡起路边的西瓜皮向前甩去,再次弯腰捡东西发泄时被爷爷抓住手说,不要去凑热闹……

不少干警全副武装地冲出了派出所大门。

千钧一发之际,派出所长闻讯赶到,他见此面如土色,立即果断地放出吴愧仁。把吴愧仁叫上警车的两个见习民警担心等会儿市外事办的张主任来了解情况找不到人,所长气愤地冒出一句:胡扯。

吴愧仁从派出所出来,围观群众响起雷鸣般的掌声,一群人高呼胜利了!胜利了!几个人还把吴愧仁抬起来往空中甩,呼着英雄之类的口号。吴愤星特别高兴,爸爸是众多人拥戴的英雄,他手掌都拍红了。

吴愧仁回到家里,见老婆弄了一大桌菜,他只动了几筷子,就哈欠连天地去睡觉了。这时王虎问到了吴家,他把抱着的牛皮纸包裹的相框送给吴愤星悄声说,最后一条随便哪阵做都行。吴愤星趁人不注意把相框塞在了平柜后面。

2. 当天夜里渝城降了百年不遇的暴风雨,狂风吹断、刮跑的树枝、花盆、油毛毡、瓦片、玻璃、杂草、纸屑遍地皆是；倒下的树木、房屋随处可见；溪沟、下水道洪水泛滥，冲塌堡坎，路基；坡顶消防池水满崩溃，洪水裹着泥土、石块冲下来摧毁吴家搭在底楼的偏偏屋；冰箱、橱柜、煤气罐、燃气灶、桌子、板凳及月晓玲推到外面卖凉粉、凉面的钢架四轮车等物全部被压在了泥土、石块中，王虎送来的相框没见到光明就从此消失。幸好灾害没伤着人，是一家人不幸中的万幸。

好不容易天空终于停止疯狂暴雨，阳光从云层里探出头，偷看大地一遍惨境，片刻，又急忙地藏入云中，羞愧地反思：对人类破坏生存环境的惩罚是不是过分？

吴家人从泥土、石块、污水中抢出东西，敲敲打打，拼拼凑凑，嵌来镶去，能用就用，实在用不了，能卖一分钱绝不放弃；铲垃圾，倒脏土，刷地面，擦桌子，洗板凳，累得额头冒汗，四肢酸痛，腰杆都直不起来，但更累更沉的是心，尤其是月晓玲特别着急：以后怎么办哟？小食店的生意根本无法做了，前次积存的钱被兄弟悄悄拿走后，虽然家里没一个人指责，然而，摸到良心说，谁个心里高兴痛快？她到劳动力市场巡转多次：选家政服务，收入太低；饭店清洁工，工作太累；帮洗工作服，活路太苦；站柜台，要求太严；搞无本销售，风险太大……一天她突然想到去小学校门口卖串串香、烧烤鱼、麻辣凉粉，本钱小，时间短，利润厚。吴惯星看到母亲守在校门口做这种被人看不起的小生意，非常别扭，叫她别干了，母亲说劳动最光荣，我不赚钱你吃啥？儿子说我爸有钱。母亲说他有好多钱，是印钞票的吗？儿子跟爸爸说起此事，父亲也板起脸劝妻子，可妻子就是不听，说你们嫌我贱，见到我不认就行了。仍然我行我素。

3. 由于暴风雨受灾，吴家伤了元气，吴贵生老两口回老家亲戚家休养了，吴愧仁受雨淋，加上抢搬东西劳累过度，成天咳嗽不断，到医院检查又查不出什么原因。一咳嗽妻子就劝丈夫把烟戒了，吴愧仁把烟戒了两天，心一烦又抽上了。儿子说爸你不是讲做人要无愧于心，无愧于人吗？你成天咳咳吭吭的，对得起自己心不？对得起我和妈不？

父亲摸着儿子的头说，爸爸对自己有愧，爸爸对你和妈也有愧，你不要学爸爸，现在开始我就把烟戒了，我以后再抽烟你就对我不客气……

是不是哟，儿子把妈叫过来，当面和爸爸打了个金勾勾。

领导照顾吴愧仁，安排他在运转车间打日勤，协助后勤管理工作。一次上级领导到单位安全检查，吴愧仁作为乘务人员代表参加了座谈会。半个月后，单位被处罚两万元。原因是吴愧仁发言中说了车房失火之事。领导们气得吹胡子瞪眼睛：这个吴愧仁，单位哪点对不住你？分你房子，准备考虑你提干，就因为你在是非面前识大体！让你出点头，尾巴就翘上天……你口口声声说，做人要对得起心，对得起人，对得起哪个人？对得起上头领导，他们离你八竿子都打不到，你对得起全段两千多名职工吗？单位遭罚款，每个职工遭扣钱，你还不是有份……吴愧仁知道领导话后，感到特别委屈，失火之事，周围团转人谁不晓得？他以为上级组织晓得了，哪晓得是捂住的！真知如此，哪个猪脑才愿意去拙笨？……但说都说了，又收不回来，况且不是无中生有。反正菜板上的肉，横切竖切都有理！他烦闷怄气中点上烟，发疯般猛抽着，儿子放学回家看见了，走到父亲背后把烟抢了过来，甩在地上踩灭，

父亲转过头来，满脸不高兴，做出揍儿子状，吼道你把我魂都吓脱了。

儿子推开窗户，烟雾向外散去，儿子轻声说爸你说话要算数，说不抽烟就不抽嘛，咳嗽才好两天烟瘾就犯了。

父亲发怒了，拍桌子，茶杯跳了起来，你这小子没大没小的，敢管大人的事……我哪有烟瘾？有瘾的人能说不抽就不抽吗？说戒就戒吗？……我心头烦得慌。

母亲赶过来帮儿子忙：闷得慌就抽烟？你闷得慌啷个不往长江头跳，长江没盖盖子……她边说边把儿子拉出门外，劝儿子不要怄老汉的气，你爸心头装不得事，过段时间就好了。

4. 没多久，吴愧仁被通知回运转车间跑货车。妒忌他的人暗暗高兴：这娃栽跟头了。吴愧仁开始极不高兴，觉得自己操纵机车技术在全铁路局数一数二，去跑大货车，非常丢脸。但第一个月跑下来，发觉收入比跑客车高出两三

成，他反倒感激起领导来了，因为他特别需要钱。

一次吴愧仁跑车途中调车作业，一个名叫老涂的北方随车押运员，扛了箩篼苹果来慰问。吴愧仁等人坚决不要，害怕别人看到揭发后受处分。老涂对吴愧仁顿生好感，现在这样讲纪律的铁路人不多了，他从北到南行了两千多公里，沿途车站的司机、信号员、装卸工有机会了，哪个不伸手要苹果，拿少了还骂你小气，装虫，给你小鞋穿。他早想在渝城发展经营业务了，觉得吴愧仁是个可交的朋友，就说，这样，我也不为难你们，苹果是卖给你的，外头两块五一斤，卖你一块五行不行，给你们打上收条。

吴愧仁当场把苹果钱给了老涂，把老涂写的收据放进包里。他嚼着香脆的苹果想起单位进门墙上贴的招贤榜：谁能为单位找到挣钱业务，跑车的工资奖金全有不说，还按赚钱的金额提成。他心动了，问老涂，你运的苹果有多少，是不是都这样价格卖？

见多识广的老涂反问吴愧仁什么意思，心直口快的吴愧仁把自己想法抖了出来。

老涂说，给你们单位联手做生意干，跟个人联手我肯定不愿意。

吴愧仁回机务段给领导汇报了情况，接下来的几个月，单位由吴愧仁牵头与老涂做成了几批长途贩卖苹果、梨子、菜油生意。单位赚大头，吴愧仁赚小头，职工连续三个月的奖金增加了三位数。

5. 就在吴愧仁转运时，他老婆月晓玲却霉起冬瓜灰：一次她卖烧烤鱼图省钱买了些死鱼来加浓麻辣味，放点五香粉烤起卖，浓厚的香味引得进出学校门的小学生流口水，抢着买的不少。可没过好久，吃过烤鱼的学生肚皮痛，呕吐，头昏，学校保安闻讯追赶卖烤鱼的月晓玲，她慌乱逃奔跑中滚进下水沟，一些半大娃儿看到月晓玲落进沟里，听说她是卖烂鱼的坏人，就捡起小石块、枯枝向她砸去。吴愤星知道母亲出事后也追出来，此时他看到危情，立即制止了小孩们。儿子下到沟底扶起母亲，一脸愠怒，一脸同情，一脸可怜。母亲说对不起，你不该来……多丢人。

当天晚上，吴愧仁知道此事，狠狠地骂了老婆一通，老婆没哼一声，有什么说的哩，听丈夫和儿子的劝，哪有今天吗！

政府有关部门处理此事，听取了受害者意见。学校听说卖死鱼的是学生家长，也就睁只眼闭只眼，不作深究。这里面，吴愤星同班女同学白玫起了重要作用。她当天吃的鱼最多，中毒最厉害，跑厕所最勤，走路打偏偏，却带头说怪得到谁？只能怪我们自己嘴馋，不去买鱼吃，没人会把鱼塞进你嘴巴……吴家赔了医药费、营养费。从此，吴愤星对并不出众的白玫有了一种说不出来的亲热感。原来白玫的父亲也是火车司机，而且是父亲的好朋友。从此两个小学生经常在一起要：讨论作文，看电影，滑旱冰，到图书馆看小人书……一天傍晚两个小伙伴牵着手回家，路上一条野狗追着白玫咬，吴愤星奋勇打退狗，自己却受伤了，白玫送吴愤星到医院包扎伤口，回家路上她搂抱了吴愤星一下……

白玫的父亲叫白云杰，是机务段长期开车却不轧死轧伤人的知名人士，听说老朋友老同事吴愧仁做长途贩运生意赚大钱就说七说八终于加入了做生意的行列，白云杰头两笔生意做得不错，后来他心子大了，恨不得一锄挖个金娃娃。他背着组织和吴愧仁与他人搞小动作，从中吃回扣。一次老涂与机务联合贩运两车厢西瓜，因白云杰搞小动作错过了出手机会，红亮熟透的西瓜卖不出去，单位上上下下的人急得如猫抓，机务段组织人上街去卖西瓜，从来不愁失业丢饭碗的铁路人感到轻松、好玩、好耍。西瓜卖脱了是单位的，西瓜没卖脱烂了也是单位的，价格过去点过来点无所谓，反正卖脱了比烂在车厢里强，若是沾亲带戚的熟人朋友买西瓜，你要拿好多就拿好多，背篼、麻袋、提篮只管装，象征性给点钱可以，分钱不拿也不找你要，站着卖西瓜的人，大哥不说二哥——个个差不多。

懂事的吴愤星背西瓜去学校，每次汗流浃背，气喘呼呼，背了三回。他把自己存起来买资料、文具的钱全拿出来了。

月晓玲除了咒骂白云杰外，没忘记占便宜，一次又一次把西瓜往屋里搬。给隔墙邻居送西瓜，邻居感谢她，送她物品就收着，塞钱她兜里就揣着。吴愧仁忙得脚板翻，没心思和精力管老婆的行为。

机务段卖西瓜引起有关部门重视，及时作出处理：解散了长途贩运公司，对有关责任人经济罚款。

第七章　分手

1. 离开是非之地，回去重操开火车旧业，吴愧仁还没到运转室报道，就被教育室硬要去帮忙：因为列车牵引动力由蒸气机车逐步向内燃机车、电力机车转型迫在眉睫。吴愧仁毕业于火车司机学校，懂理论，又驾车多年，精实际，当个教员讲课深入浅出，容易懂。吴愧仁不愿意去，觉得卖西瓜丢大脸了，走在街上、路上，仿佛背后有人指指戳戳似的。他只想与火车头为伴，在哐咣哐咣的列车运行声中度日。领导多次做他工作：直到最后质问他是不是对组织上处理贩运西瓜有意见，产生抵触？

他才说，不敢，不敢，他从心底里感谢领导对他和白云杰的处理仁慈。

吴愧仁到教育室帮忙，没有了经营重压的焦虑，精神快活多了。他重温动力牵引理论，不时在本子上写写记记，坐久了，就到投炭基本功练习房里，脱下外套，给新学员作示范，常常获得一阵阵掌声。

心空起来，吴愧仁关心儿子就多了。他发现儿子早上走得早，晚上回来晚，问：是不是去社会上鬼混了？

你高看我了，小学五年级学生能混出啥名堂。

老实说，你在学校最喜欢什么？

最喜欢读书呀，还有……看漂亮的女同学。

哪……你看白玫漂不漂亮？

不漂亮，也不算不漂亮。

除此，还有什么爱好和希望没得？

有呀，就是当体育课代表，组织足球队，夺取全校第一名。

你们学校足球场都没得，到哪去练球？

这就是我走得早回来晚的原因了，有条件要上，没有条件创造条件也要上。

你们差什么条件，说不定我还帮得上哩。

那你听好，帮得上一定要帮哟。

父亲点点头。

原来儿子所在的学校由于地势狭窄，明令禁止踢足球。然而足球风吹得男孩心痒痒，总是三五成群地悄声地干活，趁专管此事的体育老师中午去食堂打饭，拿个球偷偷地踢几脚。也是学校明令禁止有理，因为围墙外就是住家户。偷踢球的人一使狠劲，球就飞出墙外，落入墙外人家的房顶或院里，绕出本校门外捡球太麻烦，只好翻墙捡球，此行动危险四伏，首先要当心小鸡鸡被墙上的铁丝网扎到，其次动作必须干净利率，一次吴愤星翻墙去捡球，迈过铁丝网后，以为安全大吉了，迫不及待往下跳，结果被网挂上了，使劲一挣脱，裤子"滋啦"一声，网上挂块布，人掉下去了，捡完球也没回去上课，直接回家换裤子。更可怕的是，受害居民的奋勇反击，踢飞出墙的球落在房顶上，也许此时人家正在炒菜煮饭，房顶突然落下灰团瓦片，砸在菜板上或者汤锅里。气急败坏的受害者经常抄起手边菜刀饭勺或者擀面杖冲出来捉拿凶手。吴愤星就被追过三次，幸好跑得快没落入复仇者手中。为避免悲剧事件发生，吴愤星带着球友到附近中学的操场踢球，每月给看球场的老伯三包烟一瓶酒。

儿子说：你资助点烟酒钱肯定办得到，说话算数哟！

父亲点点头，也说了资助附加条件：期末考试成绩必须多数科目优秀。

父子当场击掌为定。

2. 丈夫心空了，愿多陪妻子，可妻子却害怕丈夫形影不离，因为她知道丈夫循规蹈矩，没发财之望。现在她太需要钱了：兄弟做生意栽大水了，带信来要钱，说不然就下辈子姐弟再相见。

跟丈夫摊牌？她觉得前次用了家里的钱，都愧疚，现在怎好再开口。怎样弄钱？几个姐妹伙知道她想法后调侃道，抢银行，卖白粉？

她摇摇头：你推瞎子跳岩哟！我脑壳还想多吃几天饭！

投资火性生意。

再火的生意也要本钱，我哪来？

哪深挖三尺，开发利用资源，反正你结过婚，哪样没见过？只要哄住男人不晓得就行了！

呸！我家愧仁晓得了，不把我活剥起来吃了！

你这样讲德性，我们就没法了！

妻子继续寻职业挣钱。一天，她在湖边酒店门前看到招聘启事，感到应聘大堂领班有条件，就兴冲冲应聘。接见她的是一个四十岁出头的男子，瘦高高的，一见面一双眼睛就盯在她身上，色迷迷神情恍然，她很反感，斜着眼嘴角挂着轻蔑的冷笑，扭身外走。

男子急忙上前拦住说，美丽的女士，请慢点，有件事麻烦你。

她眼光利剑一样刺向男子，仿佛在说你想轻薄非礼吗，小心狗头。

男子从皮包夹层拿出几张彩色照片递过来，你看看？这是谁？

月晓玲接过照片反复看后，特别吃惊，嘴唇张开，飞出严峻的问话：我的照片怎么到你那里去了？

这是你的照片吗？男子底气十足地反问，凭哪点说照片是你的？

这身材、发型、脸颊、眼睛、眉毛，嘴巴、鼻子？分明就是我吗？稍有眼力的人，谁个会怀疑？

错！男子说，这是我妻子的照片，你跨进屋，我差点惊叫出声来，以为鬼魂来找我！死死地掐了掐手掌背，痛得钻心，差点出血，想必不是我犯了臆想症，见你说话清爽，吐谈有理，真有个女子和我前妻一模一样嘞。

是不是哟？我和你前妻一模一样,找些话来说？她再次低头看那些照片。

你不要走，我找几个妻子的好友来，看她们怎样说！

月晓玲坐在门边的板凳上翻女士画报，没隔会儿进来三个少妇，见了她，有的吓得转身撒腿就跑，有的高叫出事了！老板娘还阳了！有的捏紧拳头，镇静地叫绍芳的名字，还齐齐地说，前几个月你不是车祸丧身？今天怎么回来了？

月晓玲站起来，挺起胸脯说，你们看清楚，我是谁？不要张起嘴乱喊！怪兮兮的，扯得很哟！

……

当确认世上有一模一样两个女子后，瘦老板当即拍板，月晓玲大堂领班，工资加浮动奖！月晓玲回去和丈夫说起此事，丈夫点都不信！世上哪有如此之事？找些龙门阵来摆哟！

妻子说，信不信由你，说不说由我，世上的事，不是你说了算，也不是我说了算，反正摆在那里。

丈夫想，有点怪了！

3. 三个月后，月晓玲的收入直线上升，老板有她精神抖擞，酒店经营起死回生。慢慢地，月晓玲知道了酒店经营的另一面，后楼顶层的一排房间生意特别火红，三三两两的搽红描眉露肚皮现大腿的女郎在楼梯间上上下下，各种年龄、层次的男人在通道上来来往往。在洗手间她扶起过一个十七八岁的女孩，吐得一塌糊涂，还在约男人等到起，不见不散！她递过毛巾，悄悄问：你这样拼命，努力，一个月挣得到好多？回答八九千，一万吧！月晓玲心里说，吹吧，吹！男人的钱就那么好挣！渐渐地她知道了女孩挣钱的手段，发狠道：哪里是把自己当人？

瘦老板知道月晓玲急需钱，却坚决不准她走入后楼顶层。他说，你实在想挣钱，给你条路子，投点资到酒店，每月分红。

我哪来钱吗？

没得钱，多干活嘛，老板把收拾卧室的张妹送到顶楼去，叫她把张妹工作兼起来，发的工资当入股，时间越长股份越多，搞几年你月晓玲不也就成了半个老板。

月晓玲半信半疑，从接触看，瘦老板对她还算老实，他对其他姐妹就随意多了，不过，老板从不捡粑火，吃白食；做了啥动作，捡了啥便宜，该给啥价就啥价，绝不乱来。不少女服务员巴心不得他动手、动身，动心，可他的心却恰恰不动，只落在"妻子"身上。月晓玲细算了下，四个月来，她得的钱已经超过打工一年的收入。她高兴，又害怕！想辞职走，又舍不得挣粑和轻松钱，成天提心吊胆，害怕祸事落到头上。

这一天中午，她迷糊在间休室床上醒来，见瘦老板赤裸裸地睡在旁边。没喝酒，怎么会醉？原来瘦老板在她水杯里下了药。她对瘦老板又咬又打，骂他猪狗不如，霉头霉脑，臭屁一个。

瘦老板也可怜兮兮地说，实在忍不住了，希望她原谅，保证以后不再犯。

原谅？怎么原谅？就当没发生过，可不可能？泼出去的水，收得回来吗？

瘦老板说他愿意赔偿损失，只要开个价，还价是龟儿子。

你比龟儿子还不如，比大粪还臭，比毒蛇还恶，自尊、人格、贞操有价吗？气血、质感、灵魂能用钱估量吗？

瘦老板皱眉洼脸木痴痴可怜兮兮地说……那你就把我杀了，死在你手上是我的福气，不冤不屈也不叫，说着拿出明晃晃的尖刀。

她把刀拿过来摁在他脖子上，寒气一片，血顺着他胸膛流，巴嗒嗒响，染红她手，他却眼都不眨一下，吭都不吭一声。她心软了，扔下刀发疯般哭。瘦老板塞了好多钱在她包里，她不清楚，她在屋里哭了多久躺了多久，也不明白，直到肚皮饿得发慌，嗓子渴得冒火，才睁开眼睛，从窗框的缝隙看到夕阳染红碧绿的湖水，几只白鸭在水上游浮，起皱的波纹把腐朽的细微杂物推得很远。就这样糊里糊涂的永远地闭上眼睛，急需要钱的弟弟怎么办？丈夫赞我还是损我，该说我好，还是说我坏？……傻子才与过去的事过不去，妈妈临终前的话又在月晓玲耳边响起。妈妈一辈子不与过去的事争斗，一辈子与现在发生的事抗争，一个残疾的孤老太婆才把一儿一女健康地抚养大。

怎么办？过去的事回不来，眼前的事怎样做？去派出所告瘦老板强奸？谁相信？酒店如花似玉的姑娘多如麻？会看上你半老徐娘？笑话！就是派出所相信，证据呢？擦下身的几张卫生纸扔进了厕所不知流到哪去了，刀摁在瘦老板脖子上，血淋淋哩，他还告你杀人呢？一团屎不臭挑起臭，此事除瘦老板外谁个晓得？到派出所一告，好多人晓得了，脸往哪里搁？她打开窗户，一片白光投进来，照得眼睛发痛，她回头看床边的矮桌上放着茶水和饭菜，饥渴成了行动的主宰，当饭足水饱后，她眯眼又躺了下去，泪水断线似地流出来，不知道又过了多少时光，她翻身压住了自己钱包，伸手抱在胸前，感到沉沉的，又把钱包扔在一旁，还不解气，爬起来用脚踩钱包。就是你！就是你！不是你贪多图大哪会有今天？

钱包有何罪？有罪的应是钱包的主人，如果早几天走了，会有今天的事吗？如果，如果……哪来那样多的如果！她狠狠地抽自己的耳光。手抽软了，脸发烧手发痛，她大口地喘息着，拿起钱包咚咚地跑出了屋。夜风摇曳她的发丝，凉意浸润她的脸颊，咀嚼她的心，她哆嗦地靠在路边的大树旁等车，淡雅的路灯同情地陪伴她。突然一只手抢去她钱包，她转过身拼命地呼喊，闻声赶来的人们包围了抢包者，一个勇者和抢者扭住一团，钱包追回来了，勇者却被抢者捅了两刀送进医院，让她做梦一般，完全无法相信却实实在在的是，被捅的勇者竟是酒店的瘦老板。她恨他，恶他，骂他，也敬他，且认真地照顾他。

她几天没回家，牵挂妻子的丈夫终于找到医院来了，丈夫知道事情后半部，感动地加入了照顾瘦老板的行列。大报小报登瘦老板勇救酒店员工的事迹，瘦老板却从不愿在人前讲这事。月晓玲从没夸瘦老板半句。回到家她痴痴地坐着，不笑不哭不说话，意识把眼神送到天外，神经麻木凝固了，魂儿似乎离开了肉体，浑身僵硬没了人气。担心妻子累坏了被吓傻的丈夫格外地呵护她，给她倒来温开水，把暖润的毛巾递到她手上，帮助她脱掉外衣外裤、鞋子，让她躺在床上。她感到醉人的温馨，透心的舒畅，丈夫啊，你为什么要待我这样好呀？

她想把事情全说出来，觉得不说对不起单纯本分的丈夫！可又觉得说出来了对感情忠诚的丈夫伤害会更大！她知道丈夫及他的同事把妻子的贞洁看得很贵重，一个人连老婆的贞操都守不住，保全不了，还有脸在单位上混吗？她流着泪昏昏沉沉地倒在床上，模糊中又想：你吴愧仁婚前还不是遭蛮女"强奸"了，两人都没保全自己身体，如两个有裂纹而能盛水的缸子，正好摆在一处。

4.　一场暴风雨后，天更蓝山更青花更艳草更绿鸟声更脆，两夫妻情感逐渐如初。儿子发现母亲没去湖边酒楼上班了，高兴地对父亲说，聪慧的妈妈真好真棒。

父亲问其故。

学校同学讲妈妈上班那个酒楼坏女人多。

父亲说，里面坏人再多，但你妈是好人。我清楚。这时屋外响起喊声，儿子跑出去看后回来说：妈妈，外面有人找你。

月晓玲出门来看是兄弟的好友昌贵，昌贵告诉她，她兄弟差钱的事急了，她回屋拿出钱交给来人，第二天昌贵带来弟弟的亲笔信：钱收到了，以后挣了钱加倍还！

一个月后，丈夫觉得下身红痒难受，开头先买些治皮肤病之类的药擦擦，接连用了几盒药没见效，就到医院皮肤科就诊，头发全白的老医生给他检查后，眼睛盯了他半天，问他是做什么工作的？他回答了自己的职业。

你们开火车的人，流动性大，可也得洁净自好，自尊自爱。

怎么啦？吴愧仁不明其意。

你问我？你自己不清楚！老医生看他满脸焦虑和手足无措的神情，就把病名，传染渠道、危害、治疗，慢条斯理地讲了一遍。他犹如炸雷轰顶。是在哪里传染上脏病？从来没和妻子以外的女性有过性行为，就是被蛮姐强奸过，那也好多年的事了，不会现在才发病呀；会不会是澡堂不洁？哪能？医生说大多数是性接触；是不是妻子行为不轨，她不像那样的人……难说，人是变化的，但愿不是妻子。可不是她，我的病是怎么回事？

妻子发现他的反常，也没理他，静静地坐在一边，心头七上八下的咚咚响。他们谁也不理谁。过了一阵，丈夫实在忍不住了，说出了自己痛苦、焦心、难以启齿的话。

妻子说，我下面还不适嘞，难受得很，是不是你传染给我的哟？

丈夫听话后反而高兴起来：是嘛，妻子哪会乱来，可脏病……从何而来，他更迷惑了。

妻子见丈夫焦眉愁脸，一会儿盯东一会儿看西，一会儿站一会儿坐，纯情傻乎，可怜又可爱，突然觉得自己太自私，太过了，一种说不清道不明的力量，让她忘记羞耻和后果，立起身，走到丈夫面前说，是我传染给你的，是我！

丈夫发怵地望着她，以为她感冒发烧打胡乱说，再细看妻子的眼睛，里面满是真诚。到底是怎么回事？

妻子反而冷静下来，她一五一十地把事情前半部说了，等着丈夫的态度。心想，没什么了不起的，顶多离婚，离了婚，还不是要活人，虽然我并不想离婚，害怕离婚！

戒烟很久的丈夫抽起烟来，儿子过来抢他烟，他把儿子推到一边，母亲对儿子说等你爸抽吧，是我不好，你要罚就罚我吧。她抱着儿子哭了。父亲站起来，两手在额头和脸颊上使劲地搓了搓，又往自己胸上轻击一拳，像要打掉胸中堵塞的郁垒，然后跨出门去。

凉风抚摸着他的头颅和脸颊，柔润的湿气浸润他肺腑。他穿过翠绿的树林，顺石梯来到河边的沙滩上，无目的地转悠了会，一屁股坐在了岩石上。夕阳把江面染成金黄，几只悠闲的水鸟轻松地盘旋。岩石边一股清泉叮咚地流淌，群发黑的大尾巴蝌蚪在水里摇晃浮游，一个小孩跑过来了，他小手捞起几条蝌蚪向远处的同伴叫喊，小伙伴们也回声嚷嚷，小孩手里的蝌蚪被扔在溪边的岩石上，有两只蝌蚪在硬石上可怜的死去，侥幸弹落进水的蝌蚪游呀游，藏进一蓬水草中，片刻浮出水面，如往地摇晃浮游。谁知道它遇过劫难？劫难已经过去，生命如旧快乐。

他回到家里，见妻子收拾好自己的衣物，惊奇地问，你这是做什么？

我身体已经脏了，没脸在你身边，你也不会要我，让我走吧。

你到哪里去？他停顿下，声音柔和起来，能说实话，说明你心不脏。我也脏过嘛。脏过，并不可怕，不再脏就行了。

儿子站在门外没进来，他懵懂地感到父母间发生了非常事情，这事很脏很臭很丑见不得光，自己掺和进去，也无济于事。

而三个月后的一天，妻子突然跪在丈夫面前，哭兮兮提出坚决分手，丈夫莫明其妙，他知道妻子没到瘦老板那里上班，是和一个叫胖姐的在汽车站旁边合开一个饮食店。为啥子要离婚呢？那么坚决，不同意就跪到不起来？难道是我做错了？或者她又有了见不得人的事？他说，离婚总得有个理由呀？你不说清楚，我坚决不，哪怕你跪到天亮。不管丈夫怎样说怎样劝怎样哄，妻子就是跪着不起来，丈夫怕家人知道莫名地恐惧、担忧、伤感，就说，好，好，好！一切事依你行了！

妻子起来洗了脸，换了衣裳，还揉了阵跪酸的膝盖。然后拿出离婚协议书叫丈夫签字。

丈夫拿出钢笔故意写画不出墨水，他说，等会儿，天意不要我们离，不然好好的笔怎么会没墨水？

妻子瞪了他一眼，摸出自己的蓝色钢笔递过去，泪水滴在手上，她说，你签吧。

丈夫拿着笔望着泪水如线的妻子说，到底怎样回事，天垮地裂了吗？非离婚？

妻子又跪了下去：我知道你对我好，我总不能恩将仇报哇。结婚多年了，我没求你什么事，今天求你了，在上面签个字。

儿子在外面喊，吃饭了，爸、妈。

丈夫说，我们吃了饭再说好不好。

不，你现在把字签了，好聚好散。不然儿子知道了，照样分手！

强扭的瓜不甜，她心死了。他想：她不愿意说出来，肯定有她难言的道理。是不是……他接连做了几个推测和估计。

你签不签？妻子不知道从哪里摸出把短刀，摁在自己的喉咙上，你再说一个不，再不签字，马上死在你面前。

丈夫不得不在协议上签了字，他知道妻子的脾气，妻子哪会作秀？他脑壳凝成铁，手脚发凉，泪水涌出眼眶，一屁股坐在木椅上。

妻子打开门，向儿子打声招呼就出走了，消失在夜幕中。

第八章　迷惑

1. 母亲背影远去，儿子向前追了几步，转身见父亲满眼泪水，问你们吵架了？

没有，她这回出差，走得远。

儿子说妈走得匆忙，我给她炒的椒盐花生米，忘了带走。

父亲摸着儿子茂密的头发：她会记起的。泪水流下鼻翼，他赶忙转过身去，找洗脸毛巾擦拭。

吴愧仁草草刨了几口饭就卧床躺下，多年的生活情景浮现出来，从第一次在面店相识，到无奈结婚，虽然开初没好感，可走到一起后处处是真心真情，谁感觉不到？近来虽然出现些烦恼和意外，可过日子谁能保证风平浪静？她确实现在走了。为什么呢？嫌自己没当官，没发财，她好像不是那种人；嫌自己卖西瓜亏本，她卖死鱼也丢了面子吗，她好像也不在乎这些；嫌没有自己的亲生骨肉，老了来没指望，如果是这样，你就明说吗？不行，我们申请再生一个嘛！不会！她从来没说过这方面的事，都夸星儿乖！那又是为什么呢？他拍打自己脑壳，责怪自己自以为聪明，连这么重大的事情都看不出苗头来？其实是个笨蛋。他继续想：爱读书有什么用！会干活有什么用？霉运仍然降落头上，天底下老实人为啥要吃亏？他觉得应该深探究原因。另外怎样开口给父母和儿子说？他从床上站起来，转了几个圈，然后跨出屋门，儿子担心他有事要跟着，遭到拒绝。

儿子想父母间口角言语不可怕，但千万不能离婚哟，因为单亲家庭的孩子在学校最被人瞧不起了。

吴愧仁信步繁闹街上，东看看西望望，希望碰见妻子，可转念碰见有什么用？在离婚协议上签了字，她就与自己没关系了。他想：我为什么这样傻呀，要在离婚协议上签字？但又想：不签字行吗？她这人从不威胁作秀，说得出来做得出来，真的出条人命，更难说清楚了！他想：好在和她相处的多年里，没得什么对不住她的，当然有时说话声音大点，太忙时忘了洗脚上床，菜没端上桌时，偷偷地在厨房用手夹上几块吃，她卖死鱼事发后吵过她，拍过桌子摔过碗，那是气头上的事，过了就过了，这些缺点可以改嘛；会不会上她弟弟那去了？去就去吗，多长的时间由着你，用得着离婚吗？是不是她和酒店的瘦老板偷着旧情复发？可能性极小！她说起瘦老板没有一句好话，恨不得吃了他的肉，剥了他的皮，抽了他的筋，哪会和他在一起？但他还是多了个心眼，亲自去湖边酒楼寻觅，先找服务小姐问信息，没得线索，又亲自拜访瘦老板。他和瘦老板见过面，瘦老板很快认出来人是谁，惊愕地张大嘴，凹眼窝装满愧疚，知其来意后，两只手在胸前乱晃，说她没来过，自从那次出去后，她再没进来过。见来者脸色铁青，两眼喷火，诅咒发誓：说半句假话，是乌龟在地上爬，是王八遭人踩。他转身外走，到门口时，瘦老板喊：哥子，慢步。他眼神如电光直射过去。

有何事？

瘦老板招招手，他回过去跟着进了旁边的一间小屋，瘦老板顺手关上门，拉亮灯，弯腰驼背伏在他耳边。

有什么就说嘛，见不得人？

不是，大哥，不晓得你婆娘给你说没得，说了是我多嘴；没说就当我掏出心向大哥赔罪。

他惊疑地望着他：你讲。

对面车站边食店胖妈找我借过钱，说是买铺面，我没给她，她就约你老婆一起买，两人都没搞到钱，就通过线人借了笔数目不小的高利贷。店买下来，半个月前食店突然失火，烧得只剩下炭黑的光框。胖姐和她女儿被追债人弄起走了，不晓得你老婆是不是和这事有关？

跑了，跑得脱债吗，政府就不管了？

难说。胖妈的女儿就是去报警路上遭抓到又打又奸又杀的。

吴愧仁心一下悬到半空，老婆哇，遇难处你讲出来共同对付，为啥独处啦？

吴愧仁离开瘦老板高一脚低一脚地在路上走，像个跟跄醉汉，其实他在路边酒店喝的酒不到常态的一半。回到家儿子想问他母亲的事，见他痛苦相，就没了言语。拧来热毛巾给父亲擦脸。

父亲说，妈妈走了你恨我吗？

妈妈走了又不是不回来？恨你什么！

她不回来了哩？

爸爸……儿子见父亲异样，坚强的爸爸落泪了，感到事情非同一般，眨着眼珠，聪明地改变思维角度，安慰道：爸爸，我记得你说过，世间之事，不顺心有七八九，无奈之事随处可能有，只要没做对不起妈妈的事，脚长在她身上，她实在要走，谁也没办法。他还露出奇怪的笑容。

父亲说：我缺点多，脾气坏。但负责任地说，从没做过对不起你妈的事。

那就好，爸爸，妈走了，还有我陪你。妈想通了，说不定也会回来了哩！

好儿子，父亲一把搂过儿子，父子俩抱头痛哭。

第二天吴愧仁下班后仍然出外到处转，为啥转？转能做什么？他全然不清楚。好像两条腿不是心的，也不是脑壳的，是苍白和茫然的，在视觉和嗅觉的引导下无目的移动。一连几天都是如此。

儿子上学前放学后也悄悄地在四处转，他找妈妈，找到妈妈一定要问她为什么不要我和爸爸了，我们错误犯得再大，可以改呀！然而事与愿违，哪有妈妈的影子。

2. 一天又一天地过去，时间是最好的消愁剂。大概一年以后，父子俩的心情才平静下来。吴愤星小学毕业后，考入了附近的铁路中学，同班女生白玫也和他进到同校，并且仍在一个班。春心初萌的白玫开始注重穿着，画眉毛，描嘴唇，染指甲，戴耳环。走在高个吴愤星身边，有一种说不出来的得意和风光，故意用胳膊和乳挨他，用话语挑逗他，经常感激和恩赐般买些小食品送给吴愤星。白玫家住在附近农村，父亲开火车，母亲种菜，白玫母亲知道吴愤星妈妈离走后非常同情他，经常叫女儿把吴愤星带回家来喝点炖汤，吃点炒菜、蒸菜的。吴愤星也不推脱，因为他回到家煮饭洗衣都是自己，父亲也不像以前那样做事程序明确，空了就抱着本书看，现在经常蹲在门外坝里看人下象棋，打扑克，搓麻将，手痒了，也凑个角子，并时不时心慌暴躁发脾气。一次儿子见他抽烟接连呛了几口，猛不防抢过烟，扔在地上用脚踩，开始父亲瞪着眼吼，接着破天荒地给儿子一记耳光，不提防的儿子晃了晃身子，差点撞在墙柱棱角上。隔壁熊婆婆看到此景，数说父亲怄糊涂了怄昏花了，佯装威胁架势：走，愤星娃娃，我们到派出所去告你老汉虐待罪。

儿子推开熊婆婆说：你说些啥子哟……找些事来做。

围观的人非常吃惊，仿佛看到说话的儿子周身冒出一圈圈奇怪的白气，那气厚重，飘浮，风吹不动，阳光晒不透，使劲抽动鼻子闻闻，却有淡淡的清香。

一天晚饭吴愧仁在屋外走象棋，儿子喊家里来客人了。吴愧仁赶忙回屋，见儿子身边一个面熟的姑娘，客人在哪里？

姑娘大方地说：吴叔叔你认不到我了，我叫白玫，你还和我爸爸喝过酒，逛过铁路文化宫。

哦，吴愧仁揉了揉眼睛，记起来了，哟，你长好大了，爸妈还好吗？自从卖西瓜亏本后，吴愧仁就没和白云杰来往了，嫌他固执自私。

此时姑娘把两瓶酒撂到桌上说，这是我爸妈孝敬你的。

吴愧仁说：你拿走，拿走，我戒酒了。

爸爸，说假话，昨天晚上我还看到你喝酒哩。

你……小东西，父亲做出揍儿子动作。

姑娘说吴叔叔，我爸早就说来看你，就是走不出门，爸爸说，有事，还要请你帮忙。

我能帮上你爸啥子忙？想起贩西瓜，旧火冒出：老白，本事大得很嘛。

知道事情底细的儿子赶忙挑明话：你牵引理论好，又在教育室助勤，白玫爸想请你帮他复习一下理论，考试时放人家一马。

你这娃儿张起嘴乱说，转产考司机能随便吗？

请你帮人家复习，没叫你帮他作弊，爸爸，儿子撒起娇来搂着父亲的脖子，脸靠得很近地说，就看在我面子上帮白伯伯一回嘛？好事做了好事在。他们一家帮我很多了。吴愤星把最近一段时间去白家受到的优待说了一遍。

你吃人嘴软，要我来还情，父亲嘴上硬心却软下来，他转身叫白玫姑娘回家去跟她父亲说，帮忙复习理论办得到，并把桌上的两瓶酒提起来交给姑娘带回去。

儿子从他手里夺过酒说，爸爸，这酒留在这里，等白伯伯司机考试过关了，大家一起喝。

机务段蒸气机司机考内燃机车或者电力机车司机的上岗合格证共有300多人，其中约四分之一的人岁数偏大，文化偏低，理论考试难过关。如果理论考试失误后，补考两次仍不到60分就另行安排工作。白云杰理论考试得10分，补考一次了得28分，急得他坐卧不安，还有一次补考，如果仍与60分无缘就要告别多年的火车驾驶室了。他也想过干脆算了，当不当那内燃或者电力机车司机有啥，随便做啥事都行，反正铁路上的人不犯大错是不会丢饭碗的。当他真这么做时，心如刀割，忐忑不安起来，觉得亏欠得慌。想起家乡人对他这个在铁路上开火车的司机，投过来多少赞许的目光，就是在乡镇上吃碗小面似乎分量都比其他人多一点。他本想直接找吴愧仁帮忙复习，可吴愧仁几次见到他扭头就走，无奈只得找女儿出面搭桥。

从第二天开始，吴愧仁给白云杰扎扎实实补习了一个星期课。现在的白云杰了有了底气，再次理论补考后，心头笑眯眯的。

吴愧仁同情理解岁数偏大、文化偏低而特别努力的老司机，他想考试成绩在58分以上再复察答卷，找那么一两分出来不就过关了吗？他把自己的想法写成提议，准备给教育室张主任送去，可还没走出办公室就被朋友抢过去传阅了。这些朋友中不少面临理论考试重压，此时拍手称快，前呼后喊地拥着他去见张主任。张主任才和一个考场作弊的人吵了一架，怒气未消，他看完吴愧仁的建议，当场撕得粉碎扔进废纸篓。大声喝道，你以为你是谁呀，挑战规章，为民请愿，你想做好人，我就是恶人了？你吴愧仁要搞清楚，我能要你来帮忙，我就可以叫你立即回去。

吴愧仁工作了十几年，上到段长下到队长，没哪个领导当众凶吵过他，何况他还有份正理藏胸，此时他火气也一下冲了上来，冷笑两声说，谢谢你呀，张主任，你好伟大，好权威哟……我怕呀怕，怕得很，我马上离开教育室，回去跑车。

旁边围观的人整齐地喊，吴大车雄起，雄起！……一浪高过一浪。

张主任意识到自己过分，可当作这样多的人又难下台，嘴上说，你要走就走嘛，缺了胡萝卜——不成席了？可当吴愧仁走下楼梯，他却慌了神，站在二楼的窗口伸出脖子往外大声喊，吴愧仁，你想怎么就怎么，没门，没那么容易，告诉你，明天照样来上班。

3. 吴贵生夫妇得知儿子和媳妇离婚的消息，从外地亲戚家赶了回来，看到家里乱七八糟，儿子低着头在屋外与人下棋，孙子晚上天黑尽了才落屋，非常心痛。屋里收拾完了，夜深人静时，老两口问儿子为啥离婚，埋怨儿子死人一个，原因不晓得就把婚离了。父亲叫儿子拿出"鸿鹄牒"，叫他念中间的字，儿子轻声念道，无愧于心，无愧于人。父亲问儿子摸到良心讲做到这八个字吗？儿子斩钉截铁地说做到了。父母说，做到了就不说了。你媳妇提出离婚说不定有她难言的苦衷。就当你们缘尽了。孙子一直在外偷听屋里说话，此时进到内屋来说，爸爸，我最喜欢从前的你，肯学习，不懒散，没得事就抱起书看。

吴愧仁刮着儿子鼻子说就你话多，以后少在外面逗留，放学就回家。白玫家里也要少去。

没过多久，白云杰补考成绩下来了，58分。他高兴得很，拉着吴愧仁去酒馆喝酒。吴愧仁因儿子踢足球摔伤左手，要狠狠教育他，爷爷、婆婆出来护着，心里极不痛快，他想喝就喝嘛，恨不得把腹中忧怨之气全排出体外。两人在小店边喝酒边摆龙门阵，话追酒，酒赶话，话越说越多，酒越喝劲越大，此刻满脸通红的白云杰叫吴愧仁猜他现在最希望的一件事和十五年后最渴望的一件事是什么？

吴愧仁舌头僵硬了，推开他的手：去，去，去！我又不是你肚里的蛔虫，哪个晓得你想做什么……嗯，你要讲就讲，不讲就拉倒。

你猜嘛，猜到有奖哟。白云杰从包里拿出一叠厚票子放在桌上。

吴愧仁二话没说站起来就要走。

白云杰慌了，连忙拉住他：我说，我说，好不好。

白云杰说他现在最希望的事是考起内燃或者电力机车驾驶证；十五年后最渴望的事，是把自己的女儿嫁给吴愧仁的儿子吴愤星当媳妇。

吴愧仁说，就你想得美，就你想得远，好事都占齐……

人不往好处想，光想坏处，那……你同意了哟？白云杰举起杯不动，

我……同意什么了？真是……咸萝卜淡操心，你扯远了，咱不说这个……好不好。

要说，一定要说。你不说就是瞧不起我，瞧不起我女儿。

吴愧仁见白云杰端着杯子摇晃，害怕他乐极生悲跌倒摔伤，顺口说：我同意，这你该高兴了。

好好好……我们再喝一杯。白云杰喝下酒，停了片刻，突然睁大眼睛问，你老婆哩，人间蒸发了。

吴愧仁酒醉心明白，喷出股粗气……胡扯！

你装，你装，一年多来，哪个人不明白，白云杰哈哈地笑着：肯定是你无缘无故地揍了人家？或者你和你小情人幽会被她抓了现行，或者她另有新

欢……

我们……离婚了。吴愧仁说。

离婚了？多大年纪，去赶那个时髦？

强……扭瓜不甜，捆绑……成不了夫妻。说到痛处吴愧仁泪水从脸颊流到了地上，白云杰见吴愧仁痛苦状立即来了个一百八十度转弯，安慰道，女人个嘛，哪里找不到。凭你的条件，还怕差女人，这事情包在哥子身上。

吴愧仁摇摇头：我不是那个意思。

白云杰说，吴老弟，正人君子，哪个不晓得你传统守旧，我不说远了，这样，我们喝完酒到那边洗个脚。找人搓搓胳膊，捏捏大腿，踏踏背，舒通经络，缓解神经，消除疲劳总可以吧。吴愧仁去过两次洗脚城，那是和老婆一起去的。里面讲文明、服务好的技师多，他没吭声了。

洗足城、按摩所、美容店等娱乐场所是渝城经济发展的附生物。这些地方挂的招牌刺眼，做的生意特别。警方对此违法犯罪行为多次重拳打击，可仍像郊外的野草，遇着春风吹又生。白云杰到这些地方的次数并不多。他偶然给一个名叫三姐的中年妇女提供了买土鸡、土鸡蛋的运输方便。三姐约他到她开的清香美容店去免费耍了三次。今天他带着醉醺醺的吴愧仁还没走拢"清香"，就呼喊三姐在不在。

门口出来个瘦条条的年轻女人，口血红，脸雪白，浓香刺鼻。条条女人说，大哥进来耍，三姐回老家去了，一流服务包你满意。

三姐不在就算了。白云杰边说边要走。

条条女人立即过去拉住他说，我知道你是三姐的熟人，你不进去玩一玩，三姐回来不把我骂死了。她靠近他耳边说：有两个妹儿今天才来上钟，年轻漂亮手法好，和你带来的大哥一起，不进去享受享受。

不，不了。吴愧仁边说边摇手。

条条女人朝门边探头外望的两个年轻妹子喊：不过来帮帮忙。

两个喝得醉醺摇晃的男人被三个女人边拉边哄地弄进屋，分别扔进了闪着暗红灯光的小房间。吴愧仁朦胧中摸到年轻女人胖胖的手，年轻女人胀鼓鼓的胸脯向他胸部、腰部压下来，一股女人身上特有的气息直往他鼻孔钻，顿时一股炽热燥劲涌动全身，他看到女人圆圆的脸，大大的眼睛，温柔的媚情，恍惚老婆就在身边，说：你到哪去了，月妹，找得我好苦。

年轻女人乖巧地说，哥呀，我哪里都没去，就在这里边等你，边说边去解吴愧仁的裤子。

吴愧仁警觉地说，要做啥子？他发觉身边的女人和老婆有些异样，他和老婆要做了，她从没主动帮过他的忙，都是他帮她脱衣解裤。

年轻女人说，这里，你要什么服务都可以。她见吴愧仁仍然死死地把自己的裤子抓住就说，来，大哥，看来你到这些地方少，不了解。我也不强求你。这样，我给你做个西式推油可以吗？

西式推油？吴愧仁没做过，听都没听说过。

年轻女人见他一脸茫然，就加劲地说，大哥，你放心，我没有那样贱，你不要送给你要。西式推油，我们的身体相互不接触，都是手上动作，不要紧张，听我的就是了。

怀着好奇心的吴愧仁抓住裤子的手松动了……

隔壁房间的白云杰是条条女人上钟。她晓得他是正经人，就给他做正规按摩。片刻白云杰想抽烟，一摸包里没有了，就起身外出买烟。出门时他看见另一个年轻女人拉住个光头男人进来，双双跌入另一间小包房。

也活该清香美容店倒霉，条条女人请来的两个年轻女人是公安局挂了号的卖淫小姐，早就进入公安人员视线，列入重点监视打击中。此时三个便衣公安冲进清香美容店，把光头男人和卖淫女一丝不挂的媾和抓个正着。被年轻女人脱掉裤子开始西式推油的吴愧仁也被公安带走。

白云杰买了烟往清香美容店走，看见公安带着几个人出来，里面有吴愧仁，吓得浑身颤抖，他上前指着吴愧仁对旁边的人说，大哥，好哥子，他是好人，是我们铁路上开火车的司机。我可以作证，他不是坏人。

我们没说他是坏人呀，叫他到派出所问问情况，可以吗？一个满脸正气的中年人说。

吴愧仁说，云杰，别为我担心，现在法制社会，是白说不黑。

中年人把吴愧仁推了一下，厉声道，快走，你怎个会讲道理，嘟个往那些地方钻呢？

第九章 撞运

1. 第二天早上，教育室张主任到机务段保卫科联系开设法制教育课之事，正恰接到地方派出所打来电话述说吴愧仁到清香美容店之事。对方把张主任当成了铁路单位的领导，话说得客气、客观，吴愧仁不是拈花惹草、喜淫纵欲的"油子"，初犯，教育一下就行了。张主任本想把这事独吞，不跟任何人说，可转念想万一派出所的人碰到保卫科长说起这事不就穿帮了。他把保卫科长拉到内屋说了接电话的事。保卫科长经历这种事多，半开玩笑说，肯定是吴愧仁硬起，横竖不承认错误。碰到这些事，聪明人该下粑蛋得服软，缴了罚款，派出所增加了收入哪会通知单位。这小子呀，就是钢轨上跑的火车头——啥都不怕。他不遭谁遭。

张主任说，这事咋处理嘞？派出所叫教育一下。如何教育？把吴愧仁叫到办公室来批评质问你为何去嫖娼？他会承认？他脸面放得下？

保卫科长处理这类事多，他想了会儿说，吴愧仁好像在你教育室帮忙，这样，你就说保卫科通知的，叫他写一份行为不轨的检查交到我这里来。

张主任说，你直接找他就行了，用得着我传一道？

你呀，保卫科长摆起了老道的架子，怎么不想一想，保卫科一找他，全段还不传遍了。吴愧仁我认得，从没听说他有这方面劣行。派出所不是说也就教育教育嘛。对被教育的对象要注意方法，你这个老搞教育的人怎么忘了。

张主任觉得好像也是这么个理。他找吴愧仁可以把话得婉转策略些。也许吴愧仁还会想到所指的行为不轨或许是那天和他干仗一事？他有几分得意地笑起来。张主任并不了解吴愧仁。只知道他技术冒尖，不晓得他性格耿直，眼睛夹不得沙子。从派出所出来的吴愧仁仿佛从梦境回到现实。他在派出所承认自己错误，是错在对西式推油存在好奇而任随年轻女人在自己身上动手动脚，发誓自己没有和年轻女人发生性行为的欲望。派出所把几个人的询问记录一核对，相信了吴愧仁的话。

在派出所门口一直等着吴愧仁的白云杰见面就拉起吴愧仁的手抽自己耳光说是他害了他。吴愧仁狠狠地抽了他一耳光后，也拉起他的手抽自己的耳光。白云杰慌了，说你这是做什么？是不是被派出所吓昏了头。

吴愧仁抱住他的双肩说，你的头才昏了。在派出所里，吴愧仁想了很多，出来后冷风一吹更加清醒了，他说，出这种事怪不得哪个，归根到底怪自己。我要不被女人气息所诱惑，不被推油好奇所左右，会有如此结果吗？

白云杰佩服地看着吴愧仁，心里说，好兄弟，你真正是我好兄弟啦。接着白云杰告诉吴愧仁运转车间刚才来人找到他，叫他到云顶峰车站去调一段时间车——顶退休了的老王。

那你补考理论咋办？

运转车间来人说，昨天下午张主任复查我的卷子时找到两分出来，我已经过关，就等着上内燃机车或者电力机车了。

2. 张主任和吴愧仁的谈话极不顺利。张主任说东道西，旁敲侧击，把话说得躲躲闪闪，云里雾里，吴愧仁并没感觉到是在顾他面子，因为他觉得有话就要当面讲才对，因此反而增加了疑虑和不满。尤其是张主任说，吴愧仁呀，你是知书识礼的老同志了，我受保卫科的委托找你谈话，你可知道啥事了。麻雀飞过都有影子……张主任顿了一下，神情异常严肃地说，这……事，明摆着的，不过……也没大不了的，过了也就过了。不过……你可要深刻检查思想，写出书面检查交给我。

吴愧仁淹没在反感厌烦的情绪里，没揣摩张主任的话，冲动着激昂地站起身子，大声说，张主任，我俩前世无怨今世无仇，我的事关你啥子？违反哪条，政府该关，我去坐牢，该罚我就缴款，……你不要小题大做，添油加醋，节外生枝。这时外面有人喊张主任该你讲课了，人到齐了。张主任站起来走到门口又转过身说，吴愧仁，你不要以为事小，不在乎。这次我下了决心，你检查写不深刻就停你职，我们看谁犟得过谁！

吴愧仁没想到张主任如此强硬，心里更加忧愁慌乱起来，看到什么都伸手去打几下，伸脚去踢一踢。他到铁路上班十几年，受表扬称赞多，什么时候变成写检查对象了？他回到家里躺在床上思前想后，觉得自己上班努力，工作使劲，没有功劳也有苦劳，你张主任就一根眉毛遮脸，他又想……张主任话里似乎有所指，是昨天晚上在清香美容店的事吗？这件事情人家派出所都说没啥，你叫我写出来不是一粑屎不臭挑起臭哟。不干，不干。我就和你张主任顶了几句嘴，你就这样打整我吗？吴愧仁在极端矛盾中，笔和纸摆在桌子上，写了撕，撕了写，两天了，检查也没成。

3. 就在这时，西南铁路发生了一件少有的行车重大事故：一列装油脂的罐车在大山的长隧道里脱轨颠覆，中断铁路运输不说，恼火的是七八节罐车倾倒在隧道深处的钢轨边，有的车体已经摔坏，开始向外渗油，整个隧道里弥漫油脂气味，稍微碰着火星就可能引起油脂罐车爆炸，使隧道和大山塌陷。铁道部、铁路局的有关领导和专家赶到事故现场组织人员抢险，经过周密的勘查和多种抢险方案的对比，一致确定：派人到隧道深处人工把倾倒的罐车大致复位，再派蒸气机车缓缓驶入隧道深处把罐车硬拉出来，最经济最保险最有效。派人到隧道深处去人工把倾倒的罐车大致复位容易做到：参加抢险的武警战士、铁路专业抢险人员，经验丰富，工具齐备，身强力壮，精力充沛，随喊随到，要多少有多少。让人着急的是，调来了蒸气机车，开车的司机哪去找，因为进隧道去拉倾倒的罐车操纵技术要求高，慢、轻、准，不能有丝毫碰撞，否则引发火星后果难以想象，还有司机驾车进隧道非常危险，如果发生意外随时可能捐躯。到哪去找这样思想和技术都过硬的司机呢？负责组织抢险的铁道部领导要求铁路局干部礼贤下士，立即去找。开过蒸气机车且技术可以的司机陆续来到附近车场，先作牵车试挂钩，铁路局高副局长看见不是摆手就是摇头，不行，不行，这样哐当轰隆地去隧道牵车，车没挂走碰出火星不引发爆炸才怪？他闭眼深想，突然问旁边的渝市机务段李段长，你们单位不是有个姓吴的火车司机操纵机车技术特好，当年我坐在观摩席上，看平搁在列车尾部的杯子，参加操纵比武的司机们，尽管使出九牛二虎之力，不是把杯子震落，就是把杯水荡出，可那姓吴的司机操车，我坐了一会儿，就听人说驾车运行完了，我不相信，因为眼睛始终盯着那杯满水，那杯子没摇，杯里的水没荡。姓吴的司机得了全局比武第一名。他现在做什么？

李段长当然知道高副局长问的是吴愧仁，他也想到叫吴愧仁来试车牵引，与运转车间一联系，说吴愧仁有段时间没操车了，当前情绪也不好，就把想说的话咽回去了，现在高副局长问到此事，回答道，此人仍然是火车司机。

那你还不去把他找来？

李段长说出了自己顾虑。

你们没去找他，怎么知道他不来；他没来试牵引，怎么就知道他不行？人谁没有缺点和不足，谁的情绪就一直高昂，你们要关心他，帮他解除思想疙瘩，不然要干部做啥。走，你带我去看他，请他。

李段长还敢说啥，还能说啥，只得带着高副局长驱车去找吴愧仁。

车还没到，吴家的门前已围满了人，机务段的有关领导和教育室张主任都在场。车到吴家门外，高副局长没立即进门找吴愧仁，先问张主任为什么叫吴愧仁写检查，吴愧仁检查交来没有？张主任虽然见过世面，但仍被眼前的情景吓得不轻，他如实讲了经过。

高副局说，你呀你，为什么就不换位思考，你站在文化低的老司机角度想想，你站在吴愧仁的角度想想，会叫人家停职检查？现在吴愧仁思想有压力，情绪有抵触，你先进去减减压再说。

我怎么说呢？

你怎么说，还要我教？李段长没好气地盯着他道。

张主任心头发堵，但不敢发作。他知道眼前的吴愧仁与铁路抢险的重要关联。他不愿去已经不行了。特殊时期特殊状况，有铁路局领导在，当场撤一个教育室主任小菜一碟。他硬着头皮去敲吴家的门。

开门的吴愧仁见是张主任，脸阴如铁，他问，张主任你找我何事，我检查没写好，写好后自然会送来。

不，情况有变化。你让我进来说吧。

吴愧仁勉强地让张主任进了屋。他开门时眼睛没往其他地方看，即便看了，也看不到门外什么异常，因为高副局长一行已经到另一间屋内等待张主任做工作的结果了。

张主任到屋内坐在桌边先说自己对吴愧仁的处理欠稳妥，又说检查暂时可以不写，再说眼前有一件事来求吴愧仁：要他去参加铁路紧急抢险牵车。

吴愧仁这几天关在家里对外什么情况也不知道，此刻气恼地说，参加什么抢险，我不去，去了也等于零，我牵不出隧道内的车来。

是你说的。张主任没想到吴愧仁回答得如此强硬简单，既冒火也着急。

是我说的，现在想到有个吴愧仁了。

张主任急了，大声道，铁路局高副局长、机务段长都在外面的，你亲口给他们说吧。

吴愧仁以为是张主任说来吓他的，也提高声音道，你把他们喊起来吧，我怕啥。我不去牵车，当官的总不能把我吃了。

4. 张主任开门气嘟嘟地走了。吴愧仁坐在凳子上发木，他责怪自己是不是太过分了。

高副局长等人听过张主任的回话，非常失望，李段长对高副局长说干脆我们走吧，全局又不止一个技术冒尖的吴愧仁。高副局长记起了前次通报表扬吴愧仁对摔伤外国友人而引发的聚众骚乱事件的果敢大度处理，非常痛心，他想：好好的一个人现在怎么变成如此了。他又想：现在来都来了，不管吴愧仁去不去牵车，也要去看看他，把自己心里的话说一说，职工的变化反映了领导工作的失误，也是作领导的责任呀。他对段长说，我们亲自去看看吴愧仁。

李段长了解吴愧仁的牛脾气，说，这人一根筋，再费口舌也怕没用。

高副局长说，去不去抢险牵车，他有选择自由，去看有思想情绪的职工，我们可没选择。

这次去敲门的是李段长，吴愧仁以为是张主任又来敲门，就大声说，跟你讲了我不去，你听不懂呀！边说边打开门。见段长站在面前，后面还跟着当官模样的人，他不吭声了，把两人让进来后，站在一边。

李段长向他介绍了高副局长。高副局长主动伸出手，握住吴愧仁的手说，吴愧仁同志，你忘了，当年获得打擂比武火车司机组第一名时，奖状和奖金还是我发给你的，吴愧仁刚才见来人有些面熟，好像在哪里见过，现在高副局长一提他想起来了，就说惭愧，领导现在还记得，感谢得很。

怎么？现在心情有些不畅。你的情况，我听他们讲了。你不是完全不对，可有些事情不能怪你。特别是在处理上，我是反对的，对不对？高副局长对李段长说。

对，对，局长说得对。李段长说，我现在代表机务作出决定，吴愧仁同志不存在什么停职写检查的错误。检查不写了，这几天照常算上班。他望着吴愧仁道，要不要张主任当面向你赔礼道歉？

不了，用得着嘛。高副局长都说了，我也不是全对吗？

那参加抢险牵车的事，你愿不愿意去？

吴愧仁没开腔。心里挺矛盾：去嘛未必就能胜任，不去嘛，连铁路局高副局长、机务段长都亲自来请了。

此时事故现场抢险联系人员跑到高副局长面前，伏在他耳朵边细声说着什么。高副局长说，你大声讲吧，这里没有外人。

原来火车司机白云杰主动参加现场抢险牵车，经过试牵技术过关了。就在他开着火车头向塌方隧道驶进时，天有不测风云，突然暴雨倾盆雷声大作，坡顶数吨重的巨石滚下坡来砸在了火车头上，探出头在窗外瞭望驾车的司机白云杰头破血流，当时就断了气。

高副局长说，白云杰同志很勇敢，为铁路事业献出了生命，我们不会忘记他。现在看来，吴愧仁同志的选择是有自己道理的。他站起来往屋外走。

吴愧仁拦住他道，高副局长，李段长，你们知道白云杰生前最渴望的是什么吗？

两位领导停步，望着他说，我们不很清楚，请吴愧仁同志讲一讲。白云杰为铁路事业献出了自己的生命，他生前的愿望，我们能办的一定要办，而且要办好。

吴愧仁忍住悲伤说，他给我讲过，他最希望的是能拿到驾驶内燃机车或者电力机车的驾驶证。他和他家乡的人都很看重火车司机。

高副局长握住吴愧仁的手使劲点头。能办到，我一定亲自给他填发驾驶证。

请局长，段长放心，白云杰，理论补考过了关的，他给我说他得58分，卷面复查时找到了2分，60分过关了。

我相信，我相信。高副局长眼泪流了出来。

李段长说，他是我们最优秀的火车司机之一。这个驾驶证一定要发，要大张旗鼓地发。

两位又往外走时。吴愧仁突然大声地说，我参加抢险牵车，立即就去。

两位领导转身过来非常高兴，但立即沉静地说，你要再想想，那可是危险的事，你看白云杰同志。

他敢上我就不敢上？他能干的事，我就不能干？白云杰是我好哥们，他没干完的事，我就要接着干。世上到底谁怕谁，出事的几辆破车就把人吓倒了，凭我吴愧仁的胆量、智慧、经验和技术，就是要把几辆破车乖乖地拉出来。

局长和段长感觉到面前站着另一个人。另一个吴愧仁回来了。

就在这时，吴贵生夫妇回来了，他们已知道路局领导、机务段领导到家请儿子的消息，父亲抓住儿子的手使劲摇，母亲抱住儿子抽泣，吴愧仁对父母说，爸，妈，相信我，祝福我。但……我如果像白云杰一样，你们也不要伤心，人活得长和短都是一辈子，真那样了，没尽到的孝心，下辈子一定补上。

不，愧儿，你一定好好的回来，爸爸、妈妈离不开你。父亲擦了一把眼泪说，我的儿子不会有事，天老爷睁眼看着的。我吴家哪里会断后？母亲赶忙把吴愧仁最喜欢穿的衣服找出来要儿子穿上增加运气。

儿子放学回来，这时屋里屋外挤满了人。他刚进屋就被父亲拉一边，非常郑重地对他说，星儿，白云杰伯伯已经为铁路事业献出生命，我也要去干他同样的事。相信爸爸会有成功的胜算。但是也可能和白云杰伯伯一样的结果。有一件事，在平常情况下绝对荒唐，我可现在不得不跟你说。

什么，爸爸你说吧，我一定记住，一定照办。

吴愧仁犹豫了一下，赶到难以启口，孩子现在才多大，现在什么年代了，怎样还这样做。他转念想：不过，婚姻的事谁能说清楚，万一他们真是天生的一对哩。

儿子拉住爸的手说，你讲吧，我听到的。

吴愧仁摸着儿子的头悄声地说，白云杰伯伯希望你长大后和他的女儿白玫成为一家人。

聪明儿子懂得父亲所说的含意，他没想过这些事情，白玫有些任性，不乖巧，不逗人喜欢，但他还是懂事地点点头，晓得让去干大事的父亲走得轻松。父亲刚转身走出两步，儿子一下扑上去抱住父亲，失声哭喊起来，爸爸，你不能去，不能去呀，我离不开你呀，爷爷、婆婆也离不开你，抢险让他们去，你不能。吴愤星的哭叫声惊动了他人，爷爷、婆婆赶过来对孙子说，傻孩子，你爸去了又不是不回来。孙子说不，我不准爸去，我已经没有妈了，再不能没有爸爸。他抱着父亲不放。父亲说你这孩子怎么不懂事，他硬拉开儿子的双手，冲出了门。儿子追出门外大声喊爸爸，爸爸，你一定要回来，我和爷爷、婆婆等着你！在场的许多人抹眼泪，有的抽泣起来。

5. 吴愧仁走后，吴家人眼巴巴地遥望着远处的高山和天边，茶饭不香，坐立不安，一遍遍地向苍天和大地祈祷亲人的平安。一次次到机务去打听消息，有关人员回答都是正常，请放心。第三天，渝城日报登出抢险成功的消息，全家人悬着的心才落了下来。

火车司机吴愧仁离开家直奔抢险现场，他披挂整齐后登上火车头牵车试拉，启车缓慢平稳，推进平缓微声，挂钩准确轻灵。好！好！好！铁道部有关领导、高副局长、李段长等围观人员一片叫好声。吴愧仁试拉一次性成功了，领导决定立即进行实地抢险，此时吴愧仁却从火车头上下到地面，领导们惊疑地睁大眼睛，他说，让我跪拜白云杰大哥的亡灵吧，请他在那边保佑我。有关人员把他领到白云杰牺牲的地方。吴愧仁面向苍天，双膝跪地，磕头三拜。心里默默地道，白云杰大哥，我来了，你没做完的事，兄弟一定完成。你从前给我说过的两件事，我已向有关人员交代。相信我，相信他们。你一定要给我搭把力，共同完成眼前的大事，给火车司机争脸。

说来也怪，阴沉沉的天空，瞬间明亮起来，风力减弱，草木流香。吴愧仁登上车头驱车缓缓推进，车头轻轻滑进隧道内，他两眼如电，车上配合他行动的副手使劲地驱散烟雾，然而难闻的气味仍往鼻孔钻，他全部的心思和精力都集中在手的感觉上，第一次靠近倒塌钢轨边的车辆，没想到事故车的车钩中心线低了，推进连接没成功，隧道内的人员立即升高车钩中心线，吴愧仁驾驶的车头再次向前轻轻地接触车钩就连接上了。当第一节事故车辆拉出隧道时，精力高度集中的吴愧仁满头热汗，全身衣服湿透了。紧接着吴愧仁拉出了第二节事故车辆，在拉第三节事故车辆时出了意外，两节车钩碰撞稍微重了点，闪出丁点火星，立即引起洞内气体燃烧，说时迟那里快，早就做好准备应付意外情况的人员立即冲上前去用灭火器，沙袋、高压水，灭了火苗，而吴愧仁被浇成了落汤鸡。

这节车辆拉出洞外后，配合吴愧仁行动的副手已换三个了，此时的吴愧仁已经累得抬腿提脚都没力。领导叫他休息，或者换个人上去。他在洞外的树荫下靠在草坡面睡了会儿，又去牵车。他也想多睡会儿，或者下去休息，可换他的人没找到。他闭眼那会儿看到了白云杰大哥，好像白云杰约他去喝酒，他说喝啥子喝，我太累了。白云杰说越累越要喝，他还是不起来，白云杰就把酒倒他一脸一身。他惊醒过来一看，原来是树上的鸟儿屙的尿。他把脸抹了一把，心里说：白大哥，我要喝酒也得把活干完喝。你不要小看我，兄弟是不会下粑蛋的。你等到起哈。吴愧仁鼓起勇气继续奋战了5个多小时，把隧道内的事故车辆全拉出了，最后一节车辆拉出后，吴愧仁是让人背下火车头的。他除了意思清楚外，全身骨头和关节如散了架一般，连张嘴说话都没力气了。当吴愧仁被背下驾驶室时，闭眼躺在担架上，旁边围观的领导和群众上前争看，心里赞许：这就是我们的火车司机，一个平常的铁路工人。

吴愧仁在医院整整睡了一天一夜，精力和体力才恢复正常。他回想起事故现场的经历如做梦一般。他的亲人、朋友都来医院看望过他。他闭眼对白云杰说：老哥，怎样，你的兄弟没给你没丢脸吧。他出院后专车把他送回家，路上他看到机务段的大门，立刻冒出个问题：我回机务段上班，做什么呢？

这也是李段长在高副局长再三嘱托下反复考虑的问题：吴愧仁关键时刻舍生忘死，为抢险立下大功，应该表彰重奖无疑。但他上班后到底做什么呢？仍然在教育室帮忙，或者提拔到车队工作，或者照样开他的火车？李段长通过有关人员已经了解到吴愧仁全面情况：人素质高，可缺乏管理干部的气魄和头脑。当然只要吴愧仁愿学，才干在实践中增加嘛。他又想：吴愧仁干什么工作，应该先征求他本人的意见，只要他说得合情合理，铁路能办到的，就满足他，这算是对有功之臣的关照吧。两天后李段长亲自找吴愧仁谈话，征求他对自己工作的意见，没想到吴愧仁态度很坚决，他说自己读书就是学的开火车，除了开火车，干什么也没兴趣。他高兴满意的职业就是开火车。段长点点头，说你就回运转车间开大票车（客车），那可是铁路的脸面哟。

第十章　途中

1. 父亲白云杰抢险牺牲后，白玫难过了很久，她对吴愤星产生了嫉恨：你父亲是火车司机，我父亲也是火车司机，同样去抢险，你父亲成了英雄，我父亲就成了鬼魂，天理在何处？吴愤星上学放学等她同路，她爱理不理的，昂起脑壳在前面走，一次踩到西瓜皮摔下坡去，吴愤星赶忙去扶起来，她没感谢他，反而说你不在后面追我哪会跌倒！搞得吴愤星哭笑不得，去买一盒五香桃片送给她才算完事。这时学校组织读书比赛活动，白玫为人小气，朋友不多，她借书难，吴愤星到处给她借，书在她手里损耗大，不是磨破封面就是书页折皱，书里画些勾勾点点的。每次还书，不管是图书馆的金老师还是多年的老朋友都要说一句话，下次再如此绝不借了，到后来，吴愤星能借到的书果真越来越少。白玫说不读书又不少穿件衣服，少吃一顿饭，还不是照样过日子，只要能逛超市或商场比读啥书都安逸。

学校开设生理卫生课，男女生都感到新鲜、兴奋、神秘，上第三次课的时候，女生们被带进一个小黑屋，男生们在门外等着。过了半个小时，女生们面红耳赤地出来，男生又被叫进去，黑暗中，吴愤星从电视屏幕上看到了赤裸的男女身体，遗憾的并不是真人，而是石膏雕像。在一个柔美声音的解说和图文并茂镜头的展示下，吴愤星对人类的身体构造和到了什么时候哪块儿有什么变化已基本了解。从那以后，吴愤星心里面就多了点儿什么，眼睛总喜欢往女同学方向望，耳朵尤其喜欢听女生清脆的声音。一次上体育课，在体育老师发出"两臂侧平举，向右看齐"的命令后，吴愤星伸开双臂，向右侧看，右侧是展开双臂的白玫，吴愤星透过白玫半截袖口，看到了白玫的胸罩，顿时脸红心跳，他害怕被人看出，立即抬高视线，一本正经地看往常的高度，但白玫袖口的东西一直在呼唤着自己，于是他又向那里看去，然而随着体育老师一句"向前看"，最美的神秘景象消失了，白玫放下了胳膊。吴愤星在白玫身边喜欢闭目凝神使劲吸气，想把那股热热的淡淡的带香味的气息吸入腹中，让它在胸中缠绕，在血管里燃烧。白玫转头发现他异样神情，说他装呆念佛呀。吴愤星说我在欣赏对面那朵玫瑰花，头向白玫偏得更近，再使劲吸一口气。白玫看看对面，一树绿枝冲天，哪来花。一下回过神来，嫩拳落在吴愤星肩上，你真坏！

少女白玫头脑里勾画出来另一幅景象：风和日丽的日子里，吴愧仁叔叔和妈妈肩并着肩手牵着手走在前面，他挽着吴愤星的胳膊亲热相依尾随其后，间或亲热地拧对方的耳朵或者鼻子。她把自己想法多次透露给吴愤星，希望他把意思传给吴愧仁叔叔，从中撮合。吴愤星装木卖傻，就是不醒事，白玫拧着他的胳膊说，你呀就知道自己快活，就不为父母着想吗？

吴愤星玩笑道，我给爸爸说了，我有什么好处，你拿什么来感谢我？

白玫说你要什么，我给你什么，话出口，她脸红到耳根，她想到那些事了，心慌意乱，手指尖发抖。

吴愤星见白玫异常样子也想到其中要点，心头一震，赶忙改用轻松的口气调侃道，白玫，有些东西不是你愿给，谁都能要的，为什么要它，随便要别人宝贵东西，不是作践别人，就是作践自己。

白玫双拳雨点般落在吴愤星背上，嘴里嗲声着，你坏，你真坏！

此刻吴愤星正经道，白玫你回去先问你妈对我爸印象如何？有没有走到一起的愿望，我去探我爸对你妈的口气，他们想法都有了，水到渠成，瓜熟蒂落，哪用得着撮合，

白玫笑了，大方地在吴愤星脸上吻了一口。

两人回去问各自的大人，完全出乎意外。听了白玫话，白玫妈立即翻脸道，

胡说，嫁给你爸，已经倒八辈子霉了，一年三百六十五天没个节假日，不管天气再冷再热，深更半夜瞌睡再香，到时候该出乘就得走。你婆婆死那会儿，你爸机车在甘肃大修，等他赶回来，丧事已办完，累得我连续在床上躺了两天两夜。现在你爸活生生的说走就走了，要我再嫁给开火车的，我宁愿去讨口要饭，没门！

吴愤星本来不想对爸说这事，他压根儿觉得白玫的妈与自己的爸不相配，就说那个头和身材，父亲高大魁伟，白玫妈又矮又胖，走到一起，让人看了就不顺当，心头难受，但他还是说了，因为他害怕那天白玫直接问爸这事，谎话不就穿帮了。

吴愧仁对问事的儿子说，就你想得出来，人又不是柜子，腿脚差一根了，随便拿一根木料配上就作数。白云杰是我哥们，他死了，我去和他老婆结婚，别人会怎么看，难道天底下就她一个女人了，再说你觉得合适吗？不说远了，就说那次你们学校组织到车站学雷锋做好事，白玫妈被执勤民兵追查贩卖病猪肉，慌慌张张地求你帮她看着装得涨鼓的麻袋，因为你那时在车站候车室学雷锋打扫卫生，就点头答应了，她可一去不复返，结果车站的领导把你问了又问是不是？儿子想起这事非常窝火。他完全站在父亲一边了，他想起离走的月晓玲妈妈，感到白玫妈差远了。

两个年轻人把各自大人的意见带回来，——哎，两人长长地叹气，庆幸没冒失地把两人拉到一块儿啦！

2. 吴愧仁牵引大客车在铁道上飞奔，仿佛人年轻许多，眉头常挂着笑，走路乐颤颤的。然而人有瞬息祸福，这不，他又撞上麻烦了。

那是蓉城开大型物交会前夕，铁道上的客车不管慢车还是快车旅客都塞得满满的，列车一到站人群呼地涌过来，拼命往车上爬，好像赶到蓉城跨进物交会大门，都可能捡到便宜碰到幸运能发财什么的。吴愧仁牵引的特快列车进入车站被旅客围个里三层外三层，要正点发车太难了。此时，一个肥圆的脑壳往驾驶室爬，副司机喊，下去，下去，你唧个爬到这里来了？来人抓住门梯边扶手，脸上堆着笑，轻声说，我是分局机关的，上车安全添乘。副司机愣了一下，来人趁机爬上驾驶室坐在了副司机后坐上，从包里摸出高档烟递过来，副司机斜了他一眼，把伸出去的手收回来，我们好像见过面。

是吗？那更好说了，兄弟，我是分局土地办的，以后有啥事说声就行了。

你叫"土王八"是吗？吴愧仁说。

大车也认识我？那是他人乱喊的，有人也叫我"土地菩萨"的，我真名叫黄旺发。

千年王八，万年龟，当王八安逸哈。

看你说的，哪个不想长命百岁，我王八养生功练了好几年了，有一套哟，二位有兴趣，随时传授；不动身，轻闭眼，小张嘴，不放屁，懵懂似神仙。

你吹，你吹吧！副司机说。

"土王八"眉动怒气，刚要发着立马强压下来，脸上横肉蠕动出笑来：各位仁兄，见丑了。

要发车了，请黄旺发同志下去。吴愧仁心中有数。

我是分局安全添乘的。"土王八"头一昂，盛气凌人。

请你拿出添乘证来。

"土王八"在兜里摸来摸去，哦，走得急，忘了带在身上。

请你下去，副司机声音高起来。

"土王八"鼻子眼睛都笑了，低声说，哥子，帮个忙，赶去蓉城物交会没买到车票。说着从包里摸出卷钱，递过去，拿去吃包烟。

吴愧仁没理会：你下不下去？我喊公安了哟？

"土王八"走了两步，突然喊脚痛，副司机伸出头朝站台上喊，有人捣蛋，影响发车。

"土王八"慌了神，站起来抓住手扶梯梭到地面，面对车头说，走着瞧，山不转水转，总有碰到我的时候。

天气分外好，前面一马平川。吴愧仁看下表，加上"土王八"耽误的几分钟，现在列车晚点半个小时了。列车晚点旅客埋怨叫骂声不断，还有人要铁路公开赔礼道歉赔偿损失。把晚点列车恢复正点，满车的旅客愁容会变成笑脸，能做到的事不努力去做，不是白痴就是浑蛋！吴愧仁跟有关方面联系，把想法变成了现实。第二天《渝城日报》刊登了名叫《潇洒飞奔》的新闻特写，绘声绘色地赞扬曾经是抢险英雄的火车司机今天再续新篇——与时间赛跑，把晚点车赶成正点车，消除两千多位旅客焦虑。看了报纸的人，多数赞吴大车胆子大技术精，然而，铁路局高副局长看见报纸后浓眉紧锁，心里道：好个吴愧仁，你敢拿这么多人的生命开玩笑！你是抢险英雄，不错！可因超速而把车开翻了，你就是狗熊，你就是罪人了。要刹住超速行驶的恶习，今天就得非抓你这个有影响的人开刀——你也不要想不通，谁叫你艺高胆大，立功后尾巴翘上天了，——当然哟，把你处理了，从而刹住了超速行驶危险恶习，也算你为铁路做的另一种贡献吧。他亲自给渝城机务段李段长打电话，要求对此严肃处理，处理结果直接报给他。这也怪不得高副局长心狠，前不久某铁路枢纽线区段火车司机超速驾驶翻车，死伤含外宾共数十人，造成极大经济损失和恶劣社会影响，撤了路局、机务段有关的十余名大小官员。高副局长想：容你超速行驶造成恶果摘我官帽，还不如我今在位，忍痛割爱把祸根拔了！

车队长看到报上文章，当时惊叫出声来，遭了，吴愧仁这回撞到枪口上了！他骂吴愧仁头脑膨胀虚荣心强，你以为你抢险立过功，就能目空一切了。列车晚点哪次正儿八经追究过司机责任？现在铁路行车超速闯下大祸正找擦痒处，你不遭谁遭？他写了一次又一次对吴愧仁超速行车的处理报告，李段长点头，可送到高副局长那里，就是说不行。

李段长向高副局长求情道，吴愧仁一辈子就爱开个火车，你把他的职撤了，他不去跳河上吊？

高副局长说，有那样凶？不至于吧！我也喜欢吴愧仁，爱他对铁路的忠诚，爱他高超的行车技术。但是一想到现在超速行驶对铁路造成的恶果，只得挥泪斩马谡了。他示意李段长现在必须撤吴愧仁职。撤了吴愧仁再调皮捣蛋的司机也不敢乱来了。然而撤吴愧仁不要伤他心，让他看到希望，今天能撤，以后就不能复职吗？

你要我怎么办？假撤呀，你局长敢同意，我就敢做，说实话我还真舍不得吴愧仁，心头为他叫冤。

我的老李，怪不得，你手下的火车司机开超速车刹不住风，敢情是你养成的。这样吧，你想想，不撤吴愧仁，我就撤你。你管的司机超速，你没有责任？

李段长笑了两声道，局长，哪个有恁大的胆，不按你指示办。他停顿下又说，我们班子按你意思已研究个意见。现在电传给你。你同意后，我们立即找他谈话。十分钟后，高局长回电话：同意机务段处理。果真聪明，厉害。

这一天，李段长、运转车间主任、劳资室主任找吴愧仁谈话，吴愧仁脑壳灵和转弯快，前次吹胡子瞪眼不认错的情况没有了，他沉痛地自我批评感觉第一，小视规章，被侥幸蒙住眼睛，下回再也不敢了。劳资室主任念了对吴愧仁调动工作岗位的决定：因工作需要，免去吴愧仁同志司机职务，改任运转值班员，调金水折返段主持工作（折返段主任可是工人也可是干部）。

吴愧仁说，这就是处理了。

运转车间主任说，你要啥子处理，机务段门口差个看门的，你去不去？

吴愧仁搔搔头皮道，我是说，还能不能开车？不能开车了，我不干。

劳资室主任说，有驾驶证的值班员，从来没说不能动车呀。

李段长强调道，吴愧仁，到折返段后，远离段机关，你不要心高气傲地乱来哈。你一个平常工人，调动工作岗惊动了段长、局长，可见各级领导对你这次超速行驶处理的重视。你不要想不通，想不通也得这样做。当然，话说回来，眼前蒸气机车折返段维持不长了，内燃、电力机车一上马，它就撤销，到时回来开车，谁个还有异议，我至少同意。

话说到这份上了。吴愧仁高兴地点点头。

吴贵生对儿子因超速驾驶而调动工作，没半点同情，还狠狠地批评了儿子一顿。

唯有吴愤星弄不明白，报纸上都表扬了，还有错？最近他才写了篇作文《我的父亲》获得校园征文一等奖。他把抢险英雄的父亲比作生命的太阳，永远照射在自己成长的征途上。没想到太阳也有黑点。他反复问父亲、爷爷这到底怎么回事嘛？

两人拉他到门外，指着不远处的那棵树说，你蹲着看，从楼顶上看，站在远处看，走近了看，同样的树有哪些不同呢？？你把树看清弄明白了，这件事情也就清楚了。

吴愤星真去这样看树了，看来看去，好像明白，又好像啥都不明白。他拍拍脑壳，骂自己真笨！但有空就仍然去看树，继续深想。

第十一章　调岗

1. 其实金水折返段离机务段本部105公里，快车两个多小时，慢车四个小时左右，来往挺方便。吴愧仁被主管运输的副段长带到折返段。三十多名职工听说新主任来了，整整齐齐地坐在会议室巴眼渴望。吴愧仁跨进屋，哦——地长响，这不是抢险英雄吴大车吗！不晓得是谁带头鼓起掌来。一个精干、爽朗、随和的形象悄然进入职工心里。

吴愧仁火车开得呱呱叫，却理不开人际关系纠缠的乱麻，现在折返段几十个人的吃喝拉撒全管，麻头再乱也得捋呀。他把"己所不欲，勿施于人"刻在心上，早晚想一遍，事事做他人般假想。一天一个捅灰工端着碗来找他，气势汹汹地说，主任，你看看，三块钱一份的回锅肉哟，才几片？

他拿起筷子正儿八经地在菜碗翻挪了一遍，再夹起块半肥半瘦的肉放入嘴里，嚼得流油地说，味道不错哇，香，安逸，我还没吃饭，这份回锅肉给我，你要吃啥子，我陪你到食堂买。其实食堂工作人员当着吴愧仁面给那位职工打的菜并不比前份多，职工却端着碗高兴地说，这才差不多嘛，笑眯眯地走了。

折返段一项工作是清理火车头炉膛渣滓，水淋湿炉渣，推到外面倾倒。炉渣夹混的炭核，俗称炭花或者二炭，是附近农户煮饭、炒菜的好燃料，市场交易的俏商品。因此半大娃儿或无业人员就到渣场捡炭花。推炉渣车一到，捡炭花的娃儿、老头、老太婆蜂拥而上，把滚烫的炉渣往自己身边刨，抢得灰腾渣跳。抢得多的还想多，没抢到的想抢到，你争我夺，弄得头破血流是家常便饭。吴愧仁巡视现场，见一个半大男孩被倾倒的炉渣烫伤，哎哟地叫着，边叫边在地上打滚。他非常气愤，抓起地上一把炉灰向抢炉渣的人群撒去，吓得人群撒腿就跑。他弯腰细看孩子，胳膊受伤不轻，喊了几声哪个屋头的娃儿，没人答应，抱起孩子往铁路医务点跑，转过屋角边的黄桷树，慌忙里和一个妇女撞个满怀，一屁股坐在了石板凳上，对方也被撞了个趔趄。他赶忙说对不起，妇女一看对方怀里的男孩，急声地叫道，石鼓，石鼓，你怎么啦，老师在这里。

吴愧仁问，你们学校娃儿？眼里露出惊愕和责备。

女老师接过他怀里孩子，转身快走，没多久，脸颊绯红，额头冒汗，跟在后面的他喘粗气。到铁路医疗点小孩得到妥善处理。

到折返段不到半年，如此事吴愧仁做过多次，良心使他急迫和焦虑。把受伤小孩送回家后，和女教师走在田间小路上，随意的目光里，他看清了女教师，三十多岁，高挑个头，瓜子脸盘，两道眉毛又细又长，一身浅色衣服被男孩弄出不少脏迹。在什么地方见过？他想。女教师大方地介绍自己：我叫余秋菊，金水农小的老师。你是折返段新来的主任对吗？我认得你，你认不到我！

隔了三天，吴愧仁听到办公室门板敲响，抬头看是秋菊老师，她今天穿了件淡绿色的春装，梳得油亮的发髻上插个红球型发卡，笑眯眯地望着他。找我有事吗？余老师，请进。

余老师进来了，吴愧仁礼貌地给她泡了杯绿茶，她坐在他对面，手捧着茶杯，热气从她面前升起，脸颊抹上层淡红。她谈了来的目的：希望农小的师生能到折返段食堂搭伙，师生在校园内外种的菜蔬半价卖给折返段，她还要带人把折返段内的空地种上蔬菜，出劳力和技术，不收一分钱。吴愧仁笑了，不只是余老师举止文雅，语气柔和，关键是她说的事，是折返段和农小双赢。他也把倒炉渣造成人伤害的焦虑讲了，她给他出了不少好主意。

他把她送出门，沿着溪边的小路一前一后慢慢地走，她的发香和体味随风飘过来，悄悄地窜入鼻孔，他有几分心跳和陶醉。好久没和女人近距离接触了，面前的女人年轻漂亮机敏水灵，那股好闻的气味暖暖的，香香的，巴骨贴肠的，一股燥热升起，体内焦渴的细胞张大嘴呼吸着，他赶快转头望远方，强迫把视线移远，心让凉风吹冷……

2. 父亲到折返段工作，爷爷婆婆人老了无精力过问，吴惯星彻底解放自由了，学习成绩直线下降。初中快毕业时，白玫随她母亲回老家去了。吴惯星更感孤独，除上课坐在教室不敢乱动外，其余时间就踢球，看小说，打游戏，作业想做就做，不愿做就找人帮做，反正给钱。毕业考试后，班主任老师问吴愦星准备考普高、中专，还是技校。吴愦星回答随便，其实他早和父亲、爷爷商量好了，毕业后考司机学校，将来当个父亲一样的火车司机。在铁路上班端"铁饭碗"，在普通人眼里，一辈子就衣食无忧了。因此司机学校之类的铁路职业学校特别热门拥挤，应届毕业生按1∶3的参考资格名额全部下放到父母所在单位。机务段12个参考名额，在组织统考选拔时，吴愦星成绩排在第15名，连预备资格都没有。气得他的父亲和爷爷、婆婆几天吃不下饭。

怎么办呢？是让儿子重读个初三，还是由着他混日子，破罐子破摔。就在吴愧仁焦头烂额时，知道这一情况的余秋菊老师来到吴愧仁身边轻言细语地对他说，吴主任，放宽心，中学生可塑性特别强，我给你提个建议，先叫你儿子考个一般高中，把书读到，千万不可放任自流，你以后叫他有时间了就到我这里来，帮他复习赶上去，我一个师范大学毕业生辅导个中学生还是有能力的。等他赶得差不多了，我再联系个重高，让他转学，在重点高中冲刺一年，考大学是完全有可能的。吴愧仁望着余老师认真关注的神情，感动得差点掉下泪来。

从那以后，吴愦星果真休息时就往父亲工作的折返段跑，他感到坐车好耍，不管旅客快车还是旅客慢车，只要亮一下自己铁路中学的学生证，车上的工作人员从没找麻烦的，有的还与他摆龙门阵，谈得天南海北，笑呵呵的。折返段环境比城里秀美多了，大山怀抱里，绿树成荫，鸟语花香，折返段大门口不远处一个瀑布从山坡飞流下来，雪白的水雾溅在身上凉丝丝，吴愦星到飞流的水雾下，脱下鞋子，洗脸、洗手，高兴得呵呀呵地大叫。吴愦星第一次见到余秋菊老师时，就有一种说不出来的亲近和敬畏，说余老师漂亮，一点不假，是他见到过的女人中最漂亮的，余老师那双沉静的眼睛里放出了温馨的柔情和智慧的光芒。父亲把他介绍给余老师时，他发现好看的余老师脸颊泛出淡红，弯弯的眉毛不经意地眨了眨。也许是对漂亮女老师的敬重，在余老师的辅导补习下，吴愦星特别用功，成绩提高快，升学考试时，考上了铁路中学的普高。

3. 余秋菊是少有的能干女人，吴愦星来时，她争分夺秒地帮助他补习课程，吴愦星走后，带着师生劳动。几个月后，折返段内的空地长出一畦畦绿油油的蔬菜，食堂的蔬菜新鲜适宜，就餐人端着碗笑得合不拢嘴。这天吴愧仁和余老师走在田间的小路上。秋天的阳光暖洋洋的，树林、山坡、田野如水洗过洁净，空中的鸟鸣格外清亮，两人话语如路边溪水缓缓地流淌。余老师感谢吴愧仁给她和学校解决了困难，不说远了，就农小生活燃料，以前就最伤脑筋，到哪去买煤炭呢？附近封山育林，打柴割草都不行！现在师生到折返段搭伙，吃饭时间错开，间或折返段送点渣煤给学校烧开水、洗澡水，农小从上到下没有不高兴的。

吴愧仁眼里的秋菊是生活里的一缕阳光，她照亮儿子，照亮山野，落入自己心田温暖全身。更让他感动的是，在胃痛的老毛病复发时，她想了多少办法哟！她走几百里山路，找到深居大山的老中医，拿回祖传秘方，接连给他熬吃了十多副中药，现在胃痛病好多了。如果说他忘了吃药，第一个想起的人肯定是秋菊。现在怪了，两天没看到秋菊，觉得像过了两年。

秋菊的丈夫和儿子车祸死了多年了，一直没再嫁人。那天晚上，月亮弯弯，凉风绕绕，细心的吴愧仁发觉秋菊没来吃饭，先在食堂门外望，后心急如焚，实在沉不住气了，就打起电筒往学校赶去，爬到羊头坡，隐约听到附近传来呻吟声，他循声梭到岩石下，手电照看，哟，秋菊倒在岩石边。她是送补完课的留守儿童返回时踩虚脚跌落坡下的，伤痛和饥饿使她呼喊无力了。吴愧仁心痛地扶起她，弯腰背起她手脚并用地爬上山坡，背上的她打着手电照路，晃动的亮光把黑暗切割为变幻奇异的图画。跌倒爬起来，走几步又跌倒，两人磕磕绊绊终于进入她宿舍。她拉亮灯，无力地躺在床上，喝了他递来的开水，吃了几块饼干后，精神好多了。她歇了会，脱掉外套擦洗受伤的后背和胳膊，他转过头去，那洁白的身体却在心里晃动，他害怕欲望膨胀难控，转身外走，被喊住了。她说，都是过来人，有什么没见过的，我等着你给我擦药，后背我擦不到。

吴愧仁没吭声了，几十岁的人帮下忙就被巴住了，没出息的东西！秋菊对自己不薄，那回重感冒发烧，人家可是一直守在床边，把开水、药片喂进嘴。在养胃的那段日子里，秋菊经常熬粥端起来，炖营养汤次数也不少。他轻轻地把药水抹在秋菊老师雪白的后背上，那富有弹性的肌肤在药水的刺激下微微颤动，他的身心为之备受煎熬，他给她大腿抹药时无意碰着了两股间敏感部位，两腿不禁颤抖，腹部蠕动，他脸红似猪肝，好像犯了弥天大罪，又似窥视到神秘圣光。她皱下秀眉，惊恐被镇静俘虏了，若无其事地拢拢额前黑发，把桌上的温开水端过来美美地喝了两口……

那天晚上，吴愧仁回到宿舍想得很多，半夜两三点钟还睡意全无；他回想自己年轻时莫名其妙被蛮姐"强奸"，对女人抱有恐惧怨恨和讨厌，和月晓玲生活多年后，那些阴暗的情绪消失了，感到和女人在一起自有无法言明的兴奋快乐，入迷销魂，飘飘发狂；他望着窗外的月亮和星星，轻声问，请告诉我，前妻月晓玲还回不回来，她现在何方？她是睡在另一个男人的床上，还是在孤寡的夜风里受苦？星星眨了下眼睛，月亮冷冷地笑着，好像在说：吴愧仁啊吴愧仁，你脑瓜没脑髓？智慧差根弦，你的老婆为什么要跟你签个协议，就是给她自由，也给你自由。感情在记忆里不会变老，但在岁月里会变味。守护记忆是一种愿望，然而生存面临许多拷问，它是记忆永远无力解决的。和秋菊牵手再度步入婚姻殿堂，合情，合理，合法，她愿意吗？虽然她的眼神和举动表明许多，可她是个有文化的人，性格强，独立行事哟。他盯着窗外夜风里摇曳的树木花草，轻轻地问，我该怎么办？

吴愧仁走后，秋菊屋里静如水，她头搁在花朵型的床头上，温柔灯光下，闭眼陷入了沉思：她叫吴愧仁帮擦药，不是心血来潮，自己真擦不了，而是巧妙的试探。前夫和孩子逝世三年多，想过他们梦过他们，然而阴阳两隔，梦永远是梦。孤独的夜，满屋清冷向谁说？没有谁叫她这样做，不管是亲戚还是朋友，大家都劝她再择佳偶度日，她自己也振作精神寻找过，可往往事与愿违。近两年来，吴愧仁慢慢地走进她心里，他不富有，也不年轻，但阳光、真诚、善良随处可见，传说他舍生忘死抢险，更具男人本色……那次折返段的勤杂女工遭野狗咬伤，他叫了几声无人应，扶起她住医务点跑，女工两手顺势抱住他的肩膀，头伏在他宽厚胸脯上，微闭眼睛，痛苦里透出几分得意和享受，秋菊见此遭芒刺一般，特别地气恼，心里道：你装聋卖傻啥！不要脸，贱像！你有什么资格这样对他吗？她走过去要把女工拉下来放在自己背上，这时来了两个男职工，吴愧仁把女工交给来人，叫他们送去了。事后秋菊问自己当时为啥涌出那么大的醋味？吴愧仁是你什么人，他给你过什么承诺吗？随后她扭着自己发烧的脸颊笑了。能和他再走到一起，缺半的月亮就圆了。

　　成年人的再次恋情，不像年轻人浪漫且疯狂，如阴天的细雨飘飘洒洒，润湿缠绵，处处飘荡心灵的芳香。吴愤星在余老师帮助复习功课时，看到了父亲对女人的不一样：父亲把西瓜冰在水里，切成块放在余老师面前，把冷稀饭递到她手上，把凉拌鲜菜夹在她碗里；特别热的晚上，一家人在月下纳凉，儿子见父亲时不时给余老师摇蒲扇赶蚊蝇，余老师时不时把凉茶递到父亲手中……心想，爸爸恋爱了。余老师比白玫妈不知好千倍万倍，比人间蒸发的月晓玲妈妈都强，爸爸如果能与余老师走在一起，真是天生的一对。如果真那样了，还怕我成绩上不去？吴愤星把这些情况一五一十地告诉了爷爷、婆婆。两位老人惊喜交加，从此只要吴愧仁回家来，两位老人就劝他安家，吴愧仁说，到哪去找吗？父母把脸一沉说，还要瞒着我们，孙儿愤星已把余老师的事给我们说了。

　　儿子愤星说，爸爸，余老师真好。是我妈更好。

　　吴愧仁笑埋心里说，就你想得多，不害臊。他转身对父母说，就是我有心，不知道别人怎样想的。

　　那找人去说呀？你自己去讲也可以，都是过来人的，脸皮还那么薄？

　　要不要我去递条子？爸爸，我可喜欢余老师了！

　　父亲把手举到空中，儿子见此夸张地哈哈往外跑。

　　4. 这天休假，吴愧仁穿身最得意的衣服，头发梳得油光水滑，像块漆黑的瓦片搭在额头上，他走在秋菊后面，去车站接她父母。秋菊是父母的独生女，掌上明珠。父母劝秋菊再安一个家，嘴皮都说破皮了，却没个所以然。这次听说女儿接触个男人，急忙地从偏僻的高山深处下来。他们见了吴愧仁个子高高的，说话举止有礼，心头非常高兴，当秋菊介绍吴愧仁开过火车，在铁路工作，两人的脸刷地阴了下来，眉宇间堆满不快。吴愧仁走后，两人明确地对女儿说，跟开过火车的人结婚不得行，他们找八字先生算过命，铁路上的人命硬，火车杀人如刀割。

　　女儿说，你们见到的吴愧仁，和碾死邻居家的人根本联系不上。

父母说：他们反正是铁路上的，世上有好多铁路？是铁路就是一家。算命先生说了嫁鸡嫁狗都行，就是不能嫁铁路人。你不信，我们信……我们信，你必须信。一家人本来高高兴兴，莫名其妙地吵得天翻地覆，怄得脑壳都大了，旁人看了好笑！父母连饭都没吃，背起背篼走了。秋菊没哼声，父母走出门后才追出去喊他们回来。

父母说你还听不听话？

秋菊流着泪点了点头。

没隔多久秋菊的父母又从山上下来，还带着一个二十多岁的矮墩墩的小伙子，说是当地的种植大户，愿意和秋菊结婚。弄得秋菊哭笑不得。她把此情告诉吴愧仁，眼巴巴望他拿主意。他不慌不忙地坐在溪边的石块上，眼望清澄的溪水，扯开手中的干树枝条一条一条地扔向不远的水面，树枝溅起一圈圈白亮的水花，水花掀起细微波纹，慢慢向四周扩散。他半真半假地道：你爸妈说的小伙子年轻，年轻人有年轻人的好处，气血旺盛，持久力强，哪像我们半老头，有些事再做也力不从心啦；再有，他回头望了下愁眉苦脸的秋菊，更想逗一逗，俗话说，一工一农一辈子不穷。

好，吴愧仁，你听着，秋菊从他身边站起来，胸脯急促起伏，脸涨得通红，张了张嘴，大口的粗气从嘴里喷出，强压低声道，我立马回老家和小伙子结婚。转身哇地哭出声来，踉跄跑了几步，不慎咚地声跌入溪里。

吴愧仁慌了手脚，跑过去连衣服、鞋子都没脱就跳到水里，抱起全身湿透的她放在路边的草地上，见她脚腕被水里的石子划破皮，血水外渗，帮她脱去袜子，挽起脚脖，从上衣包摸出白手帕擦伤口，用嘴吸出伤处的脏血，再用手帕包扎好伤口，然后故作轻松地说：对我不满，也用不着跳水嘛，我胆子小得很哟！

秋菊的柔拳在他胸脯一阵乱敲，你真坏！真坏！

他把她搂进怀里，丰满和健壮无间地紧贴，两颗心同拍共振地蹦跳，热流从心底向全身涌起，每一个细胞都失重飘浮起来。他手梳理着她湿润的秀发，她把嘴唇送了过来……

一对鸟儿从溪边的草地飞起来，双双地向着蓝天深处飞去！云彩向它们招手，叽喳的叫声随风飘荡。

第十二章 带队

1. 吴愤星上铁路中学，读了个由成绩一般学生组成的普高慢班。开学时摸底考试，吴愤星矮子中挺出高来，加上他模样帅，选班干部时，被同学们选为班长。他顿时来劲了，做啥事都跑在前头，希望得到老师和同学的喝彩和掌声，然而多次事与愿违，做事费力没讨到好，甚至遭到同学的埋怨。父亲知道情况后安慰他，只要尽了力，问心无愧就行了，天底下哪有那么多心想事成的事。

秋菊老师轻声细语地对他说。星娃呀，我跟你一样读过高中，有过争强好胜之心，这没错，如果一个人上进心没了，他的潜质也完了。然而……如果你成绩没搞上去，全班同学会举手选你当班长？

嗯，吴愤星想起来了，他们班有个女生想当文娱委员，可摸底考试时，成绩考了个全班倒数第一名，成绩公布后，原想投她票的人大半不投了，她哭着要退学，泪水把教室门槛打湿了，害得不少同学走路摔了跟斗。

假如现在读书的是你，你会怎样想怎样做？求知的热望轻轻飘，一股心劲特强，要把别人的经验和心得吸过来变为自己的。

吴愧仁心笑了，他从儿子的神情里看到秋菊在他年轻生命中的位置。激情、知识和善良——和谐的曲子轻快流畅。

余秋菊给吴愤星倒了一杯水，又把他叫到门前的大树下，此刻天气特好，空气温和，鸟声清脆，四野宁静。秋菊慢慢地讲自己的见解和感受。吴愤星一会儿喝口水，一会儿把杯子放在石凳上，生命的田野吮吸漂亮老师亲身体验的精神泉液，他沸腾着，心像含苞的花蕊，向着阳光开放。

元旦过后，中小学校放寒假，吴愤星跟同学去海南玩。没有补课任务，余秋菊轻松多了，她没回老家去，因为舍不得吴愧仁。秋菊把吴愧仁给她的几本书读了，还书那天，她偷偷地翻了他笔记。见他没说什么，心才放了下来。她写的笔记就不准任何人看。

老吴说，写得乱糟糟的，别见笑，望你赐高见。

你写了这么多哇，不怕手麻脖子酸？

跟别人说话要看脸色，找机会，可对自己说话，随便自由，想怎么说就怎么说，想什么时候说就什么时候说，说对了说错了，都没人找麻烦。所以踏上工作岗位，就开始了写笔记。你看的这点算什么，那柜子里还有几尺高嘞。

你要是写文章，如此勤奋，不晓得出好多书了？

我不是弄笔墨挣钱的料。他给她讲了自己如实写稿，领导说主次不分，向报社杂志投稿，编辑说时代感不强。

她笑得哈哈的。不过你还是看呀看，写呀写的，上瘾了。

就是哇，我也不晓得怎个回事。不看书，不写点什么好像缺点啥。

以前的大户人家，圣人君子，没有一个不读书的，现在的强势龙头，社会领军人物哪一个不是读书高手？读书高尚且时尚。有一本好的书，关在屋里几天不出门，我也快乐得很。

同病相怜，我们都是染上书瘾的病人，疯子。他把一杯浓茶端到她面前。

她喝了口茶，秀眉如展翅飞鸟，红唇饱满流光，你就拿这个加劲，再喝两口，今晚睁起眼睛过了。

还有双眼睛伴着你嘞！他摸出支烟在鼻前闻了闻，又把它放进包里。有情的话语和无声的行动让她很感动，这才叫细微体贴！

他睃视茶杯，她心领神会地把自己的杯子推过去，他犹豫片刻拿过来喝了两口。别人喝她喝的茶杯，她会讨厌，反感，厌恶，发呕；此时她心甜如蜜，眼波荡光，面前的茶杯也特别含蓄优雅，稍苦的浓茶口感很纯，味道很香。

他把茶杯还回她面前：你读了不少书，它给你回报没有？

这话看如何讲？她目光热烈，神情自如。从光宗耀祖，当官发财，出人头地讲，读书好像没使上劲。但从自己经历看，没有读书就没今天。

哦，他眼睛发亮地望着。

父母扁担倒在地上认不到是一，我全靠读书从山洼的茅草棚里走到学校的讲台上。丈夫和儿子车祸，我全靠读书从痛苦绝望的阴影走出来。不读书，我……

我，哪能看到你的别样？

也倒是。书润真情，静生智慧。他脸发烧，心特别高兴，背向后靠，斜仰在椅子上，两掌放在后脑勺，大拇指在脖子两边搓揉着，长期伏案久坐，脖子时常酸麻。

她来到他身边，用力在他后背肩胛骨周围捏、敲、摁、推、搓、揉。他全身麻酥酥的，酸痛从四肢扩散，舒服极了。他转身把她送到对面椅子上，递去洁净毛巾给她擦汗。他说爱读书，会读书的人，越读越聪明，越能干。我也见过读书，读傻了，呆了，木了，疯了的。

我也见过，她说，我们初中班上就有个男同学，看到科普书上说拿着伞跳下山崖能驾雾起飞，就拿把大伞从教室三楼往下跳，摔得粉身碎骨，爸妈哭惨了。

读书，读聪明还是读傻了，关键在哪里，你想过吗？他问。

你说呢？她停了下，狡黠地反问道。

他在屋里走了几个来回，停步窗前，望着窗外高远的夜空，沉思了一会儿，转身清朗地说，我是这样想的，不知道对不对哈。

请讲。她微笑道。

完全信书和一点不信书的人，越读书越傻。勤读书勤思考的人越读越聪明。他觉得言未尽意，又道：书对人的影响还有一个关键的关键，就是明白道理了，按不按道理去做。就说人们常讲的"予人玫瑰，手留余香"吧，给予的快乐比获取的快乐高洁得多。然而就有人说话了，为什么予她玫瑰，她不予我玫瑰；予她玫瑰，没来往过，还以为我有什么企图；凭空予她玫瑰，不是养护情感的懒汉吗……聪明的人按心取向，手中的玫瑰大方地送予对方，犯傻的人，也许高举玫瑰的手又收回来了，甚至怀疑手上该不该拿玫瑰了。

秋菊笑了，又说你笔记本上的一段话，是从一本世界名著中摘的，我也背过。

是不是一个人当他回首往事的时候，不会因为碌碌无为而悔恨，也不会因为虚度年华而羞愧。

对。你在一事无成下面画了波浪线，还用红笔把一事两字圈了出来，肯定有所思考。

想得很多，就是不知道对不对？

愿听其详。

就说我自己吧，四十多岁的人了，回首往事从不悔恨，也不会感到碌碌无为，可就是一事无成。

你天天都在做事，如果事没做成，单位会给你工资？

你好像说得有理，又好像差点什么，不全是。

你是怎么想的？

有的作家写本书，影响几百年，人死了，说起他的作品，都还竖大拇指。人家袁隆平，发明杂交水稻，不断升级，解决了上亿人的吃饭问题。相比之下，自己好像确实没做事哈。

秋菊柔柔地望着他，你人在金水，心比天高。她说，人与人讲，人格自尊是平等的，然而社会的组成却是分层次的。下层人做的事，用上层人的标准衡量，肯定牛头不对马嘴。

他是人，我也是人，他能做到的，我为什么不能做到？

人的一面是这样，精神可比性强。然而人与人背景、经历、环境、学识、年龄不同，有的人能做的事，换个人就不一定能做了。

你的说法和我现在想法相同了。他说，前不久父亲的老朋友临终前对围在床边的儿女说，我一辈子许多事没做好，但有一件事做得成功，把你们健康养大，个个都安了家。当时儿女哄一下哭起来，地动山摇。

嗯，凡人的视觉与功名利禄远，与自然生存近。

老吴打开柜子，拿出本蓝色封面笔记，翻开其中一页说，你看，这是我对一事无成的最新心得。

秋菊接过来看了两行，龙飞凤舞的，有点吃力，就说，你念念吧，他拿过笔记，喝了口水，清清嗓子读了起来，《现代汉语词典》上对事的含义有六种解释，其中之一是做。小做小成，长期做大成，不做就不成。一个人不做事当然一事无成，做事的人就有事可成……

你好像在绕口令。

我是在表达自己的意思，人就是要做事。不然，你想千遍万遍，如花美，似神仙，全是竹篮打水一场空。当然，不少生命走到最后都没抵达心中的彼岸，但那努力的过程是美丽的。健康智慧的人生，就是要欣赏、创造、享受这美丽的过程。

……

夜越来越深，窗外的蟋蟀叽叽喳喳鸣叫，宁静从窗口灌进来，注入温柔的心。吴愧仁起身说，我走了，明天要回段机关开会。

再坐会儿——干脆就住这儿，明天从我这里走。

老吴心跳脸红身热：啥都没准备，明天匆忙了要误事。

秋菊留宿老吴几次，他都婉言推辞了；她失落，焦迫里增加几分敬佩。随便地搂抱着同床过夜，没谁指责，可自己对得起自己吗？道德的眼睛里会流下遗憾的泪。

2. 段机关的会议是抽40名职工担任临时客运员支援春运跑车。电力机车、内燃机车逐步代替蒸气机车牵引列车后，金水折返段缩编为折返组，三分之二的职工面临重新安排工作，因此抽出的人数最多，从管理顺畅出发，吴愧仁挑起了春运临时车队队长的担子。

消息传出，感受最深的是吴愧仁的父母，冷清的门庭热闹起来，接二连三的人敲门找吴愧仁；孙子吴惯星从海南回来后，老师和同学见了他格外亲热，无话找话说；……怎么太阳从西边出来了？父亲吴愧仁不就是个临时车队长，在热门特挤的列车上握几分权力，说话管用点个吗？

秋菊的父母也不知道从哪里得到这消息，从高高的山上，背起大包小包的东西战兢兢地来找女儿，秋菊扭过脸去不理他们，说认不到吴队长。

菊呀，乖乖女，是我们有眼无珠。他不就是你的男朋友，高高的个子，浓眉大眼，身板挺硬朗的那个男人。

你不是说铁路的人命硬，不要我和他交往吗？早就没理他了。

不，菊呀，是爸爸、妈妈错了，向你认错道歉好吗？你大伯、三叔、幺叔几兄弟，去年就在沿海厂头找到工作，就是没坐上火车赶去耽误一年了，今年你无论如何要吴队长帮忙按时坐上车。

我去找他，他要和我要朋友怎么办？秋菊忍住笑道。

好办，好办，你要怎么办，就怎么办。我们举起双手拍巴掌赞成。

他——已经不理我了。秋菊存心逗够父母，把一团乌云搬来压住眉间。

父母咚地声跪了下去，要跟女儿磕头，这下慌了秋菊，赶忙扶起老人，一口答应找老吴。

……

吴愧仁担任队长的临时列车开动就严重超员，车厢里挤得前心贴后背，出气都难，怪就怪在上车时挤，跑段路后就相对松动点。列车驶过蜿蜒起伏的丘陵，进入一望无边的平原，车速快了起来，老吴想如果是自己坐在驾驶室开车好过瘾哟。突然火车紧急制动刹车，全列车的人像接到统一命令，或者身上装了按钮，整齐向前倾，然后猛地往后坐。后来知道是司机防止撞在轨道上乱跑的受惊牛，受到嘉奖。因身体不好被吴愧仁安排坐在离列车长办公席旁边位子上的秋幺叔，坐久车神经已经恍惚，在列车紧急制动刹车瞬间，他神经完全错乱，从座位上蹦起来，嘴里喊着，地震了，翻车了。边喊边向开着的窗户扑去，头撞在窗框上，血咕噜地冒出来，满脸鲜红，他压低头半个身子钻出窗外，企图从窗口跳车。窗外是乱石深沟，落下去必死无疑。老吴见状猛扑过去，抱住他双脚，他挣脱右脚用力蹬他胸膛，咚——嘣，老吴背撞在车厢壁上，弹回来腹部抵在坐椅靠背上，就在这时，旁边的牟二富急中生智用绳子套住秋幺叔左脚脖。闻讯赶来的随车医生立即给秋幺叔注射两支镇静剂，他才慢慢地闭上眼睛躺了下去。老吴躺在车厢的长椅子上，骨头散了架一般，痛得全身冒汗，脸色如纸，他咬紧牙强忍，哎哟的呻吟声还是从牙缝里钻出来，进入旁边人的耳朵和心房；几个女列车员和女旅客悄悄地抹眼泪。牟二富用脚踢了秋幺叔几下，他如死狗般闭着眼。

……

吴愧仁受伤的消息传出，认识他的人都为他捏着一把汗；听到消息悲伤最甚的数秋菊，当时走在路上，闻讯眼前一黑软软地倒在了同伴的怀里。她清醒过后，不顾一切往铁路中心医院赶，她要看看亲爱的吴大哥伤成什么样子了，她恨自己为什么要幺叔去坐火车，曾听说过幺叔有间歇性精神病，她还问过母亲，回答已好了！怎个坐下火车就又复发了！她觉得自己太对不起吴大哥了，接触几年真正的亲热一次都没有过，他有个三长两短，肠子都悔青了；她想这次他伤好了，不管说一千道一万，去把结婚手续办了再说，只要他愿意。

她坐汽车，转火车，到医院天快黑了，刚从手术室回到病房的吴愧仁处于昏迷状态。医生拦住她，不让她进去，她说她是吴愧仁的妻子，知情人惊得张大嘴巴，吴愧仁老婆走了，哪阵弄来个怎么漂亮的年轻女人；片刻会心点头，未来和现在的都一样。

她见吴愧仁全身包着白绷带，鼻孔插着输液管，脸皮浮肿发青，嘴唇黑紫，摸他的手冰凉，心痛如刀戳。她把脸颊贴在他脸上，轻轻地说，我的吴大哥，是我呀，你听到了吗？你为什么那样傻，一个精神病人？你救他，真有个三长两短，我怎么活？她拿起他的手在嘴边亲了又亲，要用手打自己耳光，被旁边的护士拉住了。

他醒了，真醒了嘞。她握住的手颤动了几下，吴哥，吴哥，亲爱的吴哥，你看看我好吗？我是秋菊啦！

他慢慢地睁开眼睛，眼里的光淡而柔和，他张了张嘴，想说什么，秋菊把耳朵送到他嘴边：我……我……在什么地方？

她轻声说，在医院，好多人都来看你嘞！

一直坐在不远处的吴贵生，在妻子的搀扶下战抖着走过来，老眼昏花地吃力地望着儿子：儿呀，你痛吗，我和你妈都痛。说着抽泣出声来。

母亲说：儿呀，受苦了……老天爷呀，我是快入土的人了，为什么不让我替儿子！

医生、护士把看望的人全部劝出了病房。秋菊扶着吴贵生老人，杨莲扶着丈夫另一只手，三人在离窗边很近的长椅上坐下来，一股凉风从窗口涌进来，吴贵生猛烈地咳嗽，秋菊用手轻拍他的背，又端来热水让他喝。彼此才相见，相逢却分外亲近。杨莲拿起秋菊纤细的手看了看，白净净瘦瘦的，掌心和拇指有茧皮，是个干事的女人；她细细端详她的瓜子脸盘，眉目间盈满聪慧，微翘鼻子下的人中深而直，是个漂亮的女人；她摩挲着她的手说：你……姓啥，听孙儿星娃回来说过。

伯母。秋菊羞涩地低下头，脸通红，刚才进门说的话，你们二老别见怪哈。

我真心愿和愧仁在一起。他也对我好。只是……前一段时间，我父母有些想法，现在父母不一样了，说愧仁是天底下最好最好的人，要是我不嫁给他，出门遭车撞，过河船就翻。

别……别乱说，杨莲用手捂她的嘴。

吴贵生说：我儿子我晓得，别的没得啥子，可心好；善、诚、直！他对我们祖传的无愧于心，无愧于人，身体力行。就是他前面那个婆娘，嫁给他好多年哟，说走就走了，他却从来没说过她的一句坏话。我和他妈怄气过头，免不了说几句骂话，他总说她走有她的难处，只要自己做到无愧于心，无愧于人就行了。你看看，他还教育起我们来了，老人以贬代褒。

病房的医生走出来了，三人齐问：病人怎么样？

伤势控制住了。病人一直很坚强。

他受伤恁个重，肋骨断了三根，遭不遭残废？母亲问。

医生没回话，往前走。母亲拦住他道：请你告诉我，我只这么个儿，他不能残废，不能残废！

医生停住步，平和望着她，镇静地说：别自己吓自己，谁说了他残废？不过，要有思想准备，恢复到以前，难！

三人要轮流地守护吴愧仁，秋菊坚决不同意，要两个老人回家休息，自己在医院就行了。她用电话已经向农小请了假，学校回答：你放心在医院护理，吴愧仁是你的亲人，也是学校的恩人。学校再有困难，也有办法克服。

她一连说了三个谢！

外出参加中学数学竞赛回来的吴愤星，听说父亲受伤的消息，赶到医院和余老师一起守在父亲身边。见余老师对父亲，细致体贴周到。他想：月晓玲妈妈走了好多年了，现在余老师当妈妈就更好了。余老师，你放心吧，我爸爸是天底下最好的男人，虽然他不富有，没得权，比你岁数大，但我敢保证，他会让你生活得幸福快乐，使生命有凡人的高点。

第十三章　疗伤

1. 长话短说，吴愧仁住了一年多院，出院后又在屋头休息了半年，不管他怎样吃药、做运动，走起路来还是一高一低的，莫说别人看到眼塞，就是他自己也难受极了。还有更难启齿的，医生告诉他，这一辈子再有性功能就是医学上的奇迹了。秋菊几次吵着闹着要和他去把结婚手续办了，他横着眼说，你有病呀你，我怎个样子结婚，脑壳昏还差不多。他心里也痛，谁不愿有个知冷知热的女人伴着，可咱是人，不能只顾自己，耽误了人家。

秋菊知道他的心，然而谁也不可能把她从他身边拉开，日子就这样伴着，比吃好穿好，腰缠万贯温暖幸福得多。她守着他寸步不离。他多次要她回去上课，她不去。他脸扭过去，声音挺大，桌子、凳子拍得嘣嘣响，多次扬言再缠着他就不准她进屋了。她只好白天回去上课，晚上赶来，给屋里添上生气。吴愧仁对儿子惯星也严格规定，除了星期天，平常不准往医院跑，要他把学习搞好，争取品学兼优就是对父亲最大安慰。

祸不单行，这两年吴家变化大，吴愧仁的父母先后告别人间。其父亲走得英勇，为救一群小学生避免车祸灾难，被火车轮子碾成肉泥。铁路边的向阳小学塑着他的像：方脸盘，饱满额头，不高不矮个头，身上的铁路制服却没有肩章，帽徽，因为搞不清楚应该把他塑成哪个年代的铁路工人。塑像前的鲜花不断；小学生们在老师的带领下常到塑像前悼念，一方面学习老人家舍己救人的精神，更主要是给小孩子们敲响不要随便跨越铁道的警钟。孩子们的父母特别支持，什么活动他们觉得都可以缺一缺，缓一缓，参不参加没啥子，唯有去瞻仰铁路老人，不准孩子缺一次，专买些鲜花叫孩子送给吴爷爷，还要孩子在吴爷爷像前发誓不横穿乱过铁路。几次学生家长评议学校打分，谁都没想到悼念铁路老人的活动得分最高。搞了几十年儿童教育的老校长搔着后颈窝也没搞懂为啥会这样？

离奇的是吴愧仁的母亲杨莲，得知丈夫走了后，当场昏死过去，再没睁开眼睛。给铁路老人塑碑时，有关人员开了善心，把两夫妇的骨灰合葬一起。现在夫妇双双面向滔滔长江，时时遥望铁路，接受后人磕拜，尽享人间烟火。

吴愧仁休养的日子里，把过去的日记翻出来看，他问自己：我到底是一个什么样的人？伟大、高尚、圣洁，差十万八千里；卑鄙、龌龊、阴险、狡诈，也不是！他给自己定了位，是个有良知的平常人，有爱有恨也有错。他感到很庆幸，良知让他看清了世界，读懂了人生，在该站出时站了出来，不欠任何人，包括物质和感情。如果说将来有可能，一定要促成星儿和白玫成为一家人。他进一步问自己良知从哪里来？天生的吗？不是！父母无愧于心，无愧于人的熏陶让它根植心底。

老吴给自己定过不成文的规矩，学习是充实自己，取得心灵的快乐，不期待写什么文章在报纸杂志上发表，获得名声和稿费。这几个月来，有点按捺不住了，他试着写了些心得之类的短文，闲时自己读，也给秋菊看。

她读文章后说，你是怕失败才不敢向报纸杂志投稿？他心头一阵哆嗦，好像被人看到最肮脏的阴处。他明白了自己：口口声声说不计较名利得失，实际上骨髓里头没干净这些东西。他脸似猪肝，耳朵通红。他抓住她的手往自己脸上搂。

她说，你疯了哇你！

他说，谢谢你哈，谢谢你！

他真的向自己宣战，把自以为好的得意文章，改了又改，向有些名气的杂志报纸投去。投去了以后，他强迫自己从不去想，怎样写稿是我的事，用不用稿是编辑的事，咱们分工明确，互不干涉好吗？这么想容易，做起来真难。他心头两个人经常打架：一个说稿件投去三个星期了，啷个还不用？是不是写得不好，或者是写错了地址，报社根本没收到。另一个说，你不是自己定了规矩吗，用不用是编辑的事？写文章是快乐和享受，怎么慌乱起来，没出息的东西！他自己骂自己一通后，真平静下来。绝不去专门买投过稿的杂志报纸，就是随便买回来也不先看有关栏目。几次用稿还是秋菊告诉他的。

2. 吴愤星读高二下学期,面临一个关键的选择。还是在铁路学校继续读嘛,因他成绩提高快,学校答应把他调到重点班。余老师却坚持要把吴愤星转到重点名校读一年。吴愧仁和儿子都拿不定主意了。最后学校做了让步了,吴愤星到其他名校读高三可以,但高考时必须保留铁路学校的学籍。吴家人答应了学校要求。

吴愤星到名校借读高三,感觉学习气氛与过去截然不同。老师和学生一天三步曲,复习功课、吃饭、睡觉,与社会家庭隔绝,时间充分,精力饱满,名副其实的一群学习"疯子",这样的人,再笨,也可能取得出人意料的成绩。

一天,秋菊上班去了,吴愧仁下楼到草坪散步,碰到学生时代的老朋友,问他在屋头做啥子。他把自己情况简单地说了。老朋友说,知道一些,现在你是铁路地区的名人,愿不愿到我那里来干事务员?

老吴说,你开啥玩笑?我又不是干部,开火车的司机,能到车站工作?

老朋友给他讲了一通,特别说,现在干部体制改革,干事务员的工人多着呢?他见老朋友真诚,不像是玩笑。他为自己回机务十什么发过愁,折返段已经撤了。他说,我想想,想来,给你个准信。

儿子封闭式读书去了,能商量的就是秋菊。她一听这事高兴得跳起来。因为老朋友说的四等车站叫旺水,离秋菊现在上班的金水中心小学只有五公里。旺水站离铁路中心地区也不过三十多公里,方便得很哇!秋菊说:有一个要求,你一定要答应。

除了结婚外,什么都可以答应。秋菊泪汪汪地大哭起来,你就那么讨厌我?我就配不上你吗?好,好!我明天就搬走。老吴把毛巾递给她擦眼泪,拍拍她单薄的后背,轻声地说:你的心,我还不懂?只是……我还没想好。

没想好,在你屋里住了一年多了,外头哪个不说我们是两口子?我就那么贱?好,今晚上你不说好,我明天就搬走。

老吴不吭声了,他想干脆答应她把结婚手续办了,可人生总得有个原则,答应了她心头有愧。他找出当年结婚时父母送给他的"鸿鹄牒"。在灯光下慢慢地擦,细细地看,——无愧于心,无愧于人。他把宝牒紧紧抱在怀中。

秋菊见屋里没动静,哭声小了下去。她见吴愧仁坐在屋角,呆呆地,心头挺不好受。她走过去抱住他的双臂，脸挨着他发边。他转过身把手中的"鸿鹄牒"递给她：这是吴家的祖训。

她翻来覆去看着，许多道理进脑入心。

他望着她柔情地说：我如果和你办了结婚手续，内心有愧。

真如此，……未必还想着你前妻？她两眼发直，眼光里露出嫉恨。

看你说到哪去了，她走那么多年，你看我说过吗？他常掂量：秋菊和月晓玲是两类女人。与秋菊，心相碰，与月晓玲，情在燃。情久了会麻木，枯萎，寒冷，封存在记忆里。而心，只要跳动，就渴望交流，就传递温暖。

他望着她说，你相信我好吗，真的等等。

等什么？为啥等？她知道他的理，却不相信那是理，她说我不和你结婚我心有愧，你不和我牵手，你对我有愧。吴大哥呀——，是不是这个理，请你告诉我？

吴愧仁震惊了，有文化的人悟性就是好。他踱步到窗前凝望着高远的夜空，天很黑，不时有一两个亮星刺入了银河，或划进黑暗中，带着发红或发白的光尾，有时也点动着，颤抖着，给天上一些光热的动荡，给黑暗一些闪烁的爆裂。余光散尽，黑暗似乎晃动了几下，又包合起来，静静懒懒的群星又复了原位。秋菊来到他身边，递给他一杯温开水。他忐忑地喝了水，默默望着她，真的，我很难开口。

你不说，我的心永远悬着。

吴愧仁叹了口气，把医生关于他难有性功能的事说了。他说，你是一个我值得敬重的好女人，我不能把自己残缺地交给你。如果那样做，我心有愧。就是和你办了结婚手续，梦里也会哭泣。还有，我也无脸去见九泉下的父母亲，他们早教我了生存的价值选项。

现在科学这样发达，你的毛病就治不好了？

不是的。医生说奇迹是人创造的，只要坚持吃中药和锻炼，大概有百分之二十的希望。他握住她的手，轻轻地揉着手背和手心，请给我时间好吗？

她心发颤，她所在学校的两个女老师就因夫妻性方面失调做出了不少龌龊事来。她想：我怎么这样倒霉呀！这就是命吗。

当然，你也有另外的选择。他望着她真诚地说，请你放心，不管你做怎样的选择，我都尊重你。

她突然梦醒似的，什么，——另外的选择？我的选择就是你，唯一的。她扑在他怀里放声大哭。

我一定要尽最大力量治，不光为你——我生命中最好的女人。也是为自己。但不能不做另方面准备，久治不好呢？

不会的，愧仁，我的吴哥哥，你一定会治好的。苍天有眼，怎么会叫正直善良的人受罪，一定会好的。

第二天，吴愧仁还是把秋菊的东西全部整理出来，希望她理智地带走。他对她说，如果你还把我当作一个男人，当作你的大哥，就请你相信我，如果说病好了，或者好了八成，我第一个告诉的人就是你，你以为我愿意失去你吗？

秋菊紧紧地抱住他，泪水断线般流下。她望着他说，我走可以，但你得必须答应我一个条件。

有什么要求，请说。

我走后，不准任何一个女人住进来，尤其是那些没结婚的女人。

行。你的气息会永远地留在我心里。

你坚持吃药和锻炼，三个月我陪你到医院去检查一次。

做得到。你不住在这里，不等于不来耍。有你伴着我，陪我，没有攻不破的关。

秋菊真的走了，两人说话算话，三个月到医院去检查一次。检查报告单不断地重叠，吴愧仁的病却没好，他陷入绝望，劝秋菊再去找个男人，免得欠得难受。秋菊和一个小包工头见过一次面，此人个矮，体胖，圆光头，结过婚，有两个儿子，他给秋菊唯一条件是辞去工作，专职当母亲和妻子。她问他，一个女人除了家庭就再没什么了吗？

圆光头非常吃惊，眼睛瞪大如灯泡，还要什么，天上的星星，地上的龙鱼，我要弄得到哇！

她摸出钱币放在桌上，起身礼貌地说，要的什么你不懂。

圆光头骂她神经病，嘴上却说，这是做什么，喝杯茶要你拿钱，太小看人了。

她笑笑，露出白牙很好看。她说，萍水相逢，喝茶AA制，不欠情，没负担，平起平坐。

她把这事告诉吴愧仁，两人笑了好一阵。

时光不停地流动着……

3. 这一年吴愤星参加高考，成绩出奇的好，学校和家长非常高兴。到底报考哪所大学？与吴愧仁保持联系的余秋菊说，考北大，清华，人生难得几回搏，万一考上了呢，命运就登上更高台阶。高考榜上无名的王虎说，最好是考政法大学，毕业后当个律师，或者考医学院，将来当个医生，走到哪里都吃得开。已经当上火车司机的二蛮对吴愧仁说：愤星要是我的儿子，就要他报考金融财经大学，现在讲发展经济，银行一个工作人员比火车司机的工资高出不少。公说公有理，婆说婆有理，自以为成熟的吴愧仁受到严峻挑战。他问儿子你想读哪个学校，儿子说让我想想，片刻，愤星说，爸，你不是也有考虑吗，干脆我们做个游戏，写几个学校的名字，每张纸一个，到爷爷的坟墓前去，闭着眼睛抓，首先抓到的学校我就去报名读它。

吴愧仁觉得有趣。两父子来到铁路老人的坟墓前。石头上放着木箱，箱内放着学校名称的纸条。父亲从木箱里拿出纸条打开一看吃了定心丸。儿子把手擦了一遍又一遍，心里默默念着，爷爷、婆婆，你一定要保佑我抓到理想的学校。他两手合十，跪在坟前磕了三个响头，手伸到木盒里去抓，拿出纸条一看是交通大学，心里高兴万分。第二轮父亲又抓了张纸条，一看是铁道学院，儿子再抓到的纸条，上面还是铁路方面的大学。两人手拉着手笑了；孙子上前抱住塑像爷爷粗壮的腿杆，儿子伸手捏着塑像父亲弯曲的胳膊，泪水从眼角流出来。

吴愤星读大学没有了分数竞争的压力，感到格外轻松好玩，身心得到全面发展。由于学校隔家远，回家的次数不多，父亲只去过学校两次，一次送儿子读书，旁边的余秋菊同行，对学校幽静美丽的环境感到特别满意。两人勉励吴愤星好生读书，不要浪费了青春岁月。第二次是大学开家长座谈会，学校以此做些社会调查，专门通知吴愧仁，代表工人家长参加。吴愧仁穿着铁路制服，领带饱满溜直，皮鞋锃亮。他特别沉着，到会的家长发言一大半了，他还在仔细地听。主持会议的系主任是个中年教授，他眯缝着眼和蔼地对吴愧仁说，听你儿子吴愤星讲，你们家有句祖训叫无愧于心，无愧于人，愿听其详。吴愧仁早做了准备，他把祖传的"鸿鹄牒"递给了教授，教授接到手里，惊叫道好漂亮的宝贝哟，接着，吴愧仁讲了"鸿鹄牒"的来历和含义。他说：它拥有一种超凡脱俗的生命定力，是有异于权势名利的人生价值选项，换一种说法：无愧于心，无愧于人，是生活最美的梦，无论权势或卑微，富有或贫穷，追逐它，守护它，生命就悠然自得，精彩无穷。

教授点点头：有见解，很独特。他拍起掌来，接着掌声如雷。

在大学期间，儿子的眼睛没光盯在书本知识上，他重视锻炼和人际交往。随着他骨架越来越高大魁伟，脸庞越来越青春焕发，引惹学校不少的女生青睐。他在球场上参加篮球比赛，为他鼓掌喝彩的是女同学，他参加演讲比赛，坐在前三排的百分之九十是女学生。大学毕业时，一个椭圆脸鼻翼边渗出几颗雀斑的高个女同学要把贞操献给他，以此来促使当区经委主任的父亲帮助两人安排体面工作。吴愤星婉言谢绝，巧妙斗智始终不上当。雀斑女生爬上大楼顶端往下跳，搞得全校大哗，为此吴愤星背上个警告处分。

第十四章　锋芒

1.大学毕业后，吴愤星分到铁路车务段，与其他大学毕业生分到单位一样，先见习期一年，对铁路运输的主要关键工种逐一熟悉。一次冬天深夜扳道，一个老师傅和一个半老师傅叫吴愤星独立干活，他们到那边去有事干。只得点头的吴愤星等二人出去后，干完活就放亮眼睛望，则起耳朵听，很快就明白二人干的是见不得人的勾当。没多久，果然二人回来了，一个人提了个胀鼓鼓的大麻袋。半老师傅打开麻袋拿出两条高档香烟塞给吴愤星，靠山吃山，靠水吃水，见者有份。

吴愤星摆手不要，说自己从不抽烟。

老师傅瞪眼说，你要去告我们。

吴愤星道，我哪敢，他想了会儿，非常诚恳地道，就当我今晚没看到，就当我不晓得这事行不行？

半老师傅说，这还差不多，你懂事，我们也不为难你。

三天后的早上，铁路派出所收到一封匿名信，说有人半夜偷货场的香烟，时间、地点清楚，派出所也没声张，深夜派人暗中蹲守，把再次去偷烟的那个老师傅和半老师傅抓个正着。派出所干警押着二人过扳道房时问吴愤星，你知道两人偷过几次烟，吴愤星说自己刚来见习，不晓得。因偷烟被处罚后仍回铁路上班的那个老师傅和半老师傅见到吴愤星说够哥们。吴愤星像被人抽了耳光般难受。但他很快想通了：不想法帮两人悬崖勒马，马滚到悬崖绝壁下，想帮也帮不上了。

见习期满的吴愤星调到车务段技术室协助老邱工作。老邱属耍星下凡那类人。见吴愤星年轻肯干啥事就动嘴不动手了。吴愤星暗暗高兴，什么都抢到干，干出成绩来总说在邱老师的指导帮助下等等，接连两年科室评先进，吴愤星得的票最多，他硬是软磨硬缠地说服科长和其他同志，把自己的名字换成了老邱的。

老邱把这些情况告诉给妻子郑晓莉。郑晓莉是地方上一名税务干部，她听完丈夫的话拍手说有了。把老邱吓了一大跳，问啥子有了哟？惊诧诧的，莫把人魂吓脱了。

妻子笑嘻嘻地伏在丈夫耳边说了一阵，意思是要把自己的侄女介绍给吴愤星做女朋友。丈夫也眉开眼笑起来，声声说好，再仔细一想，哦，他拍额头说，吴愤星是军婚，千万碰不得，搞不好要犯罪的。

2. 说吴愤星军婚属过去词，老邱夫妻哪晓得吴愤星的变化。

原来白玫随母亲回老家读书成绩越来越差，就托人参军了，她在部队时，休假到吴家来耍过几次。吴家父子陪她逛商店、看电影、进餐厅……吴家的熟人碰到后，把吴愧仁拉到一边悄声问，这是你媳妇哈？吴愧仁幸福地点点头。话音飘过来钻进白玫耳里，她仰起头看星哥，星哥照样昂首挺胸地走着，似乎一点不在意。她想星哥或许没听到，或许听到默认了，心头一阵窃喜。白玫部队转业时安排回家乡务农，吴愧仁拿着白云杰的烈士证书，多次到政府有关部门申诉：白玫应该转业到铁路上。最终在已退休的高副局长的亲自帮忙下白玫才来到铁路工作。

白玫分配到车务段中心货场担任电瓶车司机，三班倒，吴愧仁叫她住在自己家里，白玫不干，说晚上接班不方便。白玫是个喜欢热闹的人，住的单身宿舍离街近，下班后几口饭一吃就坐在门口跟人吹闲牛聊天，或者三五个人邀约一起去吃麻辣烫串串香，或者几个年轻姐妹手挽着手从这个商店进那个商店出，逛得天黑尽了，商店喊关门了才回家。一次吴愤星找白玫到铁路文化宫看新上映的电影，几个姐妹看到吴愤星心里齐叫：哇！好英俊的男人！第二天姐妹们围攻白玫：老实交代，你哪阵，用啥子办法耍到一个俊哥哥？白玫得意地摇头晃脑地说：老天爷送的呗，她还骄傲地把鼻翼边长几粒雀斑的女孩追他星哥疯狂到爬上楼顶往下跳的事添油加醋地吹嘘一番，仿佛星哥是王子，她就是公主。旁边一个叫陈思的漂亮女工人嘴巴一撇，心里说：你白玫长个啥样子，不对着镜子照照，你走在星哥身边，瞎子看了也会喊——不般配。

追求上进的吴家父子多次要白玫下班后抽时间看点书，立志去读个函授大学或者夜大。白玫嘴巴上答应得好，可拿到书就想打瞌睡，她扯过自己头发，用剪刀刺过自己大腿，然而就是管不到用，坐到坐到又睁不开眼睛了。一天陈思见到白玫大惊小怪地惊呼：你眼圈黑了，脸皮浮肿，在屋头做啥子哟？

白玫不好意思说在复习功课考函大，就说身体不舒服，头痛。

过去我也是，坐也不是，睡也不是的，浑身没劲，现在不了。

吃了啥补药？

吃药？用得着吗？现在的办法实用得很。

啥办法？

打小麻将，搞小刺激。

我不干，那输起钱好恼火哟。

你咋不想赢起钱好安逸。打牌，边打边摆龙门阵，轻轻松松，嘻嘻哈哈，人都要多活几年。哪像你，肿脸皮泡的，你就不怕星哥嫌你老，丑了，把你甩了。

我星哥不是那种人！

不要把话说满了，星哥还没和你结婚，就是结了婚再离婚也不稀罕。

白玫从来没怀疑过自己和星哥的婚事，因为星哥说话从来没得罪过她，做啥事都听她的，就是叫她复习功课去考试的事例外。她还记得星哥当时给她说的话：人一辈子爱学习，争上进，发展的机遇多……人满足于现状就危险了。当时她觉得星哥说的话很伟大，很中听。可睡一觉醒来，就感到费解了。她想我要读得进去书，还会来铁路，还会去开个电瓶车？一想到这些，她又觉得星哥的话像风像雾又像雨，高深莫测了。

一次白玫开电瓶叉车把车厢的货转送到汽车上，货物包装不牢固，她叉车铲重了点，箱内的电器落了几件到地上，货主是个四十多岁的眼镜，专门喜欢挑逗和耍戏年轻女子，即刻咋乎乎地叫要白玫赔偿，初次遇上这种情况的白玫心慌意乱不知所措，她停止作业，下车细看包装后心里有了数，然后上车继续自己工作，当全列车货物转运完后，她去找来铁丝、锤子、木板修理包装。

眼镜货主嬉皮笑脸地凑了过来：小妹，哪用得着那么麻烦，让我抱一下，或者亲一口，包你没事了。

白玫没理他，强忍住羞辱，继续自己动作，哪晓得由于眼镜的干扰，她锤头落偏了砸在自己大拇指上，痛得泪水直流。

眼镜趁机上前捏住她手肘，手掌在她手臂上抚摸着，嘴里道，小小年纪，犟啥子犟。

白玫说，请你自重点，眼镜说，自重？我心痛哟。边说边伸手去摸白玫圆嘟嘟的屁股，手在屁股上揉第二圈时，白玫则转过身一拳打在他胸脯上，眼镜滚出两米多远。

他爬起来叫嚷：打人啦，铁路工人上班打人啦！

这时响起节奏明快的掌声，一个浑重的男音大声道，打得好，打得好。该挨！

白玫循声望去，几步开外站着个中等个子的男人，三十多岁年纪，头大稍扁，眉毛细而长，像女人到美容店文过眉一般，眼睛不大却有神，左胳膊夹了个黑色的公文包，一套深蓝色西装罩在清瘦的骨架上显得大了点。这人是谁？好像见过！就在白玫眼冒疑问时，男子自我介绍说，我叫孙海平，欺负你的眼镜张,是我公司的职工,对不起了,是我没教育好。

眼镜张见他的老板站在面前,立即说,我和她开个玩笑,她就当真了。

你立即给她道歉。孙老板说。

我又没把她做个啥子,我说了啥子嘛说。眼镜张叽咕着。

你去不去?老板声音严厉起来。

我又不晓得啷个做,老板你教我嘛。

孙老板走过去做了个抽自己脸的动作。

——知道了,知道了。眼镜张走到白玫面前也做打自己耳光的动作,老板甩手就给他一耳光,说你还懂不起,又要举手时,眼镜张急忙说懂起了懂起了,左右开弓给了自己两耳光。

闻声围过来看热闹的人,哄地大笑起来。眼镜张舞着胳膊说,笑啥子嘛,老板要我做的,我还敢不做。他转过头来望着老板说,对不对?孙老板也忍不住笑了。

孙老板走到白玫面前说,你还会修理包装箱?看你刚才的拳脚干脆有力,是学过的?

白玫用手帕包好被锤子砸伤的手,站起来说,你是他老板,怪不得他恁个怕你?

是他没有理。

白玫告诉孙海平,修包装箱是她临时想到的,没干过,怕遭罚钱。拳脚是她在家乡拜师学的,在部队练了两年,又有些长进。

孙海平说,我经常到货场来,一回生二回熟。你也不要管这些货物了,我去给你们领导说一声,就列在自然损耗里面。他走了两步又回过头来打开胳膊夹着的公文包,拿出自己的名片,递给白玫:我们交个朋友嘛,以后有事你找我。

白玫点点头。她觉得他很随和,机敏而洒脱,强硬而风趣,果敢而凶狠,跟他的星哥比,似乎有另一种气度和风采。

3. 白玫没把货场发生的事告诉吴愧仁叔叔,害怕他担心。她却告诉了星哥,她想星哥大小是车务段机关的干部,有些人事交往,末了她说出了自己想法:

要星哥帮忙找人给她换一下工种，上长白班最好。

吴愤星立即找到货场周主任，提出调动白玫工作的想法。

周主任当了二十几年干部，擅长平衡关系，在利害得失上走钢丝。他毫不犹豫地把吴愤星送来的烟和酒退了回去，并且说：收了你东西，我能办的事也不办了，朋友、同志间的帮助就那么贱？他说你把东西提走，你的事我记到心头行不？

涉世不谙的吴愤星当时对周主任又敬佩又感激。然而时间一天天过去，和白玫一样在生产一线三班倒的女职工已有四五个人调去干长白班了，就没白玫的戏。她一次次催她的星哥，吴愤星又厚着脸皮去问周主任，周主任拿出职工名册，很客气地对吴愤星说，你帮我想想办法，这些事嘟个处理？他指着名册上的人说：这个是李书记的姑娘，那个是胡主任未来的儿媳妇，这个嘛是金站长的亲侄女……他们的招呼都打在你的之前，你说我嘟个办！你说的事，我记到起的，有机会就给你办。

吴愤星一脸的茫然，再不舒服也打不出喷嚏来。

愁眉苦脸的白玫，见到她的星哥就一肚子气，因为她不知天高地厚地在好些姐妹面前提过劲，下一个调动就是她了，然而走了一个又一个人，不是她而是别人。

这一天，孙海平到货场监装重点货物后，路过职工学习室，见白玫一个人坐在门口望着天空出神，在地上捡了颗小石子甩到她面前，没有反应，走拢墙壁敲窗户，白玫才闻声转过头来，说是你呀，孙老板，好久没见你了。前次她拿到孙海平的名片后，仔细看了上面的介绍，经营项目一大串，总的印象是个有实力的老板。孙海平对白玫的印象也不错，单纯而有个性。此时孙海平对白玫玩笑道：是不是又想你星哥哥了？

白玫斜了他一眼说，想他有什么用，顶大的个头，丁点事也办不了。

孙海平愣了一下，约沉思，问：小白妹遇到什么难事了。他亲热地望着她。

她没吭声。

孙海平摸出烟想抽，立即又放回包里，可能是想到货场严禁抽烟的规定了。

他说：有没什么事要我帮忙的，我乐意为女士效力。

白玫望了他一眼，见他满脸诚恳，没有取笑的意思，就把自己想调动工种的想法不抱任何希望的随口说了出来。

哦，这点小事，你怎么不早说哩。孙海平非常地轻松，他说，小白妹，你想到货场哪个工种？

白玫想调换工种，到底去做什么，哪样工种她最适合，却没细想过，她想只要当长白班，不熬夜都行。

孙海平见她傻傻的答不上来，又启发问，你有什么专长没有？比如说别人不行的，你行，或者别人不会的你会。

白玫认真地想了下，说：不晓得这算不算专长，那回货运员陈思当夜班，我干完活到她库房玩，眼睛对库房内堆码排列的货物就看了那么一眼，全清清楚楚地印在脑子里了，第二天早上，陈思交接班了，把堆的货件数来数去的，就没得准数，我就一口给她答出来，不差分毫。

你有过目不忘之功？

不是，我只对物件的位置空间特别敏感，对那些文字，数字看到就头痛。

你适应到货场后勤组去，那里管些劳保用品，肥皂、手套、箩筐、扫把的，又上长白班。

孙老板，你说适应就适应吧。那些地方，不是想去就去得了的。

我可以帮你试一试吧，这样，三天之内你到那里上班。

真的哇，孙老板。白玫对孙海平了解不多，半信半疑，更没放在心上，有它无它似的，也没对星哥说。

第三天清晨，白玫刚走进院坝，值班员就通知她不要去排队点名了，到主任室去，周主任找你谈话。周主任的谈话很简单：经组织研究决定，调到货场后勤组工作，即日报到。

白玫不知道此事经过，笔者觉得应该补叙一下：孙海平找到货场周主任，提出把白玫调到后勤组工作。周主任摇摇头道，那里定员爆满，不差人呀。

哦，周主任，我忘了告诉你，我们公司发送到沿海城市的那批大宗货物，准备改走新桥货场。话后，孙海平夹着公文包就往外走。他还没走到门口，周主任声音响起来：孙总，孙总，有话好说吗？周主任赶过去把孙海平拉到沙发上，又递烟又倒茶，还笑眯眯地说，对他人说，后勤组定员爆满，可对你孙总而言，恰恰差人，差一个像白玫那样精明勤快的好人。这样吧，我明天就通知她到后勤组报到。

哦，周主任，你看我刚才光顾着说话，把正事忘了。他从公文包摸出几张合同书，放在周主任办公桌上，我们公司到沿海的大宗货物决定就在你们货场发走，你签签，我已经签字盖章了。

周主任拿过合同认真地看起来。

到后勤组上完第一天班的白玫给星哥打电话，说晚上有好消息告诉他。接到电话的星哥说：哎，我也正有好消息告诉你嘞。两人约定晚上八点钟到顶上风茶楼见面。改革开放初期的茶楼简单得找不到叙述的特点。不过清静人少，好说话。两人选在这里见面方便，一人走一半路。另外茶楼是孙海平开的，他已经给白玫及她的姐妹们说过，有事可以到这里坐坐，没事可以进来耍一耍，只要说是我孙海平的客人，没人会为难你。陈思跟白玫说，她约姐妹们去顶上风几次，真的没要钱。白玫大起胆子说在顶上风见，星哥还犹豫不决，她就把电话撂了。

两人第一次进茶楼感到挺新鲜，这里瞅瞅，那里看看，最后坐到一张面向长江的茶桌上。服务员好像见过白玫，白玫说是孙老板的客人，服务员更热情了。白玫要把好消息告诉星哥，星哥说他先说好消息：下午周主任电话告诉他白玫调货场后勤组。他把此话说出来以为白玫会高兴得跳起来，没想到白玫非常平静，只是淡淡地笑着。

他急着问白玫你不喜欢到后勤组去？

白玫说我喜欢嘞。她瞪大眼珠说：告诉你吧，星哥，我今天已经到后勤组上了一天班了。

真的，这周主任说话算话，动作还快呢？吴憨星站起来对服务员说，快拿瓶红酒来庆贺一下。

白玫端着红酒和星哥碰杯，忍住没把找孙海平帮忙的事说出来，害怕伤星哥面子。当天晚上白玫躺在床上，星哥、孙海平在她眼前直晃：谁活动能力强，说话管用；和谁在一起，生活才有依靠！白玫整夜失眠了。

4. 这一天，领导找吴愤星谈话，说调他到运转车间任副主任。这是近三年分配到车务段工作的21名大学中的第一个。和吴愤星认识的人都叫他请客，他快乐地答应了，把父亲吴愧仁、女友白玫叫到一起。父亲来了，可到开席时，白玫没到，急得吴家父子站在门口望了又望。

原来白玫从货场出来，走到个转弯口，看到个胖胖的老太婆倒在地上，旁边还放辆自行车，就过去扶老太婆，老太婆按着脚杆哎哟地喊痛，白玫没扶动，又见地上有摊血，就把老太婆背到附近的医院抢救。医生要亲人先缴费，白玫才想起叫老人的亲人，老太婆语无伦次，医生和白玫听了好久，也不知所以然，白玫摸老人身上没找到任何有用的信息。白玫摸自己包里，全部钱不到百元。这怎么办？她首先想到找吴叔或者星哥，可二位没配移动电话，她给星哥办公室打电话，拨了一次又一次没人接，她记起星哥请吃饭庆贺提职之事，心头毛焦火燎的，抱着试一试的心理给孙海平打了个电话，说自己遇上麻烦了，可能的话，请他带钱来帮个忙。

孙海平以为白玫遭绑架或者敲诈了，叫她别慌，稳住对方，要好多钱答应对方没问题。

白玫见对方误会了自己，立即简述了经过，孙海平呵呵一笑，恁个回事，没问题，说他立即带钱赶到。

白玫等孙海平赶到做些必要的交代后，立即去星哥请客吃饭处。然而客人全部走了，只有星哥和吴叔在。吴家人听了白玫的解释合情合理，也就没把这事放在心上了。可姑娘白玫却不同，在潜意识深处对孙海平的好感又多了一层。

升职的吴愤星和调换了工种的白玫见面比以前少了。吴愤星见到她就问文化课复习得如何，要抓紧时间准备参加函授大学的入学考试，因为他从亲身经历中感受到文化高低的重要。白玫到后勤组上班，虽然轻松，但不敢在当班空闲时间里看书学习，怕领导看到说她做与当班无关之事，更胆怯同事、姐妹们嘲讽她往上爬。下班后，陈思等姐妹早等着拉她去玩，说她还想做啥子嘛，现在工作这样好了，又有男人喜欢，真是人心不足蛇吞象。一次打麻将三差一，白玫被拉上桌子，她吓得浑身发抖，害怕自己包包的钱成了别人的，没想到黄棒手硬，别人的好多钱却进了她包包，到半夜从茶楼出来，巧碰孙海平，他叫白玫等到搭车一路走，就在这时两个黑影冲了上来，用刀抵着孙海平的后颈窝，叫他把钱拿出来，黑影虽然看见孙老板身边站了个年轻女子却没把她放在眼里，心想只要制服了孙老板，年轻女子就会吓到流尿。

白玫不慌不忙地对黑影道，你们把孙老板放了，他的钱都在我包里，我是他的秘书。把他放了吧，……你们要什么我都给，她声音嗲了起来：怎么，哥子们不懂？本姑娘不孬呀。

两个黑影感到今晚运气好，不但劫财，还要享受艳福！于是两人抵住孙海平的刀松了下来，白玫边摸钱边向两黑影走去，不到三步距离时，突然拳脚同时出击，两黑影还没搞懂怎么回事就被打趴在地，孙海平又出气地在两黑影身上狠狠地踢了几脚。这时，一辆治安巡逻车开了过来，白玫要喊，孙海平伸手捂住了她嘴，巡警问地上怎么躺着两人，孙海平说喝醉了，马上就扶他们走。等巡逻车开过后，孙海平才用脚踢两黑影轻吼道还不快滚！后来白玫问孙老板为何不把抢你的人交给警察，孙海平说得饶处者且饶人，冤家宜解不宜结。何况二人今晚并没占到丝毫便宜，两人的同行知道今晚情况，谁还敢惹我们？

第十五章　认亲

1. 人算不如天算。白玫好不容易通过了函授大学的入学考试，她正要把这一消息告诉给星哥和孙海平时，劳动组织的改革让她措手不及。货场贴出了各工种的定员通告，后勤组超员一倍。一个月后，严格按定员上岗，富余人员，到劳动服务公司报道，提倡停薪留职，自主择业。如果按白玫的工作能力和关系背景，她留在后勤组是没任何问题。然而孙海平对她有了另一种打算。他的这种打算让周主任知道后既高兴又吃惊。孙海平叫周主任无论如何下白玫岗，白玫下了岗就是对他最大的支持，他立即把在新桥货场走的那批货转过来。

周主任问为什么？

孙海平说没有为什么，你只要这样做就行了。担任车务段中层干部的吴愤星参加全段的会议多了，对劳动组织改革的意义和各车间面临的压力非常清楚。也不好直接张口让周主任照顾白玫。

按孙海平的意图，白玫真下岗了，她急火火地找到孙海平，要孙海平给她帮个忙，能留在后勤组最好，不行了，回原来班组也行。孙海平口头答应，却没有行动，或者朝白玫希望的反面而动。一个月后，白玫到劳动服务公司报到时，孙海平找到了白玫说出了早谋划的想法，与铁路货场办理停薪留职，到他所开的公司上班，担任办公室主任兼后勤部长，工资比她在货场上班高一半，再每月按效益发奖金。货场不开白玫工资，自然高兴，白玫正为去劳动服务公司后干啥子发愁，听到这么回事，连跟星哥和吴叔都没商量，就一口答应了孙海平。

孙海平把白玫调到自己公司来，不是心血来潮的一时冲动，是他长时间观察白玫的结果。

身体单薄的孙海平智商非常突出。16年前不到20岁的他离开母亲来到渝市发展，当时他带着父亲死后家里的300元全部财产，他不想离开母亲，母亲坚决要他走，离开偏僻山乡的闲言碎语，到大城市去见世面，闯一番男人的事业。他来到渝市下火车的第一天300元钱就被小偷扒去，他伤心地面对长江哭了个够。饿了，站在河边与公路联结的转弯处帮人推艰难爬行的人力车，换回两个馒头钱。渴了，他捧起长江大河的水就喝，困乏了，倒头就睡，晚上睡在大桥下面石板上或者车站、公园木椅上，实在冷了爬起跑上几圈有了热气再睡。跛脚老朝收留了他，带他到铁路货场装卸货物。他机灵，除干装装卸卸外，经常把地上零碎货物集中后放回堆里，主动打扫环境卫生，和那些有空就躲在墙角、屋边打扑克牌，为几角块把钱就和老板吵得脸红筋胀的人形成鲜明对比，王老板见他还有点文化就叫他帮忙管点进出账，两三年后，老板翻他账本见他记得清清楚楚，分毫不差就派他去当个小领班。一次王老板喝醉酒，几个对他有怨恨的人抢了他的东西要跑走，孙海平个子小打不赢，危急时刻站在楼门口的高墙上向公路上大喊110快来哟，这里有抢匪！那几个人分不清虚实，拔腿就跑，王老板躲过一劫，从此后做什么重要的事都把孙海平带在身边。也该孙海平发财，王老板签了笔大生意，喜得突发脑溢血，独身一世的他临闭眼前把公司交给了孙海平。孙海平像葬自己亲身父亲一样送走了王老板，每年清明、春节、七月十五到王老板坟墓前烧纸送青。这些年孙海平勤奋经营，公司越开越大，名声越来越响。孙海平的母亲来过渝市几次，每来一次就到庙里向菩萨烧香磕头，乞求儿子生意兴隆，事事平安，祈祷自己早点能抱上孙子。已经资产上千万元的孙海平，三十多岁，方圆百里的钻石王老五，牵线做媒的人踩破了门槛，主动上前献媚求爱的年轻女子成群结队，但是孙海平的选择让人摸不到头脑：有过教师、医生、国家公职人员、个体户……别人说他是选过头了，选花眼了，世界上怕没有他喜欢的女人……奇怪的是凡和他交往过的女子，没有一个恨他的，都说孙老板是好人，只是有缘无份，因为孙海平给分手女子的赠送可养活女人一生了。孙老板到底选什么呢？孙老板明白，和他交往过的女子也明白，可没一个人外讲的。孙老板是根据母亲的一再嘱咐，女人要生得出娃娃了，再结婚。因此和孙老板耍朋友的女子一般同居三个月，如果没怀上孕就此分手。孙海平眼睛盯上白玫时，主要看她身体好，性格沉静，机敏聪明，心地善良。孙海平知道白玫是车务段干部吴愤星的女朋友，他思维不同凡人，婚姻是竞争，向对方表明态度，发起进攻，让对方考虑选择，而不是所谓的讲道德举步不前。白玫调到他公司，就是他进攻的第一步。

白玫到孙海平公司上班兴奋快乐，她也说不清楚是什么原因，与星哥说话她很庄重拘谨，生怕说错了，遭到星哥和吴叔批评，什么书读少了呀，思维单一呀，没有长远观念呀等！而她与孙海平说话就不同了，大一句小一句，想说什么就说什么，说错了当场声明，孙海平对此不批评，反而说她耿直。陈思一次见白玫对孙海平直言，心想白玫这回糟了，非遭炒鱿鱼不可，没想到孙海平不但没说白玫什么，还给她优秀建议奖。白玫说我这辈子碰到开明老板了。

2. 白玫与孙海平老板走得很近的消息传到吴愧仁耳里，他心里很不舒服。吴愧仁见过孙海平，人才一般，一副生意人嘴脸，很看不起。吴愧仁问过儿子吴愤星，你和白玫的事到底怎么样？儿子回答好哇！吴愧仁说既然好，相知相识，青梅竹马的，就找个日子把婚事办了，别夜长梦多。

儿子瞅着父亲，许多话出不了口，心里翻江倒海。吴愤星从小到大和白玫接触多，关心她，帮助她，把她当作自己的亲妹妹。人长大后，强迫自己走出兄妹关系，向爱情发展，他努力了，然而只是激动，没有心动，情欲就是燃烧不起来，看到白玫，他格外规矩，十天半个月不见也不想，他怀疑自己是不是性冷淡，让他奇怪的是他看到那种相貌身段和气质特佳的女孩就完全不同。一次他在段机关二楼的走廊上碰到个高挑漂亮的女子，走路说话透出高贵优雅气质，已经走出好几步了，还回过头去偷偷地张望，最让他自己都搞不懂的是，他的眼睛一直盯着那女子走进技业科办事，那女子办完事走后，他还去技业科旁敲侧击地打听女子的情况，他知道了女子名叫肖婷婷，是段属的三等车站——渝口站的经济计划员。当天晚上他还意外地梦见了美丽的肖婷婷。

此时儿子说，爸，我和白玫……条件还不成熟，看一看再说吧。

你是不是看不起白玫，就因当了个车间副主任？人呀，可不能忘恩负义，不念旧情。

爸，看你说到哪去了……白玫是一个好姑娘。我记得白云杰伯伯以前对我的好，我记得你给我说的话。

那……你们就找个日子把婚事办了。还等什么？你也是满三十岁的人了，白玫岁数也不小了。就这样定了，你们抽个时间去办手续。

爸，你也是见过世面的人——天下好姑娘，就能成妻子？

你这是什么意思？心中另外有人了？

爸，你多心了，我另外有人了，你会不知道？我是说有的人天天在一起不一定能成为夫妻，可有的人一见钟情却可以白头偕老。

说爱情理论，讲爱情学说，我不比你懂得少。但星娃，作为一个活在世上的人，特别是有潜力发展的男人，一定要深明大义，诚实，守信，我们答应过白云杰的事，能平白反悔吗？

吴惯星紧紧地锁住眉头，把头转向了一边。

父亲继续说，当然，你和白玫文化程度、性格、爱好确实有差距，然而这些可以变化呀？就说你继母月晓玲当年和我的差距那样大，还不是走到一起了。

现在怎样？不是分手了吗。儿子插上一句。

儿子的话刺到父亲痛处，他嘴唇哆嗦起来，想了想，咬紧牙道，但我们结合的目的明确，甘愿为对方的希望而丢掉眼前的利益。

儿子语塞了，他对自己的身世和成长很清楚。是运气好碰到了现在的父亲，还有那个敢为爱不顾一切的月晓玲继母以及无私无畏的秋老师。说真的，这一辈子就是当牛作马也难还这些人的情，受些委屈也该。儿子说，爸爸，你话有理。我不是瞧不起白玫，只要你老人家高兴，白玫同意，我怎么办都行。

真的，男人说话不得反悔？

儿子点点头，委屈的泪在眼眶里转，他赶快转身走进了厨房。

当天晚上，吴愤星睡觉前强忍住怨气，故意把白玫的照片看了又看，希望她能走入梦乡，当晚他梦里确有个女子走进来了，初看像白玫，仔细看眉眼身段明明是肖婷婷嘛。他醒后惨淡地苦笑起来。第二天，他想抽时间和白玫谈谈，把自己想法毫无保留地告诉她，朦胧里希望有另一种可能。没想到，领导叫他立即外出开会，等他开完会回来，父亲已经和白玫谈过了。

吴愧仁和白玫的谈话完出乎他的意料。吴愧仁没敢对儿子那样开门见山，而是先问白玫工作愉不愉快呀，最近看了些啥子书呀，年龄不小，有没有安家的想法啦……

白玫笑嘻嘻地回答，气氛随和融洽，她对吴愧仁说：是想安家嫁人了，也看好了人家，正要征求吴叔意见哩。

吴愧仁喜滋滋地说，你讲，看好的人家是谁？你父亲在世时，一再要我关心你的婚事，临终还有托付……一切在我身上了。

算了，吴叔，等一等再说吧，还有关键的一点过了后再给你说。

白玫到孙海平公司上班接触更多了，感情发展很快，白玫觉得一辈子跟着孙海平不缺吃少穿，高贵体面，受人尊重，更重要的是孙海平明确告诉喜欢她的理由，她觉得实在，没有掺假。

孙海平直率地给她说，如果母亲来见过你后，没意见两人就同居三个月，怀了孕立即结婚。

如果说没怀孕呢？白玫问，

给你的补偿你一辈子用不完。

对此白玫犹豫了很久。觉得孙海平把自己当成传宗接代的工具似的，让人很羞辱，自尊受到影响。陈思知道后说，女人谁没有第一夜，谁不想有丈夫孩子完整的家？孙海平之所以不逗女人恨，和他同过居的女人谁恨他了？就是他把许多东西直截了当，有风险，也有回报。

白玫说，这不是玩弄女人吗？

陈思说，不是，他要玩耍女人，就根本不和女人讲，和你讲了，让你权衡利弊，他才走下一步，这就叫懂得起！为婚姻负责。

这些话说得白玫七上八下，拿不定主意了。就在这时，白玫重感冒发烧住进医院，本来孙海平作为一个老总，可以来看也可以不来看，顶多叫个人来护理就行了。他却来了，头天晚上在白玫床前坐了一夜，就连医生和护士都以为他们是小两口。一次后半夜时，当班护士睡觉去了，白玫要上厕所，孙海平扶着她进去，谁知进去后她踩虚脚摔在地上，白生生的腰腿和敏感部位全都暴露出来，孙海平没做任何大惊小怪的惊呼和动作，用卫生纸给她擦屁股、腿上的脏物，还帮助她把裤子穿上。事后白玫非常感动，觉得自己在孙海平面前没有什么秘密而言了。当天晚上，孙海平给白玫简单地讲了他为什么要试婚的理由。因为父母结婚后一直没生育，母亲不得不按家乡的风俗去借种，留下了一生的愧疚和遗憾，提起这事母亲就感到羞耻和不安。现在他事业上发达了，母亲一再要求她，找妻子不一定要漂亮、娇贵、文化高，但必须要身体健康、心地善良、会生孩子。孙海平说，你愿意试婚，我们有可能成为白头到老的夫妻，你不愿意，我也不勉强你，我们仍然是好朋友，你仍然是我公司的骨干。那天晚上，白玫最后下了决心，试婚就试婚吧，对自己要有信心，我身体好着呢！因此，孙海平通知母亲来和白玫见一面，这就是白玫向吴愧仁说的关键点。

吴愧仁沿着自己思路想岔了，他说白玫呀，你说的关键点不就是捅破一张纸吗？你和愧星从小相识，知根知底的。这张纸还不好捅？可……外面社会复杂得很，耍朋友把你哄得上了天，一旦目的达到，你成了一根草。我觉得你和愧星都要珍惜青梅竹马的缘分，及早捅破纸，抓紧时间把两人的婚事办了。

白玫很诧异：吴叔，我哪阵说过要嫁给星哥了？星哥何时说过要娶我为妻？

这还用说吗，傻姑娘，你经常和愧星在一起耍，他帮你辅导学习文化，你帮他洗衣服，谁看了不说天生一对。

　　吴叔，我做错了哟，我把星哥真当成哥哥，这不对吗？

　　对，对，对，你做得完全对，你爸生前的愿望就是要你和惯星成一家人，当时星儿也知道此事。我也答应过你爸的。人总不能说话不算数？

　　——你为什么要这样？不愿意我有个哥哥；害怕我白玫嫁不脱没人要了；怕星哥找不到媳妇？

　　你看你呀，白玫姑娘说到哪去了。你心地善良，聪明能干，年轻健康，是过日子的人，打着灯笼难找的好媳妇。星儿找到你是他的福气。星儿嘛，不在人前，也不在人后，谁说他找不到媳妇？

　　既然如此，星哥就是我的哥。吴叔，你的意思，我懂。我和星哥间的事，你以后就不要再提了。

　　白玫，我是你老辈子，过的桥比你走的路多，你和星儿组成一家人真的会很幸福。

　　白玫见吴叔啰啰唆唆的，心头烦恼起来：除了和星哥组成家庭外，就不幸福了，少见多怪，井底之蛙？

　　自认为有见识的吴愧仁好像被人当头敲了一棒，反感和怨气冲上来，木然里抖起长辈的威风，横起眉毛冒出一句：白玫，你今天不听吴叔的话，就是睡着了，半夜里，你父亲也要来找你算账——不听话的女娃。

　　我父亲最爱我，他半夜就是来找到我，我跟他讲了自己的选择，他肯定会同意的，他为的是我好。不像你，抱残守缺，固执己见，越老越糊涂……

　　我糊涂？你，你……吴愧仁气得脸发红，语无伦次，好，我糊涂，我糊涂了，你给我出去，你给我走……

　　走就走，有什么了不起……白玫开门出去了。

　　3. 白玫把和吴叔争执的情况告诉星哥，吴愧星悬着的心落了下来。他和白玫的感觉和想法一致，去了多少麻烦，又多么幸运，两人决定随缘，时间长了事情自然会淡下去。

　　时间一天天地过着，就在这段时间里吴愧星的岗位又发生变化：他调到段属的三等车站任站长。这个站叫渝口车站，是全段运输布局的重点之一，离父亲吴愧仁担任事务员的旺水站相隔一个区间，11公里。父子见面方便得多了，这不，吴愧仁又接到儿子电话，今晚别回家了，反正回去也是一个人，下班后干脆到渝口站，他托人买了鲜鱼，来解解馋吧。吴愧仁回答要得，隔了会儿，小心翼翼地说，你能不能把白玫叫上？

哦，爸爸，我忘告诉你了，白玫和他单位的老总出远差了，要好几个月后才回来哩。白玫走得匆忙，临走前要我帮她转达对你的歉意，说那天她说话态度不好，请你不要怄她的气。

哪天哟？吴愧仁惝着明白装糊涂，故显大度，好像他和白玫的争执没放在心上，忘得想都想不起了。实际上是，那天白玫赌气迈出门，他就有些后悔了，感到自己做法有些过分：自己和白云杰的想法，是老一辈人的主意，时过境迁，世事变化，年轻人有自己的想法，正常得很，何必非要强求呢，毕竟是年轻人自己的事，——更糟糕的是白玫说她看上个男人，这男人是谁？她还没说出口，就这么由着性子指责一通，万一那男人比惯星还强……哎，真是，越老越糊涂了。

时间过得快，经过孙海平母亲目测，以出差名义与孙海平同居三个月的白玫回来了，提了大包小包的礼品到吴叔家，他叫星哥一起回去，而吴惯星在现场处理车伤事故没法分身。

吴愧仁开门见是白玫，惊讶而高兴，有些日子没见到白玫，她穿着大方富贵多了，宽脸似乎比过去圆了些，白净的脖子上挂着金灿灿的项链，夸张的锁链形耳环在耳朵下得意的晃荡，她眉宇盈满快乐和幸福；可能走快了，或者提东西多，她跨进屋时，脸庞绯红汗湿。吴愧仁拿出雪白的毛巾给她洗脸，泡上她平常喜欢喝的绿茶，嘴上说，吴叔把你得罪了，来都不来耍了。

吴叔，看你说的，常言道：忠言逆耳利于行，良药苦口利于病，你不是为我好，关心我，会说那些？你看我不是来了吗？

听星儿说，你出远差了，路上累不？外头好不好耍？

白玫随意而真诚地讲了些外出的趣闻，说得吴叔哈哈笑。吴愧仁问白玫前次她讲的看上个男子，过了关键点就讲，现在如何？白玫高兴地说过了，过了，他听说我回来看吴叔，专门托我带来礼品，代他向你问好。心里道：我说的这个人，你做梦也想不到。

谢谢了，代我向这位未见过的人问好。他停顿下笑着说，你看上的对象叫啥名字？肯定住得远哟？

住得不远，就住铁路货场旁边，叫孙海平。

哪个孙海平？物流公司的老板也叫孙海平，是不是他？

吴叔，你认得海平？

怎么不认识，你怎么和他搅到一起，这人骨头化成灰我也认得。

哦，吴叔，他得罪过你？

何止我一个人，我们旺水站说起他哪个不恨？

原来孙海平做生意起步时给旺水车站代购了一批空调，结果他用次品代替正品，搞得全站职工家属的空调经常坏，修都修不赢，大热天摇扇子，人们把他祖宗三代都骂遍了。孙海平为了赔偿车站损失承诺修个小花园，结果光打雷不下雨。吴愧仁说：这种唯利是图的人，靠不住，趁早和他分手算了，你这样的条件，还怕找不到比他好的。

吴叔，他好，对我适合。

适合？个子这样矮，脑壳偏偏的，皮肤倒白，可没有男人的阳刚气呀！哦，白玫，你看他发财了，有钱？找有钱人就幸福？你不要钻到钱眼里去了，葬送了自己的未来。

吴叔，谢谢你的关心，我已经是大人了，好和孬自己知道。

我担心你被他的喝哄迷住了眼睛，我和你爸是生死之交的兄弟，你听吴叔的话，和他断了，你看不上惯星不强迫你，随便找个国企的小伙子，都比他要强。

不，——吴叔，我喜欢海平，他适合我，我适合他，我就跟着海平。何况……现在要退……也不行了。

怎么他强迫你？别怕，有吴叔在！他见白玫脸红红的，以为是用了孙海平的钱不好意思，就提劲鼓气地说：耍朋友，男人显摆大方给钱，女人顺心从意拿了钱，用了钱，天经地理，随风顺俗，他——有脸找你还？不还他，看他怎样？

不是……吴叔你也不要问了。

你爸去世后，我就把你当成自家人，哪能看到你受骗上当，你不说，我心里哪放得下？说，你给吴叔说，天垮下来，吴叔个子高顶着哩。

白玫话一出口就觉得失误了，转念想这事早晚都要摊开，也就坦然了些，她轻声道：我已经怀上他的孩子了。

这个流氓畜生，以为他有几个臭钱就敢玩弄人，作贱人？白玫，你别怕，雄起，有我吴叔，哪会轻饶他，非要他说个所以然不可。

吴叔，你别这样好不好？

对这种披着人皮的色狼，就是心要狠，行动有力，不然他害了一个还要害二个。

吴叔，白玫站起来生气地说：是我心甘情愿的，他没有错。

什么？你心甘情愿的，遭鬼摸了脑壳，还是喝了落魂汤，——这样犯贱！没志气……你爸妈哪个生你这样个人哟。

吴叔，你管好你自己就行了，我的事你别操心……别管好不好？这时她的手机响了，白玫边接电话边走出了门，头也没回地走了。

4. 白玫把和吴叔的谈话告诉了孙海平，问他有代购空调一事吗？他说有这事，可后来向车站作了补偿。孙海平反省和后悔初出道做生意的浅识和缺德，面对吴叔的正气和成见，惊喜交加，做姿态求和是唯一的路。已对吴叔完全了解的他伏在白玫耳边悄悄细语。白玫说好主意，这事我来办。

两个月后，《渝城日报》百姓专栏里登出长篇通讯：钢轨上的君子——记火车司机、草根哲人吴愧仁；紧接着吴愧仁著的《布衣哲思》随笔、杂文集，由大众出版社出版，首印一万册，不到半个月，就被有关单位、团体和个人抢拿一空。布衣人写百姓事，说得尖锐、风趣、真切，还不要钱，免费赠送，不拿不看傻啦。吴愧仁觉得近几天人们看到他眼里闪出异样尊敬的光波，他从一个朋友那里拿到本《布衣哲思》，翻看里面的文章，都是自己平常随手写的，谁结集去出版？这些稿子只有秋菊清楚。就在他准备问秋菊时，白玫领着孙海平敲开他的家门。

吴愧仁和白玫再次争吵后，也有些后悔，心想白玫脑壳没遭门夹更没进水，萝卜白菜各有所爱，她就是图孙海平有钱,哪点错了？谁天生喜欢嫁给穷光蛋？

还有你，了解孙海平多少，就是旺水站代购空调一事，已隔十年了，那阵白玫还没到铁路上来，孙海平也是个跑腿的高丘，人都是变化的吗？此刻，白玫领着孙海平来了，吴愧仁表示出真诚的欢迎，让坐，倒茶，还把买回来很少吃的苹果洗净端了出来。

孙海平见过吴愧仁，那是好多年前了，当时的印象是他生得高大英武，帅气逼人，站在那里就吸引人的目光一片。曾经想过，老天爷太不公了，同样是男人，他为什么就长得如此逗人眼目，我就生得这样的平俗。听到母亲讲自己和吴愧仁的特殊关系后，他根本不相信自己是吴愧仁的后代？当他对着镜子看自己面目，与母亲相近，就释然了。眼前的吴愧仁虽然已过五十岁，但身板笔直，头发漆黑，额头和眼角皱纹极少，他步履敏捷，吐词清亮，言谈举致透出成熟干练。

他说吴叔，你太客气了，我今天登门请罪。

你何罪之有，那天我是和白玫随便说说，别进心里去。

这时三个七八岁的小朋友敲门进到房内，向吴愧仁敬了少先队的举手礼后，拿出《布衣哲思》要吴爷爷签字纪念，吴愧仁接过书，问你们是哪里的？

三个少先队员整齐地答道：我们是海平希望小学的代表。海平希望小学是孙海平伯伯出资修建的，已三年了，现在孙伯伯又给我们送来了《布衣哲思》，这书是你吴爷爷写的，请你给我们留个亲笔签名好吗？

吴愧仁把少先队员搂进怀里，摸摸他们的胳膊，揉揉他们的头发，亲热地说，吴爷爷立即签名。

三个小朋友拿着签了名的书出去了。

吴愧仁说：海平，你真懂得我们看书做文人的心，请问出书花了好多钱，我立即给你。

要说钱，吴叔，你就见外，是我心意，不成敬意。

不，孙海平，我知道你现在是老板，有钱，但我有这个经济能力，不需要你扶贫。

白玫说，吴叔，你不要激动，看这一张照片是什么？

吴愧仁接过照片一看非常吃惊：白玫你在哪找的，这是我读司机学校时，几个爱打篮球同学的合影。

原来，蛮姐强迫吴愧仁借了种后，吴愧仁气愤地走了，她却在路边的草丛里捡到了吴愧仁掉的皮包，从包里看到这张黑白照片。几十年了，她精心保留着，有朝一日儿子孙海平问到自己亲生父亲是谁，好有个交代。现在儿子立即要结婚了，她想自己身体也不好，说不定哪天就离开了这个世界，就在白玫到她那里和孙海平同居怀孕后，她把自己的耻辱和隐痛告诉了儿子和未来的媳妇。她拿出照片指着照片上的人说，我当年荒唐、卑鄙、无耻，跟着旧俗跑，然而那过都过去了——但海平，你不能不知道你的亲生父亲是谁。

孙海平说，我知道我不是你和爸生的，因爸没生育能力。——你不要告诉我亲爸是谁好不好，让它永远是个谜。——孙海平害怕母亲告诉他的亲生父亲现在是个落魂男人，或者是个粗暴烟鬼、酒鬼，甚至在牢房里关起……

那是一种处理方法——可是，男人有胆有识就不一样了，弄清自己的亲生父亲是谁，认他不认他都可以，但要面对这份亲情。

孙海平接过母亲递来的黑白照片，白玫也把头歪在他胸前看，母亲说，你们看照片上七个小伙子，有一个就是海平的亲生父亲。他们当时很年轻，也不过20岁左右。那个被我强迫的人个子高，人生得英俊，身体好，应该还在这个世上吧。

孙海平和白玫发现照片上有个人眼熟，尤其是白玫从孙海平手里拿过照片反复看，脱口道，啷个吴叔在上面呢？

孙海平也道，对，对，对，我也想起来了，照片上这个高个子，就是你说的吴叔吧，他可是个出名的抢险英雄，我见过的，不会错。

母亲探过头看照片说，你们说的吴叔是哪个，指给我看看。

当两个年轻人指着照片上的高个子给她看后，她一下夺过照片走到窗口，把照片的人看了又看，突然放声大哭起来：小伙子呀，真对不起啦，这么多年来，你叫什么我都不晓得。当年我向你借的种子，今天已经长成人，他就是海平儿。我对不起你，我向你道歉，我向你认错，但海平是你的亲儿子，这是千真万确呀。你可怨我，恨我，但你不能恨你的儿子，他来到这个世上没有罪。

两个年轻人完全明白是怎么回事了，他们劝母亲不要难过，说母亲没什么错，如果她当年没有勇气走出那一步，世上哪会有个孙海平。母亲心情轻松了些，她说，现在海平的父亲是谁，你们也知道了，认不认无所谓，反正我死也瞑目了。

两个年轻人在认不认吴愧仁上发生了分歧，孙海平说，晓得谁是我的亲生父亲就行了，我都是三十多岁的人，突然要叫一个陌生的半老头做爸，开得了口吗？他有困难我帮，他需要人照顾时我精心照顾。

白玫说，你以为你是谁呀，吴叔对你有些偏见，你认了他这个父亲，再大的隔阂也会消除。

他对我有啥偏见？不就是旺水站代购空调一事，给他讲清楚就行了。他想了想又说，我不是不想认他这个父亲，他也是铁路的知名人士，只是，情感上……

现在吴愧仁拿着年轻时代的照片，问了好久，白玫才简单地述说了来龙去脉。

吴愧仁愤慨、羞辱、高兴全有，头脑嗡嗡，目光悠悠，他走到窗口向外望，心里道：苍天啦，你为啥这样作弄人，借种原是荒唐和耻辱，你却给我送来个体面的儿子，这是可怜我，悯惜我，还是回报我！蛮姐，你这个死不讲理的强势女人，我恨你，咒你，也感谢你。这些年你独自拉扯海平长大不容易啦。吴愧仁转身对白玫和孙海平说，这事太突然了，没思想准备，我想休息会儿，独自静心想想。

一个月后，孙海平和白玫举行了盛大隆重的结婚庆典，孙海平的母亲没来参加，因为身体虚弱，加上她无颜见吴愧仁。两个年轻人结婚前，吴愧仁和孙海平作了DNA亲子鉴定，确是亲生父子。吴愧仁和两个年轻人达成共识：孙海平是吴愧仁亲生儿子暂不外传，大庭广众之下，仍叫吴叔，没外人时可以父子相称；借种之事更不能让他人晓得，这是习俗的疼痛，耻辱的噩梦，人性的疮疤，荒唐的小花，就让它深埋在时光的大海里，永远地沉睡吧。

第十六章　心悦

1. 白玫和孙海平结婚后，年轻的单身站长吴愤星迅速成为未婚姑娘围追堵截的重点。自荐或者托人说媒的女子排成串。白玫把心目中最美的陈思姑娘介绍给星哥，陈思现在是车务段机关打字员了，星哥说两人岁数悬殊不合适，陈思说她不在意年龄，感觉合适得很。其实，从吴愤星任渝口站长开始，美丽的肖婷婷就径直走进了他的生活里。

这一天快下班时，吴愤星接到车务段的通知，立即赶到段机关有重要事情。这时，车站的公车已经安排送下班职工回家了。他步行到公路上打出租车，正是上下班高峰期，车俏得很，好不容易有辆车停在面前，一个挂拐棍的老太颤巍巍地过来了，他赶忙扶她上车，司机噘着嘴大不安逸，眉眼间写着斗大的字：谁要你管闲事。

又来了一辆车，他刚拉开车门，一个靓女也把手伸过来拉门，他转身礼貌地站着，尽管心急如火。他说，请吧，女士优先。

靓女转过头来，如此魁伟英俊而彬彬有礼的男人少见，她笑着问，你到哪里？

吴愤星微笑地说出了到的地方。

靓女说我也是到那里。

司机赶忙插嘴道，你们俩打个组合。三赢哟！

两人莫明其妙地睁着眼，司机急忙说，你们俩人给的钱比个人打车少，我收的钱比坐一个人多。

出租车弯来拐去走着，走走停停，停停走走，患了城市堵车综合症，没哪辆车子能避免带菌。吴愤星坐在副驾驭的位置，他又接了两次电话，无可奈何的回话，要对方无可奈何地等着。他对着车门边的反光镜观察美丽的靓女。读书期间，他的业余爱好是观察女性，男同学说他好色，女同学总送眼波给他。

他说好色人之性也，只要不食色就行了。他端详同车后排的女性：不属知识界的，没那么典雅；不属工蔌族，没那么质朴；不属演艺圈，没那么不夸张，她到底是哪类人？

坐在后排的靓女同样问自己：这个男子属哪个阶层人？老板？没有那种孤傲和得意；学者？没见秃顶和眼镜；普通工人？哪来绅士般礼貌。她觉得无急事不开车没什么不好，否则哪能碰上车内的俊哥哥？这次来大陆已经半年多了，接触的企业主、官员们多，这些人的眼睛多数长在额头上，或者深陷在眼窝里，射出的眼光恨不得把人吞进肚子里，当然指年轻的漂亮姑娘。车内的男子少见，多见见，润润眼，也养心啦。她两腮微微地发烧起来，眯缝着眼望他好看的后脑勺。

车到了目的地。两人下了车，站着相互微笑了一下，转头各走各，消失在人流中。

车务段主管经营的副段长找吴愤星站长（上下人称他星站）——渝水站物流经营部经理出差在外，有一个重要业务需人面谈，副段长要吴愤星代着。

能推吗？推不脱！渝水站老书记退休，新书记没到，站长兼着书记呢！代管着经营部，领导都不在，推给谁？推给上头，不敢，把上头惹毛了，哪天把位子端了，还不知为哪桩；也不必推！铁路的现状，知情者都清楚，主业给饭吃，多经挣菜钱，没有菜吃，或者菜不丰富，干部职工骂娘，谁心头安逸！再说，不就是会一下经营朋友，谈合作业务，又不是上天摘月亮，下海捉蛟龙；谈得成皆大欢喜，谈不成又不把你做个什么？去不去是态度问题，谈不谈到好是机遇和水平问题，这些年来，自己智商不差啦，吴愤星给自己鼓了一通气后，把任务接了下来。

他原本可以回家，可想父亲在旺水站，回去也是一个人，回车站到办公室还可以看看有关资料，做一些准备，他就坐车回到渝水站。

位于长江边的渝水站，夜晚非常清静，树木花草的芳香在站台和低楼间流淌。唯有列车贯穿车站时演绎出排山倒海的轰响，随即光和热埋入了无尽的黑夜里。吴愤星走到站台中部，看见货运室的灯光亮着，他放轻脚步走到门口，探头看，是经济计划员肖婷婷顶货运内勤班。他想离去，可手却敲响了玻璃门，谁呀？一个脆嫩的声音响了起来。

是我，他推开门进屋。

是星站啦，你今天不值班呀！天擦黑那阵看到你忙慌慌地往外跑，怎个又回来了？她心里却说，未必知道我今天顶班？

有点急事办……哦，我就不耽误你时间了。

借着灯光看到那张好看的脸，吴愤星心底有种无言的快乐，就是这个下属——二十多岁的肖婷婷，让他精神轻松，看到或者想起她，心底就漫出一种异样的柔情，好像在欣赏缠绵的曲子，观赏美丽的鲜花，不，比欣赏乐曲和享受鲜花要深进一百倍，感动一万倍，那是一种想抓抓不着，抓不着再想抓的感觉啦。在多年观赏女性的业余爱好中，第一次让他感到有点把握不住自己了，有一种力量总想靠近她。总想多了解一些她的情况，让她在阳光下大方地走进心灵。他太忙了，没及细想。他时时提醒自己，几百名职工的头儿，事情不能露骨，搞得尴尬难堪谁都不好。

刚算完运输费用，再起身给窗台茉莉花浇完水的肖婷婷，此时心空得想唱歌。看到星站，她心底发热，眼角、心头笑。这种笑不光是下属对领导的媚眼，更多的是姑娘对男人的青睐。见星站说忙又没走，她急忙就拿出自己用的白瓷红碎花杯子泡上茶，端在他面前说，再忙也坐会儿吧，听听群众意见，对领导没啥不好？

哦，小婷婷，你什么时候也会官腔了。

她露出雪白整齐的牙齿，低着眉，大眼流出一波波青春的热光。心底说，我小吗？你这个芝麻官算什么。

肖婷婷出身官吏之家，父亲是级别很高的干部，几年前因腐败被政府处以极刑，她和母亲眼泪都没流一滴，因为她们劝他太多，他却没听进去一句话。母亲不久离别人间，她住在舅舅家。铁路运输学校毕业后，舅妈给她介绍个副市长的儿子，她去见了一次面，感到其人的思想意识和生活习气跟她的被政府处死的父亲差不多，坚决不干！那人死死地缠，说只要顺了他心，要什么有什么。她苦苦哀求舅舅和舅妈，救救她的命，她要躲得远远的，走得越远越好。舅舅是铁路局实力官员，应了外甥女，就把她调到千里之遥的渝口站。她比星站早到站一年多。偏僻的环境和平凡的工作使她进入另一个世界，她认识到社会底层人的可爱和卑劣，艰辛和无知，善良和愚昧；他们是社会的基石，可难免沾染着肮脏的灰尘，然而她还是觉得这些人比她父亲那样的人高贵纯净得多。她试着给自己找个终身的伴侣，开始新的生活，可现实的严酷又使她不得不望而止步；正直、高大、威猛，敬业、好学、热心，忠诚、呵护、勤俭，具有这些品质的男人有哇，她就接触过，可是到谈婚论嫁时，摆在你面前的实际：房子何来？将来孩子何人带？干巴巴几个工资，买件像样的衣服都要心酸。她又觉得这样的人，这样品位的生活又缺点什么？吴惯星到渝口车站来了，第一次和职工见面时，好多人眼前一亮：好英俊的站长哇，正牌大学毕业生。几个女工偷偷议论还是个单身汉呢，没结婚的姑娘们上哇！肖婷婷嘴一噘，不就是个官嘛，坏起来比平常人坏十倍百倍。妈妈就说父亲以前就是个百里挑一的好男人，没有权力和权力小时，是非常优秀的；随着权力的增大，他逐步忘记了他是谁，贪婪断送了他的良知，铜臭吞噬了他的灵魂。如果爸爸是个平常人，没有金钱的诱惑，无女色的毁身，一家人像千千万万的百姓之家一样是何等快乐幸福。后来她了解到星站的曲折人生，似乎觉得他应该是另一类人。然而仅人生的前几步，谁能说清楚以后怎样？她仍然关注着星站，不止是他英俊高大，是颗官场上升的星星，因为她清楚，我们这个现实社会官和百姓的收入差距太大了，绝不是报表和报告中那几倍。如果说收入高又不腐败，有品位又很爱你，那么爱的天秤会不会倾向他？她揪住自己的嫩脸对着镜子羞过好几次，好事让你占完了，你是什么人哟！她非常愿意和星站在一起。只要星站叫她，她出门前总要对着镜子反复地照看，把美修饰到极致，办公室旁边的柜子里，好几套她心爱的衣服随时准备待令。前一次有个姑娘到站找星站，穿得很漂亮，人也高雅，她紧紧跟到别人，偷看偷听她和星站的说话，直到那姑娘办完公事走了，她才放下心来。她回到宿舍清醒过来，问自己哪股神发了岔，当起爱情的探子来，你是星站什么人？你有什么资格那样做？贱呀！贱！肖婷婷，你爸爸的经历还不能叫你猛醒吗？绝不能因为他是一站之主，是一个高大英俊的男子，就把爱情的绣球盲目地抛出去。她一次又一次地对自己说，床头含香的枕巾湿了又干，干了又湿。

在明亮的灯光下，吴惯星和肖婷婷摆谈了好一会儿，无外乎是星站关心的经营部的情况。肖婷婷答得有限，她谨慎得很，她知道当官的人总是从各方面了解，综合情况，然后才下决心。她从他的眼睛和表情里知道，她的话对他是有影响力的。她给自己做过一条规定，不管她和星站关系如何发展，哪怕结果是冤家对头，也绝不在他面前说一句违心的话，影响他的决策判断。

车站又一列货车到了，外勤货运员推开门找肖婷婷算票，星站回到办公室，他从微机里调出经营部有关资料一直看到凌晨一点多。

第二天他带了经营部的业务主办前往预约地点和经营朋友见面。推开会议室门，他大吃一惊，会议桌的另一方数人里有昨天下午打组合车的靓女，他心想此女可能是秘书之类的人物，无关紧要，谁知一介绍是渝海物流公司的老总，叫月悦。靓女见到他也觉得面熟，一想这不是昨天一同打车的俊哥哥吗。当她看到他递过来的名片时，心头默念道：站长，多大的官？

会来事的业务主办说，站长是经理的上司，经理不在，站长来亲自谈，主要是对月总此行此事的重视。

月总亲热平静地说，站长，我们是熟人了，对不对？她伸出了细嫩白皙的手。

吴站长礼貌地握手后，笑着道，看来我俩有缘哟，昨天先见面了。当时我就想，这个女子不寻常，风度和气质少见，果真……是老总哈。

他望望大家，接着道，月总，我说句实在的，绝不是恭维你的话，你呀，不管在哪点，都是聚目光的焦点。

真的吗，月总笑了，她从来没有这样高兴过。这个英俊的男子目光亲近人，谦和的笑纹透出不俗的底气，没有居高临下的捉弄，无狂妄的野性般的贪婪，用坦诚和智慧轻轻地与人触摸。她愿意和他交流，和这样的人和他领导的企业合作，就像地平线升起的太阳，前途一片光明。

首轮谈判在愉快的气氛里结束。

2. 吴惯星去谈经营业务时，有一个叫兰德费的男子朝渝口站奔来，他背个照相机，戴个蓝红相间的旅游帽，东问西拐的七点多钟就到了站台。肖婷婷下夜班从站台过，见此人的打扮多了个心眼，上前客气地问，这位大哥，请问你找谁？

我找车站当官的，我姐遭火车轧伤，人都找不到了？

你找车伤人？她不想给星站增麻烦，故意转移主体，说你看那头坝坝边，不是坐个光头赤膊的老人，他叫陈大爷，火车轧死轧伤的人，都是陈大爷抬人送医院，守尸联系送火葬场，你去问陈大爷或许比找车站当官的更清楚。

兰德费告辞肖婷婷径直到了坝坝边，向陈大爷问了些情况，下午还是找到站长室了。虽然肖婷婷提前来到站长室告知了情况，叫星站找个地方躲一躲，可吴愤星不走，他说遇到矛盾绕道走不是管理之道。

兰德费找到吴愤星，开先口气很凶，说话很硬，好像铁路欠了他似的，经过反复工作，他知道事情不是他想的那样，火气才降了下来，最后他提出帮他找姐姐兰德蚕。吴愤星想：只有把事情挑明，责任分清。铁路帮个忙是可以的。他立即安排崔副站长，通知车站班组长及以上的管理人员到站长室召开紧急会议，十分钟后，吴站长对满屋人作了寻找兰德蚕的周密布置：全站干部职工家属按当班班次和居住地区分成了12个组，指点党员骨干为组长，活动组拿着兰德蚕照片，主要利用休息时间到街口、路边、桥下、垃圾场旁边查看，发现和兰德蚕相像的可疑人，立即通知兰德费同志，兰德费的电话号码每张兰德蚕照片后面都写得有。最后吴站长大声问，大家清楚没有？

清楚了。整齐响亮的回答惊得窗外鸟儿嗤地声飞向蓝天。兰德费端着相机赶快咔嚓咔嚓地按了几张。

一个职工问：找遍了都没找到哪个办？兰德费抱着拳弯腰向着满屋人躬了几下，说谋事在人，成事在天。找不到，一点不怪车站，一点不怪铁路，一点不怪大家。就看你们这些做法，我和我全家人都感谢不尽了。我姐也不晓得哪辈子修来的福分，有恁个多领导和好心人相帮。泪水在他眼里转圈，他赶忙用衣袖揩了又揩。

……到处张贴寻人启事的肖婷婷心眼多，她翻来覆去地问陈大爷兰德蚕出事在什么地方，在她往返那段路第十一遍时，终于看到夹竹桃树丛捡垃圾的一个妇女脸盘和身材很像兰德蚕，又拿出照片细看，悄悄对，突然高声喊：兰德蚕。

那女人听到喊声先惊诧状，后钻出夹竹桃林，胆怯地跑进附近平房里。

有戏了，肖婷婷喜滋滋的，她跑到个僻静处，用手机给兰德费打电话……

3．肖婷婷把自己亲历的事情写成通讯，很快在铁路报纸刊用了。文章放在报眼位置，还加了编者按。他舅舅看到报纸专门打电话来祝贺，说话的声音像唱歌。他的这种声音婷婷第一次听到，她不相信是舅舅，害怕别人学腔弄调捉弄她，直到舅舅发火了，她才胆怯地说，你声音哪阵像这样。我高兴就这样哇！婷婷哈哈地笑了。

舅舅说，你舅妈现在才不骂我狠心了，她看了报纸后又笑又哭，吵嚷着哪天来看你嘞！

欢迎啊，舅舅。舅妈来了，千万别提你哈，你到基层检查工作，千万不要提我哟。现在的人，想找背景的人多得很。舅舅你不晓得，到了车站，我才感到了生活的殷切，生命的可爱。我也在观察一个人的品质

谁？舅舅警觉地问。

没有谁呀，别大惊小怪的。婷婷自知说漏嘴，强词道。

舅舅接着给她唠叨个事，要她多留心点火车轧死撞伤人的情况，社会上对此特别关注，好几个车伤者都告到地方法院去了，要铁路赔偿。现在讲以人为本，避免或减少路外伤亡是铁路立足社会的根基之一。

婷婷说，这些是你们当领导的事，小老百姓谁个在乎，大家关心的是涨工资，修企业房。

实践出真知，卑贱者最聪明嘛！婷婷，拜托你。

好，好，好！肖婷婷的笑声从话筒这边传到那边。

肖婷婷想就此给星站聊聊，不晓得星站对这些有没有兴趣。此时她见星站和一个半老头吃完饭出来，机灵的她没等星站开口，就快言快语地猜中了两人的关系。她是从面容、长像，特别是气质、气度上断定的。

自从吴愧仁的《草根哲思》出版后，吴惯星拿到书反复看了多遍，对父亲的见解非常赞同，对父亲更加敬重了。因此有什么事都爱和父亲聊，希望多受启发。他请父亲休班到他这里来耍，不光是改善伙食，主要是把自己的苦恼和忧愁给父亲摆一摆：帮助兰德费找到姐姐后，没想又来了两个在铁路坐车走失

妹妹和弟弟的人，要车站帮忙找找，星站和有关人员解释了半天，来人并不满意，就写信告到车务段党委，说车站厚此薄彼，风气不正。车务段党委林副书记对此不当回事，心里道：我们是铁路企业，不是慈善机构。但他对吴愤星有了看法，太嫩算了，光做不报，给上头说一声，费得到多少时间吗？不是在报上看到肖婷婷的文章，领导们谁晓得渝口站帮助找人是哪个回事吗？是应该给渝口站配个老练稳重的书记了。

盼书记来，也是吴愤星强烈的希望和要求，一副担子，两个人挑总比一个人强。现在愿当书记人少，符合条件的人不多，找个现代书记，难！

儿子摊出的烦恼和忧虑，父亲惊奇，难受，心痛，着急。在他人眼里，年轻站长，要风有风，要雨得雨，是祖坟冒烟了，可责任的担子压人心碎呀。现场职工的牢骚骂娘，不是一点没道理：暴发户让劳动者心理失衡，腐败使忠诚汗颜，利益的贪婪把住房、看病、孩子入学逼出无穷无尽的眼泪。吃着肉骂娘，穿着新衣怀旧，为何如此；是心理障碍，还是现实疮痍；改革春风到人间，感受各不同；普通人有没有幸福？一线工人的希望在哪里？父子俩反复地争论，谁也说服不了谁。父亲回去后又翻阅古今中外的书，苦苦地思，细细地想，把写好的心得拿给儿子看，儿子读后觉得深入浅出，好像是那么回事。他看见办公桌放着的党委下发的职工季度学习安排，一个想法跳了出来，他立即用电话向父亲请求，干脆找个时间给我们车站职工上一堂思想教育课。

你说啥子哟，我这些想法能上大堂？

怎么不可以，我看上面的学习安排，就有用传统美德教育人。

这个问题，让我好好想想再说。

三天后儿子又打电话催问父亲想好没有。儿子坚定地认为，父亲的认识、观点能入自己心，启迪自己的思想，肯定对职工有启迪、教育、帮助。

父亲思考再三，同意了。但不是讲课，更不是作报告，只是和职工聊天，吹牛，拉家常；有什么想法，琢磨不透的疙瘩，堵塞胸口怨气，全倒出来，当面探讨，说得对不对没关系，心与心见面就行。

儿子说，座谈——对话，可以吗？

对话——，面对面的说话。行！现在时兴这个。

定个题目吧，不然天南海北，无边无际地吹。

父亲想了会儿说：就叫——你幸福吗？

可以，可以！人，有了幸福的感觉，看天地都变样了。最后定下对话会时间，逐级通知，并张贴在显眼处公告全站。

这天，两个白皮肤蓝眼睛凸鼻梁的异国男子，背着胀鼓鼓的行囊从沿河的小路跨上了渝口站平整的站台，他们听说这个小站能看到蒸气机车，是专为此来的，无意间看到车站公告栏里召开对话会的通知：尤其引起两人注目的是通知旁边的报告人介绍：剪贴的《渝城日报》，报上"钢轨上的君子——记火车司机、草根哲人吴愧仁"，用鲜红颜色在字行的下面画着醒目的波浪，二人对此发生兴趣，决定去听听。

对话会是在车站的礼堂进行。不知是"你幸福吗"逗起众人的兴趣，还是会前赠送吴愧仁著的《布衣哲思》大家感到很划算，反正宽敞的会场座无虚席。哎，两个老外怎么坐在那里？肖婷婷要去把二人请出去，吴惯星说算了，又不是见不到人的东西，他们要听就吧！

见会场讲台旁放着录音机，老外也悄悄地打开了自己的录音器。

百多人的会场静得出奇，对话，谁打头炮？你看看我，我看看你。突然有名的"咬卵匠"张学东亮着嗓门问：吴老师，你是抢险的英雄，也是著书的铁路名人，我问问你，你的生活幸福吗？

会场气氛一下紧张起来，直取报告人礼貌吗？

老吴说，幸福，我的生活幸福。他顿了一下接着说，也许有人要问，你没当官，没发财，连老婆都没有，幸福何来？然而我就是觉得幸福。请问在座的各位朋友，谁能说清幸福是什么吗？

肖婷婷站起来说：《现代汉语词典》1280页上讲，幸福是使人心情舒畅的境遇和生活。

这是词典的解释，说得非常对！我理解，幸福是精神的感受，与物质有关，但物质不是决定因素。说句不怕人笑的话，我曾经觉得自己很不幸，但有一次，看见一个拿棒棒的农民工，拿过雇主五元钱酬劳后，摇头晃脑唱歌乐神地走进一小食店，受到极大震动。论智商、论收入，我比他强多了，可说起生活的快乐，反而比他差得远呢！这是为什么？有人给我会诊吗？

会场上开始抢着发言……

散会后，两个老外和老吴聊了一阵，并互留了姓名和通讯地址。

4. 没有不透风的墙，吴愧仁到渝口站和职工对话的事，通过到会者的嘴巴向四处扩散。职工间相互叽咕：工人头还是有能人哈，你看人家老吴头，嘴上说得头头是道，吐出的理儿入心入肺，和他多吹几回牛，聊几次天，想发牢骚都找不到词了。

信息传到车务段党委林副书记耳里，惊喜和气恼塞得他脑壳胀痛。林副书记看过吴愧仁著的书，觉得思想性不强，有好多观点属灰色的，就说那篇谈灵魂的文章吧，世界上到底有没有灵魂？作者说有，说它好比一张洁白、美丽的蜘蛛网，每根银丝清晰可见，构成一个美丽的图案，还有寂静性、细微性、交融性、重叠性等特点，简直是打胡乱说，我天天做思想工作，不晓得和多少人打过交道，就没见到过人的灵魂，——异想天开呀，异想天开。现在出版自由，出版商要给他出，哪管得了？

给一线职工作报告了，这还了得！这就是另一回事了，他通知吴惯星把对话会录音送来，关到门听了三遍，心里道：这个吴老工人，哪阵练出特殊本领，专抓职工痛痒处发力，几刀几斧砍下来，障碍脓包落下地，痛得不发傻，也要流通臭汗。这样做痛快，可靠在哪个谱上呢？最气恼的是年轻的吴站长不懂得干事情要请示汇报的规矩，前次他组织帮人找姐的事才给他打了招呼，他就是不进心，这边耳朵进那边耳朵出？哎，响鼓也得用重锤！这是对工作负责，对他好。

林副书记到渝口站，眼尖的肖婷婷老远就招呼上了。林副书记旁敲侧击地打听她对对话会的感受，肖婷婷眼睛微闭，夸张表情地说，听了对话会，就像盛夏热极饮杯凉开水，隆冬寒透喝碗热辣汤，舒服安逸得很。

林副书记睨了她一眼，心里道：浅薄，无知！

林副书记知道什么？革命理想武装人，先进思想教育人，大好形势鼓舞人。吴惯星听了林副书记曚眬教育之意，谦和地笑着。

伸手不打笑面人，见吴愤星态度端正，林副书记心头软了，语气平和下来。

说吴愤星好错，错不到哪去！不就是找了个铁路老工人和职工公开谈心吗？细想吴愧仁和工人对话的内容，说鲜红，肯定不是，说苍白，也不是；灰灰蒙蒙的，灰得什么色彩都能搭配，伸手去捉，拿不住，没拿住，分明又感觉有……不管是什么？你吴愤星一站之长，要懂上级规矩呀？老吴不懂，他是工人，你吴愤星是干部，是上下各方面都看好的"未来"，怎么能这样呢！他喝了口茶，望了望窗外的天，把不快尽量往下压，隔了好一会儿，才转过脸来，非常慈祥平静地面对吴站长说，有些意见哇，我想了想还是给你说说，有则改之无则加勉哈。

林副书记，有什么你就说，不是关心爱护，谁愿意当面说不是？

你有这种想法就好。你搞对话会，这样大的事情，为什么事前不给党委通给个气，心里装着组织吗？林副书记亮出了曚昽话语的底牌。

有这样严重？吴站长心头咯噔一声，但很快回转过神来，笑着说：工人和工人，一个系统的，聊天，吹牛，说点心头话儿，没什么大不了的，也就没当回事。

这还不算回事？百多人坐了三个多小时，连外国人都来了，那你说，什么才叫事？

当然吴站长的事有他的所指，只是不愿说出口。他感到和林副书记争对错没意思，他毕竟是上级领导，就改口道，做法是有些不妥哈，下不为例。

林副书记一阵胜利感觉，接着说，党委职工季度学习安排你看过吗？第一条是进行安全形势教育，第二条进行爱国主义教育，第三条才是传统美德教育，你的对话会为什么不在第一、第二条上动脑子，说明心头全局性差，轻重缓急没处理好，聪明人，就在安全形势教育上做文章。你呀，还是人年轻了，姜还是老的辣，不过也不能全怪你，我也有责任，这样重要的车站，党支部书记一直没选配到位。

林副书记滴水不漏的批评使吴站长很不好受，这次谈话过了很久，吴站长也没搞懂自己到底错在哪里。对父亲无话不说的吴愤星，把林副书记的批评原原本本地告诉了父亲。

吴愧仁觉得林副书记对儿子的提醒并非恶意。但思想教育就必须一、二、三，就不能三、二、一？眼前职工信息流通快，还表面低层次，谁愿意听，不说点入脑进心的话，别人不说你神经病，就客气了。官大，权重，位置正，并不等于别人买你的账。

第十七章　重逢

1. 吴愧仁虽然是铁路名人，但做事非常谨慎，工作勤奋，职责内的事做，别人不愿意做的事，也做。领导多次劝他休息。他说做也是过，不做也是过，为什么不做呢？

这天站长室电话铃响了，顺站长拿起话筒，听见个女声在问：你们这里有没有一个人，叫吴愧仁的先生？

从声音判断问话人并不年轻，顺站长说，请稍等，我给你喊。他从这头走到那头，扯起喉咙喊了数遍，心里道：这个吴愧仁跑到哪去了？他只好告诉来电话的女人，等会儿再打来。放下电话后，他才后悔没留下女人电话号码，姓什么也没打听。

吴愧仁从专用线回来，顺站长说有个女人打电话找他。他想：秋菊昨天下午才从这里走，不会是她；白玫生了小孩，到她婆婆那去了，也不会找他。哪会有女人找？十有八九是开玩笑吧，没往心里去。

这时电话铃又响了，顺站长接后喊，吴愧仁接电话，有人找。

谁呀？

是女的。

可能是打错了。吴愧仁边说边走过去，拿起话筒问：请问你找谁？

吴愧仁先生啦。

你是谁？

我是他老熟人，老相识，老朋友……

老……老……老你个头哇！吴愧仁心里道，却客气地说，你找错人了。

放下了听筒。片刻电话铃又响了，老吴转身拿起听筒，那个女人口口声声要找吴愧仁。

你找他什么事？

请你转告他，麻烦了，付出劳动，我会感谢的。

你找他什么事吗？你是哪一个？

请你找一下，吴愧仁先生。

你是谁……你说，你是哪一个呀？

我……请你帮忙找一下吴愧仁。

我就是。

我是呀！我……我……我是月晓玲啦。电话里传出抽泣声。

吴愧仁惊得脑门充血，眼睛发木，拍脑壳抓头发，使劲地掐大腿，怀疑是梦，一阵痛使他清醒过来，声音发哽：你是月晓玲，哪个月晓玲，以前……那个玲玲？

我是，我是你的月晓玲，玲玲！电话的哭声放开了。

你在哪里？

我在这里。

你这里是哪里？

我这里是酒店。

酒店，酒店这么多，你在哪个酒店，叫什么名字？

哦……我真是糊涂了。她说了个酒店的名字，特别强调在长江边。

你别走，我来找你。一会儿觉得欠妥，又拿起电话说，现在上班，下班来找。

顺站长说，有事走吧，你补休还少？

没啥子事，只是个……老朋友。

顺站长无声地笑了，眯着眼道，老朋友，老熟人，老情人吧。

老吴脸红得似火，心一颤，急忙说，你……我……她，可和我离了婚的。

他望着顺站长说，你抽我耳光，看是不是做梦。

白日梦，顺站长举起手做打老吴状，他全身缩成一团。此刻顺站长似乎终于解开个谜团：余秋菊对老吴何等好，他为什么犹犹豫豫，原来藏着另一张牌。

老吴回到宿舍洗脸换衣服，沸腾的热血逐渐冷下来，见没心没肺的原老婆为啥？再弦情缘，破镜重圆，否！十多年过去了，没有她日子还不是过；刨根问底，求当年出走原因？时过境迁，有何意义；找她大骂一通，出当年寻找费神的怨气，过这么久了，得饶处者且饶人，宽容别人也是善待自己；是不是她落难了，向人求助，真这样，倒可以帮一把，一日夫妻百日恩嘛，谁叫当年和她睡在一张床上哩。

2. 按着电话所说的地址，吴愧仁去找月晓玲，谁知在路上碰上满脸愁容的孙海平。孙海平支开跟着的人，把吴愧仁叫到僻静的茶楼坐下。

吴愧仁说，我有急事，约好跟一个老朋友见面，有什么事就长话短说吧。

服务员上茶后，孙海平见四周无人，轻声地叫声爸，眼泪就流了下来。

海平有什么事吗？白玫母子平安否？

白玫和孩子平安，只是……母亲今天下午突发脑溢血去世了，我立即赶回老家。你老人家要保重身体哟。他眼睛望着父亲，希望他一路同去。

吴愧仁想了想说，你先走吧，我处理好眼前的事，明天赶来，你妈这一辈子不容易，辛苦呀。

孙海平拿了一叠现金塞给吴愧仁，吴愧仁坚决不收。孙海平说，我立即开车走了，你明天来，一定路上小心哟。

吴愧仁点点头。此时的他没有了对蛮姐的怨恨，眼前晃动蛮姐昔日的笑容和爽朗声音，心里感慨：人生一辈子就是几十年，最后结局到底怎样？只有老天爷清楚！

这次月晓玲回大陆祭奠了母亲，整治风光墓地，向家乡捐出一笔不小的款，然后心放在寻原老公上。她和吴愧仁通了电话后早早赶往约会地点。在路上碰到渝口火车站下班职工，两个年轻人相互追打中把一本《布衣哲思》落在地上，"吴愧仁著"几个字跳进她眼帘。她抢在小伙子到来之前捡起书，拍了拍上面的尘土，向前来拿书的小伙子说，请问，这著书的人是不是个火车司机？

是。吴愧仁是我们铁路的名人你不晓得？他是当年舍生忘死的抢险英雄，现在的铁路哲人，前不久他到我们车站来和职工对话，说了三个多小时，听得好安逸。

嗯……你这本书能不能卖给我？月晓玲说。

你真要这书，可以送给你，吴愧仁老师著的书都是赠送，不收钱的。

书卖不脱，没人要才赠送。月晓玲从市场经济角度试着说。

你这位女同志，不要乱说。《布衣哲思》，说的什么？都是老百姓喜闻乐见的事情，观点新，说真话，语句朴实。有些人听说了，想拿起来读一读，到新华书店去买，买不到。莫说，俏得很。

年轻时看书头痛的月晓玲老了心静了，戴上老花眼镜也能读几页。她识字不多，可书上大多数字都认得。她到了约会地点，找了个光亮处，翻起书读起来，她看了几页眼有点花，就合上书揉着鼻梁：这个吴愧仁呀，脑袋瓜子哪来那样多的道理，当年走后担心他一蹶不振，没想到他真男人。她凝视着书中扉页里吴愧仁的近照，人呀，还是那么帅气，浓眉下的大眼望着她笑哩！

3. 吴愧仁跨进了约会地点，如果不是月晓玲上前主动招呼，用一双眼睛，借十个胆子，他也不敢认眼前这个富态高贵的女人是他过去的老婆。

吴愧仁跨进屋里，月晓玲一双眼睛贴在他身上。他用手摸摸脸，走时看过镜子，干干净净，他自信没有脏迹，用手扯扯衣服，笔挺笔直，虽不高档，也绝不是路边的地摊货，再看脚上的皮鞋亮亮的，没灰尘。他挺胸端坐地看她。

她眼里噙满泪水，手里握住那本《布衣哲思》。

你哪里拿的书？他问。

我的哲人，作家，抢险英雄。她嘴里连珠炮齐发。

你别取笑我好了，吴愧仁轻声地笑着，露出好看的白牙。

这么多年了，你还是没变，月晓玲说。

没变？没变是怪物，变才正常。哎，你这些年到哪去了，我以为阴阳两隔了。

你就想我去了，恁大的仇。

从何说起呢，就是盼没了头。

在丰盛的宴席上，在白酒和红酒的交替气氛里，月晓玲巧妙地坦露出当年离别缘由和后来发达的曲折。吴愧仁七分相信，三分疑惑，这些过去的事，相信又怎样，不相信又怎样，它不是烟云，也不是梦，是残酷的过去时。

月晓玲平静地说，现在的丈夫逝世后，数千万财产由我和他的独生女儿继承，这次回大陆来就是还债的。

你走时欠人家钱了，没听人讲。

这世上谁也不欠，我只欠一个人的，不是钱，是情，比钱重百倍。

欠谁——的情——，咯噔的吴愧仁希望是自己，又害怕是自己。

你不知道哇。记忆里你没遭抽过脊髓，恁个弱智了？

吴愧仁噎得痛快，心却发了毛。他想起了余秋菊。至于那个刚离开人世的蛮姐，他从来就不想她，就是知道孙海平是自己亲生儿子后也涌不起激情来。现在蛮姐已经去了，明天去见她最后一面，就当是社会朋友，就当她是海平的亲妈。此刻他接过她的话尾道，你欠人的情债，被欠的人也许早忘了，还不还都一样。

他是他，我是我，鸟儿飞过都有影子，情感债尤其难忘，特别在落难时。

过去的情景出现在眼前，富贵女人逼人的气韵掀动吴愧仁的心，他浑身躁动起来，没看对方却感到对方发烫的双眼在自己身上燃烧。他喊了几声服务员，没来人，自己过去推开窗户，一股清风涌进来，凉悠悠的。

你喜欢凉快，我们就到外面走走吧。

4. 长江边的夜是埋藏秘密和温习旧情的佳境，凉风和湿气轮流向人们献殷勤，光和影荡漾着无声的激动。论高矮胖瘦的搭配，年轻时的月晓玲和年轻时的吴愧仁要匀称得多，走在街上叫好的多，瘪嘴的少。现在吴愧仁虽然五十多岁了，腰不弯，背不驼，挺胸收腹，平视前方，步伐有力，从背影看说他三四十岁不会夸张。月晓玲就另一副体态了，脖子上小拇指粗的金项链绕了两圈，项链下的肉皮无力地松散着，腿部、臀部、腰部的赘肉顽强地凸起质地考究的衣裤，把人的重心往下沉，尽管她穿着高跟鞋，一眼就让人想起街上常见的发福妇人。两人肩并肩走，可心总留着距离。她靠拢点，他本能地朝向一边。当她回到正常状态时，他也就过来了。她希望又失望，失望又希望，心里有种无言的满足，不管怎样讲，身边的人不是梦影，是真实的他。

七上八下的吴愧仁想：月晓玲有好的现实，是她天性善良，终身上进的结果。她含蓄的真意，谁个不懂。他可从来没想过此事。当然他曾经找过她，也试着等她。后来，时光来了个大扫除，他也就把她真地忘了。一下要接受熟悉而陌生的她，心立即说不，理智说何必如此。不能因她富裕了，她要感恩，就收下其情感和财富的双礼，不可盲目顺意，那是庸俗，甚至是耻辱。他问自己，怎么就没有勇气向她直言，我身边已有个叫余秋菊的女人，是暗淡的痴望，还是潜意识的虚荣，说不清的纠结，压在心底嘀咕。

大陆人的生活变化月晓玲没想到。她了解到吴愧仁什么也不缺：房子、固定收入、儿子。缺女人，妻子？是女人笨眼拙瞎了，还是他压根儿就存着那份旧情，她从老吴坦然、深沉的神情里没读出什么，希望的曙光却悄悄地升起。

哎，星娃呢？大小伙子了吧，他现在做啥？她问。

老吴如实地说出。

哦，出息了。

他嫩肩膀挑重担，我为他揪心啦。

吴愧仁转头细看月晓玲，过去的影子终于显了出来。她有点可爱了。他想，为什么余秋菊在身边离去不了，现在他终于清楚了，因为她也有月晓玲一样的神韵。两个女人同样的气质：大度、善良、不甘平庸。对月晓玲，是他旧梦，从恋爱到结婚，是生理的需求，情感的匆忙，冲动的无奈？他从来没真正清醒过。和她在一起，温暖，但并不满足。现在她回来了，温暖依旧吗？破镜子镶嵌起来总不如前。对余秋菊，是心与心的相伴，无言的默契，他多的是内愧和不安，结合真难为她了。然而坚决拒绝她，总无法实现彻底，问一万个理由，条条有理又无理，无理又有理。如今，摇动的他更无法稳定下来，月晓玲这股风吹晃他心帆。

当晚，吴愧仁回到宿舍，无法入睡：月晓玲告诉他，这次回大陆来，除寻旧梦外，也投资项目，只要他参与，赚赔是小事。他说，做生意自己是门外汉，卖西瓜亏得一塌糊涂，搞管理一窍不通。

你就不想富裕，发财？多有钱。

那是假话。可要想得到哇？

你跟着我，保证发。

凭什么，凭你的关系？

话难听，可……说白了，就是那么个理。

老吴感到好像被人狠抽了耳光一般，耻辱一下写在脸上。他瞪了她一眼，好在天黑，她没在意。

我再孬，再差，再穷，也没陷落到靠关系吃饭。

她见声音不对，赶忙转回头，哄笑道，跟你开个玩笑，就当真了。我的吴大车，你呼风唤雨，地动山摇，谁不佩服！

好听的话，把他心里气撺跑了，吴愧仁说，我普通人一个。靠劳动吃饭，用真诚待人。

她本想说，我就是喜欢你这一点，可怕再捧着他，飘得更高，难续情缘。就说，叫你去劳动，用智力劳动，不是要你享清福。没谁可怜你，同情你。

这样嘛，容我好好想想。

精明过头的老吴，面对月晓玲和余秋菊，急得坐卧不安：我该怎么办？去问儿子星娃吗？可又担心分散他精力，年轻人，担子重！再有，明天还要去奔蛮姐的丧，睡，睡，快睡，他心里叫了多声才倒在床上进入梦乡。

第十八章　检查

1. 吴愧仁的担心没错，他的儿子吴愤星正碰到件烦心事。

怎么办？吴愤星的顶头上司下了死命令，不管用什么办法，一定要把车站和渝钢厂的事情摆平。这些事能够摆平吗？一个小小的吴站长说的话渝钢厂听吗？渝口站长期反映的情况上头不是不知道，如果说上级领导不清楚此事，不是睁眼瞎，就是活官僚。

货运计划员肖婷婷见年轻的站长急得额头冒汗，心头也不好受。她知道此事的来龙去脉，完全怪钢厂也不对，多次反映铁路局投资搞个地磅，每辆到达车都过秤，手里捏着单据，再横的人也会低下头。无奈，反映的要求始终悬起。渝钢厂不是省油的灯，表面上与铁路局嘻嘻哈哈，可总想占点便宜。它占了便宜，你拿不出证据，又有什么办法呢？

吴愤星向铁路局检查组汇报情况后，带着上级领导机关干部到渝钢厂。不知是哪个"内奸"走漏消息，就是见不到渝钢厂管事的领导，七八个人在会议室坐了一个多小时，才见办公室代副主任出面接待。说明铁路补收运费的标准和依据后，代副主任说了些与政策和规章沾不着边际的理由，弄得去的铁路人气得不行。在回来途中，检查组长说，向渝钢厂发函，催其交钱。

它不交呢？干脆把它发的货停了。吴站长故作大胆地讨好道。因为去年铁路局检查组查出渝钢厂应补收运费六十多万元，发了函，别人理都不理。

——别乱来，渝钢厂是全国知名特大型企业，停装一天，铁道部就知道，国家经委可能都要找起来，到时还得给别人装。

怎么办呢？

给记在那里，回去向铁路局领导汇报后再说。检查组副组长何干筋接嘴道，接着他又转过话峰说：你们渝口站也有责任，工作长期疏漏，按规定罚款二万元至五万元。

肖婷婷悄悄地把向局里申请地磅的报告递了过去。检查组长看完皱起眉头。何干筋捏着报告发起火来：这是什么意思，责任在我们，在铁路局吗？不从自己的工作找原因，能把工作干好？

吴愤星把肖婷婷拉到一边，用手指竖在两唇上。

肖婷婷停了嘴。要是过去，她早就干上仗了，怕过谁？现在又怕谁，舅舅是铁路局实权人物，可一转念现官不如现管，千万别给年轻的星站添烦。他烦她心也烦，他苦她心也苦。

吴愤星表面温和客气，心里直叫苦，上个月车站出了治安案件，每个职工少发近百元钱奖金，心头都鼓起泡泡极不安逸，这次再遭罚款，落实到职工人头上，每个人再扣发百多块钱，意见会更大。早听说何干筋赶时髦握实权。他想：投其所好，搞点小动作让何干筋少罚或者不罚车站款就好了。吴愤星用手肘碰了一下何干筋，两人闪到一边，吴愤星悄声对他说，渝市有许多好玩的地方，饭后去观光一下。

何干筋说，要得，听说这里按摩新颖，今晚去放松下。他对渝市的娱乐场所有所了解，有几个亲戚就住在渝市，隔三岔五地避开耳目去享受鲜香嫩美之乐。

吴愤星说：何副组长，今晚你要到哪里就到哪里，你消费，我买单。

懂，吴站长，只要玩得高兴，罚不罚款，还不是我在操作，老蒋组长事情多，哪管这些小事。

晚饭后蒋组长在酒店看电视，吴愤星陪何干筋出了门。上车前，何干筋约来表哥胡大雄，说他对渝市了如指掌。金杯车在渝市转了半个多小时，停在一个叫白日梦的洗脚城。胡大雄说，这里的妹儿都是十七八岁的，服务项目新颖，什么吐鲁番式、土耳其式、马拉松式、艺术点式，其他地方没有的这里都有。

怎么按摩，脱不脱衣服裤子？何干筋心痒痒地问。

老哥，胡大雄压低声音说，不止你脱光，上钟的妹儿也脱光。那妹儿先用乳房给你全身按摩，叫波推，用嘴在你耳朵、肛门吹气叫通双孔，吸你阳根叫吹喇叭，直到你舒服放炮为止。

哦，哦……新鲜，舒坦。

吴站长、崔副站、货运主任老林陪何干筋、胡大雄进了洗脚城。前面三人在门口倒冷茶喝。

何干筋说：吴站长，你过来一下。原来一般房间客满，只剩豪华包房了。服务生过来介绍说，豪华包房设备一流，冷暖空调、浴缸、木桶浴、火蒸室、玉石蒸室、电视娱乐、"四不象"休闲椅、水果饮料等皆有。按摩技师嘛，可请一位，也可以同时请两位，名二龙戏珠或者双龙会。

怎样收费？吴站长第一次到这种娱乐场所，关心的是钱。

包房费一个小时300元，按摩技师300元一个，其他消费除外。

乖乖，这样贵呀，两个人包两个房间，玩几个小时，不花几千。

老板做生意发了财，这点消费算什么，小菜一碟。

吴愤星朝卫生间走去，心里盘算着，想勾兑不罚款或者少罚款，哪晓得花去这样多的钱。嗯，怪不得职工骂当官的腐败，何干筋的所作所为不就是臭狗屎般的腐败吗？他转动脑筋想对策，突然灵机一动，想起曾听肖婷婷讲过她一个朋友的老公是公安局的科长。他立即装作解完手出来，走出洗脚城，到个人烟稀少的地方，给肖婷婷挂通电话，叫她无论如何想办法帮忙解围。

2. 肖婷婷先是一通埋怨，后就不吭声了。

你说话呀？婷婷！吴愤星声音高起来，听对方的电话在通话中。

这该怎么办？花钱是一方面，传出去了，以后怎样见人？运气不好遭公安局抓了，更难说清楚，听说父亲吴愧仁误入美容城搞得满城风雨，他像患大病似的，好久才缓过神来。一定要把握住当下。他再次给肖婷婷打电话，仍然占线，叫等会再拨。肖婷婷呀，肖婷婷，你一定要帮我一把，救救我。以前是有些对不住你，对你的热情和心意装疯卖傻，忽冷忽热，但我的心，你知道吗？——两年多来我喜欢你爱憎分明，聪明机灵，心地善良……这次，我知道你委屈，何干筋惹你生气，但他是他，我是我……一股冷气从吴愤星脚板凉到心窝，万一她想救，没想到办法？不行，得准备第二套救危方案：吴愤立即给渝口站值班室打个电话，如果五分钟内没听到我的呼叫，就给我来个电话，说单位出事了，必须要我赶回去。就在吴愤星按第二方案准备行动时，崔副站长急匆匆跑过来叫他过去，说何干筋冒火连天地叫喊几道了，吴站长只好把摸出的手机塞进包里，大步赶去，何干筋见到他脸色稍好看点。何干筋和胡大雄继续挑选按摩女孩：哎，那个身材还可以，就是矮了点；我就要鼻梁端正皮肤雪白且乳房大的两个。

何干筋选好按摩女，进包房前对吴愤星说：你也来尝尝，食色人之性也，胆子要大一点，性格要开放一点——车站的罚款一分钱不缴，我说话算数。

吴愤星的手伸进了包里，拿出手机，随时准备按第二方案行动。

就在这时，里屋的老板慌张张地跑出来说，对不起，各位老板，区公安局要突击检查这里，请立即疏散吧。

哦。何干筋、胡大雄慌张地说：快走，快走，还待这里做什么，公安局逮到罚得重哟。搞不好工作都要遭出脱。

吴惯星、何干筋等人开车走了，吴惯星知道是拜托肖婷婷的帮忙生效了，心头一阵高兴，擦去额头急出的热汗。他想，回去要好好谢谢肖婷婷，让她选感谢的时间、地点和方式。

何干筋很不高兴，怪声怪气地说，吴站长，真他妈的扫兴，我们另外找个地方喝茶去。

吴惯星知道喝茶是名，实则要赌。于是驱车到红高粱茶楼，泡上茶后，何干筋说玩两把吗？

行，搓麻将。吴惯星想何干筋这类老滑头，一般反应迟钝，按自己麻将牌技，他必栽在自己手上。

不，麻将来得慢，没刺激。何干筋知道自己短板，要诈金花。于是找了个包房，车站三人陪何干筋、胡大雄诈起了金花。

诈了几把，性急暴躁，一心住钱眼里钻的何干筋手手都输，他右手打左手地说，你不乖，这样霉，上厕所屙尿，把霉气屙了。

手机响了，胡大雄出外接电话。星站把三个K放在何干筋一方，把三个A放在自己面前，每个人牌发好，头倒在椅子上休息。

何干筋走出厕所说：这回好了，屙了霉尿。

胡大雄打完电话也进了屋，继续开始诈金花。何干筋闷了几把后，拿起桌上的两张牌一看，两个K，兴奋极了，一下把赌注上到顶，嘴里喊着来不来哟，不来各人把牌扑了。

副站长、林主任、胡大雄拿起自己面前的牌一看，小得可怜，没得格，都把牌扑了。

桌上只剩下吴站长和何干筋。何干筋把第三张牌拿起一看，又是K，热血猛地上涌，连脚拇指尖尖都在抖，表面上却装出淡然犹豫的样子，拿三张牌又看了会儿，好像非常勉强却十分果断地扔出了一沓钞票到桌子中间。

吴站长心头在笑，何干筋你再老道鬼点子多，也有今天啊，同样扔钱跟上。

没多久，何干筋的钱打完了，找胡大雄借，胡大雄的钱拿完了，何干筋说：吴站长，你怎么不开牌？

吴站长说：我开不起牌。

我开。何干筋得意地翻开面前的第三张牌，三个K。

吴站长也翻开面前的第三张牌，三个A。

桌上的一大堆钱归了吴站长，何干筋、胡大雄傻眼了，脸色死白。吴站长把钱拢过来，分成两半，把一半推到何干筋面前：拿到，哪个敢赢领导的钱，以后还过不过日子哟。

何干筋先一愣，随即两手按到钱堆说：够哥们，吴站长，你们车站的罚款全勾销了。

后一段诈金花的喜剧，肖婷婷是从货运室林主任那里知道的。不知为什么，她对星站的看法升级了。爱她的父亲把她当作自己生命，父亲的腐败贪婪，使她看到温暖毒药的残忍。父亲的才能比星站突出得多，可父亲却没有星站的纯净和正气。帮助星站堵截腐败毒菌的侵袭，那是高尚神圣的守卫。就没有个人目的了？羞不羞哟？另一个声音说，羞又怎样？羞本姑娘还是要这样做。

天底下没有不透风的墙，后来吴愧仁知道星儿接待检查组的事，非常气愤地找到星儿，不留情面地把儿子教育了一通：你当个芝麻官站长就学着搞腐败，德性长了？你再这样做，我第一个不同意你当站长，把人做好了再当官。

儿子说：社会上都这样搞，我也是以卵画弧不得已，就像你误入美容店，身不由己。

你嘴巴还要犟，你下次再这样搞，我就第一个冲进你的接待室，把酒桌给你掀了，看谁丢人——火车司机的威风又展现出来。

儿子只好说：爸爸，你放心，儿子下次不敢了。

从此儿子对父亲更敬畏了，心里筑道戒备墙。

3. 渝钢厂也会来事，铁路局检查组一走，就约车站管事人员周末游农家乐。吴惯星推了三次，对方仍然坚持，最后说车站受上级检查造成的损失渝钢厂全赔。吴惯星想了又想：和渝钢厂关系搞僵了，上头不会赞赏你，群众也要指责你，即使以后铁路局增添了地磅设备，堵漏保收，也得人家渝钢厂配合才行呀。

吴惯星到农家乐，太阳快落山了，他下车后，见早到的人三五成群地在石桌石凳上玩牌，就挥手喊了几声算招呼了，来到两楼中间的地坝欣赏盆景艺术。

突然响起个陌生的男音，他转头看，没人啦，心头七上八下时，男音又响了，他循声望去，终见底楼过道门口，一个西装革履大腹挺挺的男子朝他走来。谁呢？

你老弟当官了，就忘记哥子了？我是孔三哇。

孔三？孔三不是瘦筋筋，扁扁脸，头发稀，包谷牙，哪是眼前油头粉面，腮帮肥肉下怂？

你认不得我，我可认得你，结婚否……有没得老二老三？

你说些啥子哟？我这种人，哪个姑娘能看上？安家八字还没一撇。

你装，还装杆？孔三见老朋友没吭声，又说，不要身在福中不知福，要是我在铁路上，非搞几扳手大的。

一只苍蝇飞落星站额头上，吴惯星啪地声拍掉。

共产党就是要你这种老实人当官，才玩得转群众，算了，不说了，你今天在这里吃喝算我的。

孔三，吴惯星气沉丹田，慢声道：这几年你越发怪了，见面你不喊，哪敢认？说话阴阳怪气，像外星人。跟你说，他手挥圆圈道，今晚我们这里吃住都包了的，别管我。

我晓得渝钢厂和渝口火车站，六十元三顿饭包吃住，好差档次哟，我在对面的房里给你开个雅间，找两个小姐按摩。

别来那一套哇，孔三，不然朋友都没得做，我们这里好多同事朋友。

我晓得你是头，谁敢管你？他不把秤看清楚，下他的课。

算了算了，你忙你的。

哪行嘞，不说别的，就看当年你救过我一命，今天也该尽点地主之情。

……

沁园农家乐离温泉不到一公里，饭后，星站一伙人去温泉玩，这时他手机响了，是父亲在蛮姐奔丧地打来的。父亲告诉他，月晓玲继母亲从海外回来了，还发了洋财，相约见见面吧。

吴惯星听后高兴极了，继母还活着？许多往事浮现在眼前，要不是当年继母大爱收留，我哪有今天哦！

吴站长泡了会温泉就回到农家乐，他要肖婷婷弄点稀饭吃，肖婷婷还没找到稀饭，孔老板派的人就到了，对吴愤星说，我们老板请你到那边豪包喝酒。

都喝多了，脑壳胀，麻了，你跟孔老板说改日再聚，吴愤星说完起身要走。

这时孔老板到了：老朋友，说话不算数，这可不是男人所为，你们还站着做啥子？把老朋友请起走啦。

肖婷婷挺身挡住说，吴站长喝多了，不能再喝。

他不能喝，你帮到喝嘛，你对吴站长不错哟。

肖婷婷气愤地瞪着眼，心里却甜滋滋。

孔三语气缓和下来说，请放心，他是我的老朋友了，做不了啥子，更不会把他做啥子。

谅你也不敢把他做啥子，吴站长有个三长两短，你要跑也跑不脱。肖婷婷底气足，父亲在世时什么人没见过？她怕谁？

看你把话说得多难听，好像我要害老朋友似的，你对领导的心意我懂，但对我们男人间的生死之交就不懂了。孔老板边说边拽住吴愤星穿过两楼间的空地，上到后楼三楼的豪华包房。

心乱如麻的肖婷婷不知所措，稍犹豫随后跟了去。

豪华包房正厅七八十平方米，稍后的位置精致的圆桌上摆着丰盛酒菜，前面一张长方形茶几，四方摆着紫红色檀香木矮椅，墙壁左边后端开了个门，里面是按摩室，露出雪白床单和枕头的一角，前边也开个门，里面是间休室。吴站长和肖婷婷被请到桌边，孔老板手一招，进来两个靓妹和一个帅哥，孔老板说，你们今天晚上，要为这位先生和女士服好务，如果发现有什么不周之处，明天到财务部算账走人。

放心吧，老板，你一千个一万个放心。三人齐声道。话后，站在了星站和肖婷婷身边。

孔老板说，喝点啥子酒？

不喝了，再喝就要出洋相了。

不喝了，就是说还能喝一点点，嗯，拿两瓶特制的包谷红苕酒来。

第一杯酒在试探中落下肚，不辣不甜稍苦，肖婷婷眉头皱成一团才喝下一小口，孔老板说，老朋友，平常你忙我也忙，请都请不来，来，这杯友谊酒，我先喝了看你的？他一口下肚，手把酒杯悬空。

吴愤星说，你哇变化大哟，鸟枪换炮……感情深一口闷，酒也一口下肚了。不管怎么劝，肖婷婷坚决不喝了，说要喝就喝点葡萄酒。

孔老板说，这酒怎么样，进口苦，回味甜，苦中有甜，甜中有苦。

吴愤星说，苦好，苦真正好哇，你娃小时候就去挑小菜卖，我从小就与铁路结缘，都是从苦中泡大的，没有那阵受的苦，哪能体会到现在的甜，苦练志静修心，来，我们还喝点苦酒。说完举起杯子，酒咕噜又下了肚。

孔老板看吴愤星眼睛发红，手舞足蹈，话语加快，到瘾了，痛快。

肖婷婷又惊又忧，哪阵看星站喝过这么多酒，再喝下去怎么办哟？

肖婷婷同志，感谢你平常对我们几个管理人员的关照，你很辛苦，辛苦了就要喝苦酒。吴愤星把自己的杯子和肖婷婷的杯子都倒满，并端杯碰一下，自己先一口下肚。

肖婷婷说，我不喝那个太苦了。

吴愤星道：你不喝就不苦了？你不苦我苦，我苦我喝了，他伸手去端肖婷婷面前的酒，

她赶忙端过去说，我喝，她喝了一口，苦得发麻，站起来，一咬牙酒咕咚下了肚。

好，好，我的好同志，谢谢。

此刻进来一服务生找孔老板，说那边的客人到了，孔老板握住吴愤星的手说，慢慢耍，我到那边串串台再过来。

4. 老板一走，站在背后的帅哥靓妹立马松弛下来，不声不响地梭到前面茶几边，坐在椅子上吹龙阵了。

吴愤星抓住肖婷婷的手说，婷婷，真正感谢你，那天全靠你解围。

肖婷婷眼闭着，用劲把满嘴满肚的苦往下压。

吴愤星望着她奇妙的表情，把右手放在她臂膀上说，我晓得你苦，苦在报表一次次被上头打回来，说真话，上头不准，说假话心头苦。我也是哈，做人

苦，不喝酒不打牌，上头来的人不喜欢，喝酒打牌父亲批评那个熊样，谁说谁都有理，只是我没理。来，来，我们俩都是苦命人，再苦一回。

肖婷婷推开他的手说，星站长，你说些啥子哟。你不是说，人在矛盾中生活，在观念渐变中生存嘛。你……你喝醉了。

两个靓女走过来扶星站，星站一下推开，面对肖婷婷说，我跟你说，肖婷婷，可爱的婷婷，我心头苦，你说你甜，来，我苦人找你甜人再喝一杯，他伸手去倒酒，肖婷婷把酒瓶抢过来递给帅哥说，收到，不喝了。

两个靓妹把星站往按摩房扶，帅哥赶过来扶肖婷婷，她推开他，站起来，天在旋转，脚踩不实，轻飘飘的，帅哥立即扶住她，到按摩房，看见两个靓妹把星站脱得只剩下内裤，大声说，你们要做啥子？

小姐，孔老板安排的，喝完酒，给你们两人都做全套保健按摩，外衣外裤脱了效果好些。

小姐，你需不需要脱外衣嘞？帅哥问。

肖婷婷不晓哪来那么大的劲，吼道：出去，你们统统给我出去，人醉得怎个样子了，一按摩不把肠肝肚肺全吐出来。她吼完感到眼冒金花，虚汗淋淋，胸喘气短，三人正要外走，她又喊道：男的别慌，把先生扶到那边去。帅哥把星站扶到间休室大床上，拉被单遮上。

肖婷婷坐了一会儿，到卫生间用冷水擦一下脸，用手按太阳穴蹦蹦跳，好像间休室传来叫声，她过去看，星站上身掀开，露着光亮胳膊和平滑的背，叫着要喝水，她叫服务生才发觉屋内人早走光了，老板不在，比兔子跑得还快。

她倒了杯水给星站，他没拿稳，茶水洒得到处都是，她只得扶起他斜坐着，把水直接往他嘴里灌，他喝完水，一下抱住她两臂膀，说我命苦，亲生的父母亲几岁时就死了……来，再喝杯苦酒。

肖婷婷一下甩开他的手说，你打胡乱说什么，吴叔对你不好吗？批评了你几句，就不安逸了，就翻老账，说些不着天不着地的话，心被狗吃了，再胡说，不理你，马上就走了。

吴愤星仰面倒在床上，肖婷婷尖锐大声的话震醒他，他问自己我说什么了？爸的养育之恩比山大……他抽了自己一耳光。拉过被单遮住，片刻猛烈地咳嗽起来，一股浊物从嘴里喷了出来，肖婷婷急忙拿个盆子接，慢了点，上身被打脏一块。她说，喝不得就不要喝嘛，充能干有啥好。

星站一把抓住她手腕，喘着粗气说，谢谢你，肖婷婷同志，真的。他把脸撂在她腿上，她低吻着他的发，然后轻轻移动他的头，放在了枕头上，她到卫生间用湿帕子擦衣上脏物，又传来叫声，她走拢，星站一下抓住她手腕说，你不要走啊，谢谢你，我……我要喝水。

我不走，你放手，我去给你倒水。

星站放了手，喝了肖婷婷倒的水后又把她手腕抓住。

星站喝了水吐，吐了浊物又喝……反反复复，过了好久，情绪才平静下来，打起如雷的鼾声。

几经折腾的肖婷婷疲倦极了，也朦朦胧胧地迷糊过去。

就在这时，一个叫"雷管"的男子从无人的门口进来，轻手轻脚地对着床上连照了几张相，"雷管"心头道，终于有机会完成"碰头旋"大哥交的事了。前几次，"碰头旋"大哥和他手下兄弟们精心策划的报复行动都被火车站工友们的严防死守击得粉碎，折了钱财，又丢人。那天深夜绰号"香草艳杀"的年轻妓女已经接近独自回站的吴愤星身边，扯开上衣和外裤，栽赃吴愤星强奸的事儿眼看成了，谁知碰上尾随在吴愤星后面找星哥办急事的白玫，"香草艳杀"和保卫"香草艳杀"的两个混混，在干净利落的击打声里，深刻地体会到了什么叫失败和疼痛，额青脸肿地落荒而逃。"碰头旋"怒斥手下人：一群猪脑子，搞点新鲜的嘛，要在车站内部人员中搞名堂……此时"雷管"手舞足蹈地抱着相机凯旋而去。

第二天清早上，星站醒来，见自己赤条条只着内裤，肖婷婷也睡在旁边，还把她手腕拉住，吓出了一身冷汗，他起床东瞅西看，在按摩室才把外衣外裤找到急忙穿上，他再到间休室来，肖婷婷也醒了。你怎么也睡在这里？吴愤星说。

你问我，我问谁呀？

哦，吴愤星对昨天晚上的事开始有点印象了：昨天晚上……我们在这里喝的，嗯……是不是喝的，包谷红苕酒？

亏你记得起，你那个熊样，又吐又吼又拉又扯的。

没……没做啥子出格事，没对你非礼吗？

你还晓得非礼？你看看，两只手腕被你扭得，肖婷婷伸出两手，手腕青紫发肿，还有，颈子被你猪嘴啃咬出牙印，肖婷婷雪白的脖子上，显出鲜鲜一行红。

吴愤星木痴了，片刻愧疚地抽了自己一耳光：真该死。

肖婷婷头扭向一边。

吴愤星推身体不爽第二天的活动全免了。

第十九章　尴尬

1. 吴愧仁为蛮姐奔丧去了五天。蛮姐的家早已搬离原地，吴愧仁到时孙海平接他，他没见到蛮姐最后一面，蛮姐已成为骨灰装进了盒子里。吴愧仁点上香蜡，面对蛮姐跪地而拜，莫名的悲痛从心底浸润到脸上。蛮姐走得突然，但她早有准备。她留给儿子、媳妇的信中交代明确。吴愧仁准备启程回渝市的前一天，蛮姐所在村的书记、村主任还有他们的顶头上司——一个副镇长请吴家三人到一个体面的酒楼吃饭。席间村官、镇官说出了想法：希望孙海平出资修村公路、办饲养场。孙海平首先征求吴愧仁的意见。

吴愧仁说，我开火车是内行，投资搞实业是外行，不懂。

白玫说，爸爸，你书都写得出来，百多人的报告会讲几个小时，还谦虚说不懂，你说一说，我和海平就喜欢听你这个外行人的话。

说两句嘛。村书记、村主任笑着说。

吴愧仁见实在推不过了，说我们是来跟蛮姐奔丧的，没准备，刚才听了诸位的介绍，我觉得海平回来投资发展，很有必要也很有前途。

何以见得？副镇长故意把关键的话挑明。

第一蛮姐留下的嘱托非常清楚，叫海平回来为家乡的建设和发展出把力。不管赚钱不赚钱，你孙海平必须这样做。第二孙海平现在事业发展得不错，还不是托改革开放的福，你聚集了一定财富，还用于群众的事业，本来就是天经地义的事。

吴愧仁话音落地，响起热烈掌声。好好好，村书记连说三个好字。村、镇领导站起来给吴愧仁敬酒。吴愧仁痛快地喝下了一杯。随后孙海平、白玫都发了言，表示了态度：他们同意父亲的意见，要抓紧时间实地考察，希望能早日达成合作协议。

翌日，吴愧仁赶回来上班，村、镇干部送他不少当地土特产，他不要。送东西的人做出翻脸样，说你是不是瞧不起我们农村人哟？还说工农一家亲！

吴愧仁说，那好，东西我收下，你们一定要到渝市耍哟。

行呀，有孙老板投资发展，联系还会少？肯定要来。

吴愧仁走后孙海平、白玫留下来实地考察投资的条件和项目。

2. 吴愧仁走哪去了没和月晓玲讲，只跟她说出差了，等回来再约星娃相见。就在这段时间，月晓玲动用关系找到吴愧仁的上级和上级的上级，明确要在铁路边建立物流公司。资金全出，利润和铁路各半。哪里找这样的好事，铁路管多经的领导当财神爷送钱来了。

月晓玲微笑着不快不慢地说，但有一个条件。

什么条件？城府极深的多经领导镇静地问，是不是要买铁路的地盘？那是天王老子也办不到的！

看你说到哪去了，我一个台商买地盘做啥，搬到台湾去呀？

那你说说什么条件，能办的肯定办？

这个条件你们肯定办得了，不费吹灰之力？

什么事哟？多经领导云里雾里。

就是叫你们铁路单位一个叫吴愧仁的人到我公司，担任副总经理。

哦……吴愧仁，就是那个从机务段来的事务员，只听说他对国学有所研究，抢险出了名，出了本书，没听说他有经营头脑？哦，听说他年轻时卖过西瓜，可遭亏惨了。沉默片刻，这位领导说月女士，我冒昧地问一句，你和吴愧仁什么关系？

他是我老公哇……她意识到说漏嘴，欠妥，赶忙补充一句：过去的。

哦，那你跟他说说嘛！旧船票好上新客船。

我能说通他，还在这里做什么？早就远走高飞了。她说的是真心话，两人到海峡那边生活，钱是大哥，谁个婆婆妈妈这些哟。

他不去，硬要他去，有点难！

共产党领导的企业，讲究顾全大局。我知道吴愧仁，最讲这方面的理。吴愧仁奔丧回来，领导找他谈话，也是这方面的理动了他心。他想，个人受点委屈算什么，只要对职工和单位有利。

但是两个月下来，月晓玲彻底失望了。吴愧仁好好的办公室不坐，经常到现场转悠，专帮工人说话做事，好像他不是副总，而是专挑企业刺的职工代表。老吴上任后第二天就去超市联系了一批空调，把厂房全部武装起来，搞得工人拍手欢呼，月晓玲和女儿直皱眉。再说那高温补贴嘛，发都发到工人手上了，吴愧仁硬说低于全市规定标准，带领工人到办公室来要钱。月晓玲气得脸色发紫，叫财会室把钱拿过来，甩给吴愧仁就出门去了，把门摔得当当响。

吴愧仁不知道自己错在哪里，就和月晓玲赌气，两人见面不说话，僵了好几天哩！月晓玲的女儿月悦看见后，觉得母亲太软弱了，这样一个皱巴巴的老头有啥稀罕的。她提议叫他走人。

母亲说乖女，你不晓得，我这辈子谁都不欠，包括你和你爸，就欠他的。

月悦对继母非常尊重。要不是她巴心巴肠地服侍父亲，父亲能活那么多年？父亲逝世后，财产继承，是父亲生前安排，排在第一位是继母。继母哇，你欠吴老头的情，未必非要聘他到公司来任职，你干脆送张百万元人民币的卡给他，叫他乐得眉开眼笑，梦里打哈哈。

如果他是那么浅薄贪财的人，事情简单多了，我还留恋他吗？

月悦沉思了：世界的男人多得很，有些男人就是看不懂，不光是女人看不懂，就是男人自己也看不懂。就说那个和她谈过一次业务的年轻的吴站长，她用经历和眼光感觉出，此人要是改行做生意，真是提得起，放得下，稍加培养引导，前途无量。以后接触中，她多次暗示过自己的看法，他就是懂不起，是真傻还是装？一个权威人士说过，智商最高的是商人，铁路的一个小车站站长有什么当头？能发财，能扬名，能成人上人？什么都不能！……年轻的吴站长却干得津津有味，待人处事有条不紊。那次她路过车站站台，见吴站长和一群呜嘘呐喊的人对话，沉着镇静的神情让她吐舌。她百思不得其解，最后归究他可能是长期练太极拳所致。月悦是太极迷，碰到了知音吴站长。她清晨在江边公园练太极拳时，遇到吴站长，他刚柔相济和劲力连绵完整的拳势使她目不转睛，情不自禁地鼓起掌来。吴站长额头刚冒出汗痕，一个清秀女子递过雪白的毛巾，他也不推辞，接过来就擦汗。月悦嫉妒地睨那女子，人漂亮，眉眼高傲。心里道：你傲什么傲？我要是安心要吴站长，就没你戏了。

肖婷婷警惕地瞅月悦：是哪个地方跑出来的女人？她认出月悦联想到她身份后，嘴一噘：不就多几个钱吗？钱能换来一切！星站绝不是那种人！

月悦有时望着车站的房屋想：这吴站长到底是何种人？她又转念道：无聊，真是无聊，天底下优秀男人多得很，能看懂多少？能看透多少？就是看懂看透了又能怎样？你看他身边的那个女人，守护得多严实，若谁想打吴站长的主意，她不会和那人拼命才怪！女人为心仪的男人拼命，是快乐也是幸福。她想，自己远没够上。

想到这些，月悦似乎理解继母一些。她问继母，你的一片心，老吴头知道吗？

月晓玲观察女儿，觉得可爱。是呀，女儿的父亲在世时，她从没谈起过吴愧仁，觉得说，不管出于什么动机，说好话还是坏话，都是对现实的不敬。她为弟弟来到海峡彼岸，不是月悦父女的收容，弟弟早就死无葬身之地，自己哪能有今天。弟弟病死了，他走得安详。她怀着报恩情意善待月悦父女。没想到月悦父女，更把她当作自己亲人。就在来大陆前，她才向月悦坦诚胸怀，说起吴愧仁之事。那许多往事潮水般涌来。在身负重债离开大陆前，她曾经悄悄地偷出丈夫埋在箱底的"鸿鹄牒"试图卖些钱，她拿出来左看右看，确实漂亮，又有些不忍心，读到宝贝上面那些字，她倒懂不懂的，却想起结婚那天晚上，老公一家人的郑重，心里就更犹豫了，最后还是把"鸿鹄牒"放回箱底。然而"鸿鹄牒"的大小、形态、色泽，每个字的模样、位置、笔画刀一般刻进记忆里。她发财后，找到出名的智慧大师讲了记忆中的"鸿鹄牒"，大师闭目半晌，才低语道：安详是真正的生命，无愧于心，无愧于人是生命基石。"鸿鹄牒"仍天地之灵器也，逢凶化吉，消灾避祸，健身延年，万事顺意。月晓玲重金酬谢智慧大师，她怀疑自己转运是"鸿鹄牒"带来的，怀着后半辈子运气更好的憧憬，找人按记忆复制了一个"鸿鹄牒"，带在身边，时时观看欣赏，盼望着希望成现实。月悦也看见过继母手中的"鸿鹄牒"。觉得好看是稀罕。

3. 月悦坦然地问母亲：要破镜重圆？

母亲望着缓缓的江水，羞涩地说十多年的感情，你父亲走后，如实地涌了回来。说不想是假，想不想得到是真。

他有什么了不起，一个穷铁路工人。他看不上你，你还看不上他呢？

谁说他看不上我，给你讲了？怎么知道我看不上他？

直直的反问，搞得女儿很尴尬，女儿却不当回事，她原谅继母。继续说，如果他心里有你，敢在公司如此行为？他在公司办的几件事，让我确信，他确实配不上你。

你不了解他这个人，生活在贫穷堆惯了，视觉总是向着最底层。他不这么做，我还担心他变了，他这样做，我心里倒踏实，他还是他，当年开火车的吴大车。再说，这几天细想他的做法，没什么大错，只是对做生意赚钱而言，确实让人窝心。

月悦清楚继母疼爱自己，不管父亲在世与否从没违背自己意愿做任何一件事，她想我就不能将就继母一回？那是她在大陆的血脉和命根啦。站在母亲角度思考，她突然焦急起来，前天傍晚，有一个中年女子来找吴老头，叽叽咕咕地说了好一阵，在办公室待了不短时间。她说出此疑惑，母亲大惊失色，心里道：怪不得老吴不冷不热的，他已有老婆或者情人了？我不是单相思吗？她暗地咒骂道：你这个老东西，看在锅里，吃在碗里。你有老婆了，为什么不明说？不会哟，据内线可靠消息，吴愧仁未婚。他会不会与那女人同居？未婚同居，在大陆是违法的。吴老头，你是懂法的，干违法的事，丢不丢人？她越想越气愤，一对乳房急促地起伏。

女儿倒杯水递给继母，想说什么，张了张嘴，把话吞了回去。继母饱经风霜，见过世面，有什么不懂？换个角度想，越是常想的人，心就越放不下。

月晓玲又想：就算吴老头有情人，你能怪人家吗？十几年音讯全无。何况，离了婚的，凭什么要别人不结婚，连个相好的都不能有？你有这个权力吗？你是他什么人！她连声地问自己，感到脸红心跳，蛮横无耻了。

她踏上大陆的土地，曾经警告过自己：回来不管碰到什么，都要冷静应对。人嘛，除了爱情，还有亲情、乡情、友情。喝不到爱情的酒，饮一杯亲情的茶，吃一盅友情的水也不错。她擦干眼角的泪痕，向着吴愧仁的办公室望。

这几天晚上，她约过吴愧仁到酒店自己的房间来耍，他推脱了，一次没来。现在想起女儿的话，觉得老吴仍是个有责任感的男人，反正他有女朋友了。从社会的视角看，老吴现在就是安了家，或者有女朋友，也非常正常。如果像老吴这样的男人，引不起女人的青睐，女人不全是浅薄的傻子？不可能！现实生活里，工薪族占多数，想把日子过得甜蜜的女人占多数，老吴这样的男人不是很好的选择吗？老吴不动心别的女人，别的女人不动心他？勾引他？在女人主动进攻面前，健康男人的抵抗力是非常脆弱的。吴愧仁就是被女人俘虏了心，夺去了人，你能怪他？你有什么资格怪他？

月晓玲把自己责骂一通后，心头的气消了大半。她望着山顶的路灯紧挨着天边的月亮，与天上的星星连成了一气。觉得自然界都是这样和谐相处，我们人类不是应该相融得更好。一颗流星从天边划过，消失在夜色里。她揉了揉眼睛再看天上，好像又有颗星占着流星的位置。星星啊，你们互相补位，怪不得天上总是繁星满天！人也应该像你们一样！

一阵夜风掠过，带来淡淡的茉莉花香。她想起当年的吴大车知道她钟情茉莉，出乘回来了，经常出其不意把一捧雪白茉莉送到她面前，那时劳累，清贫，茉莉花伴着她走人生路。茉莉多姿却不骄傲，雪白而不张扬，执着地追求阳光雨露。她想：吴愧仁不给我谈他已交女朋友之事，就像我不敢直言叫他复婚一样，有所顾忌。这种顾忌包含很多因素，有没有他们相交并不成熟，或者秀丽女人也同我一样，处于个性猛烈，老吴并不接招呢？她越想越高兴，脸上的眉也欢动起来。

于是乎，她决定从接触星娃入手，搞曲线进攻——催吴愧仁约星娃见面，吴愧仁来了，星娃却久等没到，未必碰到麻烦事了？

4. 月晓玲的担心没错，吴愤星确实遇上麻烦了。

当天擦黑，凭着耳朵对风声和异常响声的判断，吴愤星感到调车场的车辆发生意外，几步冲过去，坡顶自动遛滑的车辆哐当地和坡下车辆撞在一起，好像冲撞时一个黑影被甩在路边。深知救援要素的他，把救人摆在第一，跑过去弯腰屈腿蹲地抱起黑影，借着清亮月光一看，是个年轻女孩，面容好熟，她的胳膊和腿透出黏糊糊的血迹，嘴里大一声小一声地哎哟叫着。

吴站长想此人伤不太重，真正伤恼火了，哪叫得出来。他习惯地摸手机叫来人，可口袋是空的，肯定跑路掉了。车站赶来救援的人看是吴站长，立即按他吩咐忙开了。

女孩在叫唤声中，娇声嗲气地问吴站长，我是谁，你都认不到了？

吴愤星说，很面熟，你是……

陈思呀，见过多次面，白玫介绍的；那次你们车站唱歌缺女高音领唱，还是我帮的忙。

嗯，记起了。这么晚了，你怎么跑到车站来？

找幺叔，没找到，他走了。

要不要我帮忙，他顿了下说：怎么，信不过我？

哪能？她向吴愤星投去妩媚的眼波。

虽然吴愤星对陈思的爱慕婉转地拒绝，可陈思从不死心，她相信好事多磨，功到自然成，常把自己和吴愤星排成一对儿。星站高大，身上的肌肉结实，她也是丰满窈窕魔鬼般身材。特别是她从老铁路嘴里知道吴愤星的身世后，更觉得与吴愤星般配。你吴愤星从不幸的阴影里走出来，我陈思也是靠自己读书从农村走出来。同样没有背景，同样靠自己奋斗。同样命运的人最容易亲近，她曾经试着给吴愤星打电话，可几次接电话的都是个女的，一句话吴站长不在，还问她是谁？有何事？是公事还是私事？她觉得尴尬极了。她也打过吴愤星的手机，全不在服务区内。她哪里知道，吴愤星早就设了特别程序，不是那几个重要的人，永远不在服务区。后来听说吴愤星与渝口车站的一个女职工恋爱，陈思还专门跑去看了肖婷婷，拿自己和肖婷婷反复对比。觉得自己和肖婷婷各有千秋，吴愤星选谁都有理由。每次吴愤星到车务段来开会，陈思眼睛巴巴地搜寻他，哪怕看他一眼，一上午就兴奋得多。年底车务段团拜会，服务组的她总把吴愦星的名牌放在自己视线内，靠近段主要领导的位置。装纪念品提包，名字写着吴愦星的那包肯定比其他人多出点什么；吴愦星坐在台下看联欢会演出，陈思的歌喉出奇地佳。那次，陈思独舞时，发现台下的吴愦星离开座位，一走神，腿没提上去，一个踉跄，差点摔在台上，惹出满场哄笑。她流着泪跑进后台。特别是那次，好容易找到两张去大剧场看世界级名人巡回演出的票，托人带给吴愦星一张，声明她在剧院门口恭候，可晚上快开演时，来的却是肖婷婷，她转身就走了，回来哭了一夜，埋怨自己自作多情，不识好歹，贱！深夜，另一个声音响起：吴愦星站长事多走不开，票浪费可惜，领导给职工一张剧票，正常嘛；首先自己要有信心，你又不比肖婷婷哪点差，争取就是胜利，只要吴愦星没与人牵手走入婚姻的殿堂，你就有希望。以后，她春心的跳动照样涌出一波波新潮。

真是歪打正着，遭车撞了，却躺在昼思夜想的男人怀里。

救护车赶到车站，医务人员提着救护担架跑来，吴愦星抱起陈思把她放在担架上，她却死死地抱住他的脖颈不放手，好像突然死过去一般，旁边人急了，大声呼喊她，吴愦星汗如雨下，抱起她就往救护车上跑……车到了医院急救室，陈思才松开手让医生检查、治疗，吴愦星要走，陈思张嘴大叫，喉咙和眼珠滚动却发不出声来，医生急了，耳朵挨近陈思，从她的手式和神情里明白其意——要吴愦星别走，吴愦星停住步，陈思正常了。陈思伤口处理完后，中年医生玩笑道，你们两个年轻人，有意思，片刻不离，比两口子还两口子。

吴愦星向陈思瞥了眼，人家大闺女一个，绣球还没抛呢。

陈思咀嚼吴愦星的话，没头没脑吐出一句，绣球抛给你，你要不要嘛？

我？……想要不敢要。配不上哇。

陈思顺杆爬话：我的绣球就抛给你了，从今天起，我就喊你老公。

你？吴愦星话还没说出，陈思一兴奋，脑门涌血，立即昏过去了。

医生展开急救。吴愦星埋怨自己说话不看时事，陈思喊个老公就真是她老公了。街上漂亮姑娘那么多，见到就喊老婆就成你老婆了！想得美，不要脸！

陈思服下几颗镇静药，平静睡去。

吴愤离开医院时，已经凌晨一点了。

走出医院，见到满天繁星，吴愤星想起了今晚上安排的事——和月晓玲继母见面。——继母回来一段时间了，说去看看，阴差阳错，就是想到没做到。相隔不过几十公里，一个铁路三等站站长，小得不能小的芝麻官，怎么就有那么多破事？副站长到外地学习去了，书记没到岗，货运主任参加局的巡回检查组，人有三头六臂，也得一件件地做事。今天把一切应酬都推掉，去见继母，可没想到半路杀出个陈思。

据父亲零敲碎打地讲，突然消失的继母，十几年后又出现，人没长瘦，还富态发财了。吴愤星想，小时候不是继母宽容大量无私真诚，勇敢地和父亲结合在一起，自己的命运就难说了。继母离开父亲那阵，他在读书，已经有记忆和印象了：父亲多么地难过，好像天塌下来似的，连续两天不吃不喝。父亲是如何挺过来的？他不是很清楚，只觉得父亲人瘦了许多，皱纹在他额头上变深变粗了……然而父亲毕竟挺过来了，现在继母亲回来了，可是和父亲相处多年的秋菊阿姨怎么办，——真是道难题呀，父亲！

此时职工在调车场找到吴站长手机，及时送来。吴愤星打开手机，谢天谢地，完好如初。他在手机上看到父亲打来未接的电话，深觉愧疚。他立即给父亲回电话，父亲关机。晚上再打电话，仍关机。父亲去现场的习惯，是把手机锁在抽屉。去年父亲掉了三个手机。

5. 今天吴愤星没猜对，他父亲没去现场，手机坏了，父亲在酒店与月晓玲一起。

昨天晚上，吴愧仁与月晓玲约好与儿子相见后，打不通儿子手机，便打渝口站值班室，知道儿子去现场处理车伤了，心才落下来。月晓玲知道后说，铁路唻个恁多车伤啰？与儿子结缘是车伤，十几年后，一家三口要见面了，又耽误在车伤。铁路的车伤有没个尽头？

这些话，把老吴给问住了。他自认为对铁路了解，其实他对铁路不了解或者不很了解的地方多着呢，他再老资格，毕竟是工人。铁路发生车伤这个涉及群众性命的问题，已经引起了铁路各级领导的高度重视。从内部的统计数据看，这几年铁路车伤实数是下降趋势，但分布的地区和单位不一样。这是管理绝对机密，一般人员哪能知道。老吴皱着眉道，谁清楚啷个回事，说横穿铁道要出事，就是有人不信邪，侥幸在上面跑。他吐出口长气往门外走，要回车站去。

月晓玲拦住他说：别走了，夜已经很深了。

老吴愣了一下，立即道：几十年惯了，不听到火车声睡不着。

月晓玲抽泣地道：十几年前你可不是这样。

老吴笑着轻声道：十几年前，你也不是这样呀。

你是嫌我老了，胖了，丑了。

随着岁月流逝，人老不怪，不老才怪，脸上增加点皱纹、肌肉松弛些，正常。

那……你说说，我们一家三口人能不能像以前那样在一起？

吴愧仁揣着明白装糊涂，你是要见星娃嘛？肯定行！他这小子出息了，可人没变。我说起你回来了，他高兴得直跳。

我是说……真正的一家三口。我是他妈，你是他爸。

你是他妈，我是他爸呀！怕见面不喊你妈，他敢！老吴故意放高声音。

月晓玲上前拉老吴坐回茶几边，握着他的手，温柔地说，吴大车，你的火车还愿意在我的轨道上跑吗？前面的绿灯亮了。

女人温馨的气息往他脸上、身上扑来。单身男子猛烈的欲火直往上冲。老吴紧捏拳头，与欲火硬拼，终于控制住了自己——他拉了列车紧急制动闸：你看，前面信号变了，红灯，必须停车。话后走到窗口边，让夜风吹自己发烧的脸。

停车，谁叫你停？是不是列车要下道了？

沉默，屋里静静的。两人心跳声嘣嘣。老吴思索再三，觉得再回避不行了，必须把自己情况如实讲。他回到茶几前，拿了个苹果，削了皮递给月晓玲，轻声地说：听到你回来，我就陷入昔日的甜蜜。然而，就像你不是十多年前的你，我不是十多年前的我一样。十几年来发生了多少事情。我能愧心地对待这些，愧心地对待她嘛！

你已经有她了？是谁？

就算有吧。接着老吴原原本本地讲了自己的事，就连男人尴尬最难启口的

"地方问题"也说了。

月晓玲流下眼泪。她细看眼前的老吴，一生命运多舛，可仍然像当年开车一样坚强。这样的男人放在什么地方都放心，因为他的心里坦诚得没有阴影，从没只放着自己一人。她说我想见见秋菊妹妹，行吗？

应该说没问题，她也知书识礼。老吴说，月妹，真的，对不起你。

一声月妹亲昵，唤起万般柔情，月晓玲再也控制不住了，放下苹果，一下扑了过去，吴大哥，你永远是我大哥哥好吗？

老吴抱着月晓玲，全身燥热，下面隐秘处发胀发硬，他立即推开她，把头扭了过去，害怕控制不住自己，做出不该做的事，对不起心里的秋菊。

夜风吹在月晓玲脸上，冷浸浸的，从朦胧云端落在地上，虽然着陆点并不理想，但总数着陆了。今晚，也许她还能睡着觉。

在月光下赶路的吴愧仁也感到安慰：毕竟没丧失理智，让欲火埋葬良知。心无愧地笑了。

第二十章　团圆

1. 就在这段时间里，白玫生下个胖胖的儿子，那天白玫两口子抱着儿子回来看吴愧仁，带来家乡的天麻、虫草、红枣等不少的土特产，专门备了份给吴愦星。白玫对怀里的儿子说，看，看，爷爷来了。

吴愧仁抱过小孙子，笑得合不拢嘴，摸他肉嘟嘟的小手，把脸贴在他粉红的脸蛋上，随后从包里摸出几张钱钞塞在孙子细嫩的手上，孙子哪里知道捏，白玫赶快过来拿着还给爸，说他们不缺钱。

吴愧仁沉下脸说，我晓得你们有钱，但这是我对孙子的心意呀。

吴愧仁走后，孙海平夫妻和当地有关人员达成了建种猪、肉猪饲养场的协定，主要资金由孙海平公司出，建成后由孙海平公司和当地政府共同管理。同时，孙海平捐赠10万元硬化乡镇公路。那些日子，孙海平夫妇成了当地瞩目人物，走到哪里都有村民拍巴掌欢迎。父亲对儿子经商那套不懂，更说不上研究，但儿子挣了钱多花点在公益事业上他是非常欣赏和赞同的。吴愧仁不止一次来到铁路老人的雕塑前对九泉下的父母说，苍天有眼，不知是哪路高人帮忙，我吴家歪打正着，有了亲生儿子——可眼前自己的事，伤透脑筋，月晓玲，余秋菊，两边女人都不想得罪，得罪哪一边，心都痛。哎……反正五十多岁的人了，结不结婚又怎样？干脆这样单身下去！也是一条没有路的路。

吴愤星听说白玫两口子回来了，抽出时间过来与他们相见。吴愤星见生过孩子的白玫比以前胖了些，比以往更精神了。看着睡得挺香的小侄儿特别可爱，忍不住用手摸他的嫩脸蛋。

白玫说，你也搞快点，找人结婚生一个。哎，你和陈思处得如何？她可是敬佩你爱你的人哟。

吴愤星说，她是个好姑娘，可我不是给你说了，我们只能是一般朋友。

你觉得她没钱？

看你说到哪去了，我也是没钱人。

你心里有人了。

就算是吧。

带回来我们看看，给你把把关，免得你这个老实人受欺负。

孙海平说，你看你，哪个女人敢欺负愤星，她长了几只眼，有几多本领，我们愤星不把她甩到太平洋去，就算她们幸运了。

父亲说星儿，我没猜错的话，你说的她就是你们车站的肖婷婷，这个姑娘不错，很漂亮，有气质，就是口齿伶俐，眉宇间总透出几分傲气。

愤星说爸爸，人有本事和底气才傲得起来，只要对我不傲就行了。再说我看得起人家，人家不一定看得起我。

白玫说我倒要去看看这个肖婷婷，是仙女还是圣人，连我哥都看不起？她到周围团转看看，哪去找我哥这样的条件和人才。

你们不要管我的事好不好？上天不会把我作剩男处理的。

吴愧仁说，你把婚事定了，免得我悬心。

你光说我，爸爸，你自己呢？

对，爸爸你的事如何？孙海平两口子附和齐声说。

你们别管我，这辈子我不结婚。少是夫妻老是伴。

爸，你不是找不到人，是选择为难了吧？

父亲点点了头。把自己在月晓玲与余秋菊之间的两难情景说出来。

三个后人相互递了挑逗的眼色，装出镇静的神情，齐齐地认真说这好办：爸，抓阄呀，现最时兴，抓到哪个是哪个。

你们横说，这是人又不东西。父亲说完自己也忍不住笑了。

吃饭时，孙海平劝吴惯星多喝两杯，因为两兄弟好久都没在一起喝酒了，没料到惯星喝了一小杯，说什么也不再喝了，他说我们兄弟见面破戒，在其他地方，我早就滴酒不沾。

为何？

不为啥？酒后误事。他简单地把自己独自回站差点遭人暗算的事说了。

孙海平大声道，有哪个王八蛋敢作弄欺负你，有哥我在。要是我弄清谁在搞鬼，要他猫抓糍巴——脱不了爪爪。

白玫讲了前次夜里帮助星哥免遭"香草艳杀"和两个混混报复欺诈之事，这帮社会恶棍当时没占到便宜，但是说明星哥已得罪了这帮人，以后千万要小心呀。

孙海平向父亲和惯星透露了想法，就是收缩铁路边的物业经营，重点放在发展家乡畜牧业上。

你和白玫住在哪里？

城里的生意已委托人管理。我们准备回家乡住，一家人也有个关照。

白玫，你舍得离开大城市。

嫁鸡随鸡，嫁狗随狗，我们又不是不回来了……

2. 月晓玲尊重吴愧仁的意见，同意他辞去副总经理，合同条款利润分配不变。单位高兴，吴愧仁也笑。

月晓玲要见秋菊，开始吴愧仁觉得没啥，后来思来想去，还是两人不见面好，为什么？他没想透，是一种感觉。他玩笑地对她说，你见她何意，是决斗，还是讥讽她痴呆冒傻？

月晓玲也调侃道，吴愧仁，你别把自己看得伟大，天底下三只脚的人不好找，两只脚男人到处都是。我们没得爱情了，友情总存在——看着你和她牵手走进婚姻殿堂，是友情的快乐，也是朋友的责任。

责任？何苦？前妻，忘记我，远离我，是你最明智之举。他不担心两个女人见面挖苦讽刺，吵嘴打架，如果说两女人是这样的素质，真是他老吴头人生的失败。然而一想，两个女人见面，自己横在当中，算个什么事？不见，不见，他摆手说，声音激动得自己都吃惊。

月晓玲知明的不行了，她也不吭声。反正抽空就往老吴单位跑。站长和机关的人把她认熟了，她也打听到吴愧仁单身宿舍在哪儿。吴愧仁单身宿舍外有条不宽的公路，路边树木繁茂，摆摊设点做小生意的多。月晓玲每次坐车到公路前就下车，沿边步行。路边笑眯眯做买卖的有，大声武气吹龙门阵的有，木痴呆望着天的有……她想到自己年轻时做小面生意，风里来雨里去，成天在钱眼里钻，却充满快乐期望，而现在腰缠千万，养尊处优，却怎么也轻松快乐不起来；是不是老吴这个背时鬼在着怪？她后悔回大陆来，如果没见到老吴，梦里的他永远是自己的快乐和向往，记忆的深处总有一种无言的甜蜜和幸福——不见他，世界上再没有自己牵挂的人了？空荡荡的心，不装点什么，也是痛苦和难受。她又觉得回来没有什么不对和过错了。

一个跛着腿的人在路边摆摊补皮鞋，时不时还挪动身体给人擦皮鞋。旁边人排着队等候。是人们照顾残疾人，还是他服务质量特好？月晓玲也过去凑热闹。慢慢地她知道这个残疾人是火车轧伤后所致。政府把他安排在福利院，他觉得自己有能力养活自己，就摆摊了。只要能做的，他就做，从不讲钱多钱少；人们以心还心，只要他能做的，都给他做，工钱过去点过来点没人计较，当然不亏残疾人是前提。十来年，残疾人结婚了，儿子读小学。铁路安全宣传演出时，他登台现身演讲：——走路再忙也不要走铁道，收到特别效果。月晓玲想：不幸在每个人身上都可能发生，只是表现和程度不同。残疾人处理得多好哇。见贤思齐，见不贤而内省，是吴愧仁留给自己记忆深刻的话。虽然不一定像十几年前那样生活在一起，但思念他的话，也有快乐和温馨。如果说有个什么机构或者组织，把握着大笔基金，专门用来帮助车伤残疾人多好！

这天月晓玲碰上走在吴愧仁身边的余秋菊。她开始并没打招呼，可眼尖的老吴发现了她。带着秋菊大方地迎了上来，作了互相介绍。

月晓玲说老吴，你有事，忙你的去吧，我和秋菊妹聊聊好吗？

老吴想：月晓玲，你到底要做啥子？我吴愧仁不随便惹人，也不怕人。余秋菊没有什么对不起人的。如果你过分，我俩朋友都没做的。转念：月晓玲是那样人吗？亏你还和她生活过。

老吴征得秋菊同意后，离开了，他真忙。几个车伤家属到车站来聚众闹事，虽然事情平息，可收尾事情多。秋菊也是邂逅。

3. 余秋菊随月晓玲上到附近的"月亮之上"茶楼。两人找个清静角落，一人泡一杯血里红香茶。余秋菊知道老吴失踪十几年的前妻回来了，她是从老吴口中只言片语里得知的。她对老吴下了不知多少次一刀两断的决心，嘴说不见，可那双腿往往不听使唤，走呀走的，又走到老吴那里去了。她多次咒骂过自己，贱！离开老吴就不能活吗？她和老吴相处清白如纸，这也许是悲哀，也许独具魅力，让传统的女人崇敬而着迷。今天老吴介绍眼前的女人，秋菊突然有了种断的念头。她想：如前妻挑明要复婚，一定知趣地退居二线。

月晓玲被对面的女人惊住了，恍惚看没起眼处，脸上五官单独没一个能打上五分，奇怪的是配在一起，你不打满分，心里就绝对要骂自己有眼无珠了。尤其是她那张白里透红的脸，女人看了羡慕不已，男人没有不吞口水的。吴愧仁啊，你是哪辈子修来如此福分，有这样的女人愿意跟着你，别人岁数比你小得多。

秋菊对月晓玲只看了那么一眼，心里叽咕：人虽然老相点，可浑身高贵富态，咄咄逼人，就是闪过那么个笑意，也使人心灵颤抖，只有老吴这种外圆内方的男人才不畏惧你。怪不得你能到国外发财，怪不得老吴说起你轻描淡写——她心里涌出一缕希望的阳光。

两个女人从穿戴装饰说起，爱看什么电视、电影呀，爱听什么音乐呀，爱吃什么小吃呀，小心地打着感情的擦边球。还是月晓玲忍不住了，她说你和老吴认识多少年了？

讲认识，从机务折返段说起，有十多年了吧。

月晓玲心咯噔一下，比我与老吴的婚史还长，怪不得老吴欠着她。今年芳龄多少？

38岁，是不是很显老？我真愿意今年48岁。

哦，别的女人都希望自己年轻，你却希望自己岁数大，有点怪了。

我岁数大了，离老吴的差距小点，真的，我希望今年48岁。秋菊说的是心里话，她每次提出和老吴办结婚手续，老吴推脱的理由之一就是两人岁数相差大。

你们相识这么多年了，为什么就没发展关系？

他，——不是等着你吗？秋菊把内心的积怨喷了出来。她从老吴的同事那里知道，对面的女人现在是单身富婆。变着法子强迫老吴到她公司当什么副总经理。钱就能左右一切，当年你想走就走，现在想复婚就复婚？老吴愿意和你复婚，是他的权利和选择，可我对老吴的认识，绝对一百八十度大转弯，当然谁怎么看怎么想，不会影响和左右别人的生活。然而用泪水浇瞎的眼睛，以后就不会再看走眼了。

你真这样认为，月晓玲故意轻松地反问。

你不希望这样吗？ ——聪明的秋菊不示弱，她毕竟是小学的副校长了，底气不弱。

月晓玲喝了口茶，用纸巾擦了擦血红的嘴唇：我希望这样，就这样了吗？我还希望到月球上去跳舞，到火星上去吃烧烤，去得了吗？

秋菊心情轻松起来，对面女人还理智，钱并没让她疯狂一切。她用手抚了抚额角的秀发，柔和地说：敢想就伟大而可爱。

想，只是事情第一步，老天爷捉弄人，到了第一步，有时怎么也迈不上第二步。有时想，没有第一步还好些，免得烦人。月晓玲说。

秋菊更痛快了，对面的女人明白地告诉她，她并没占上风。好的，老吴，你没让我失望。

月晓玲说，你和老吴相处时间长，他一生最喜爱什么，他最关心什么？

演算这种题目，秋菊轻车熟路，她却反问，你说呢？

哦，——月晓玲没料到她以攻为守，有点措手不及，——这个当然清楚，他最关心车伤者的疾苦，最重视现实为人。

秋菊从随身的提包里摸出厚厚的一叠稿子，摆在茶几上，说这是老吴近期在各种报刊上发表的有关国学方面的文章，他不当回事，顺手甩。收集整理出书，是他心血和智慧的结晶。

月晓佩服对面女人的细心，但却不甘拜下风。她说老吴特关心车伤者，干脆拿上千万人民币，建立车伤救助基金，你觉得如何？

秋菊感到燥热，好像有许多嗓门在耳边叽咕。——有钱人财大气粗。她说月女士，你这样做，世人叫你活菩萨了。愧仁不晓得好高兴！她把愧仁二字吐得特别脆响。

吴愧仁后半生有你相伴，是他的福气。

不，与他相伴的应该是你。秋菊迅速转动脑筋。她生活在铁路沿线，知车伤难以避免地出现，知道车伤者的痛苦，月晓玲如果出资建立车伤救助基金，多少车伤患者将受到实惠。她能为老吴和社会弱势群体做作出实质贡献，个人的委屈算什么？何况这么多年都过来了，像现在这样下去，也没有什么不好！

秋菊妹子，你要珍惜，老吴心里装着你。

难道他心里没有你，你心里没有他吗？只要你们建立车伤救助基金，为广大的车伤患者服务。我就绝不插足你们情感生活半步。月晓玲女士，我是认真的。

月晓玲没想到如此效果，她问自己是不是太卑鄙了？她说，你这是什么意思。好像我用钱来剥夺你的选择？

根本扯不上，你能为弱势群体的车伤患者做出实质贡献，我就不能为你做点什么吗？

秋菊妹，你把简单问题复杂化了，这不是聪明之举。

你把复杂问题简单化了，向你学习。

这时，月晓玲手机响了。老吴告诉她，星娃约他们在江边酒楼见面，老吴还说，最好她把女儿也带上。

两个女人争着付茶钱。最后月晓玲发火了：你什么都要和我争，就让我一次行不行？

秋菊沉静了。

走在路上，月晓玲心里清楚：破镜重圆基本不可能了：这个秋菊模样可人，心地善良纯正，机灵智慧冒尖。自己如果是男人，怎么也不会轻易放弃她。然而她说从此离开老吴，不为别的，为了那些车伤患者。她如此伟大，我就甘愿渺小庸俗吗？她后悔不该斗气，顺口说出不该说的话。就是自己真想出资建立个车伤救助基金，也不该在这种时候，在这样场合下说嘛！老吴知道自己的做法，会更加看不起的，或许连建立车伤基金的事也不会接受了。不！——老吴不是意气办事的人，建立车伤基金他会同意。然而在心底深处会瞧不起她。她觉得自己枉比秋菊大那么多岁，说成熟却比不上她。让她伴着老吴比自己伴老吴强。

这两个女人争论里有个致命误区，把老吴当成任人摆布的木脑壳。老吴是那样的人吗？如果是那样的人，怎会令两个女人喜欢？

4.傍晚，天边彩霞映照江面，江水泛起金色的波浪，几只水鸟在波纹里追逐，晴空留下声声欢乐的鸟鸣。老吴按时赴约。他穿着浅红色衬衫，蓝色直管裤，浑身洋溢着生命气息。他早早地打电话约月晓玲，心情特别复杂。月晓玲和秋菊谈得如何？从他心里讲，两人见面最没意思，只因自己关系。自己就是平常的铁路工人一个，在宏大的社会里算个啥吗？何况性格的缺陷和处事的缺点多着呢。然而上午碰都碰到了，扭头就走，视为陌生路人，也没必要。爱情不成也有友情嘛！这一段时间，秋菊坚持给他熬中药服用，他的病完全好了。如果不是月晓玲回来，他就和秋菊牵手走进了婚姻殿堂。

月晓玲和秋菊会面后，反而冷静了许多。吴愧仁一个半老头子，说地位，没地位；说财富没财富；说学识，只比平常百姓强，并且被蛮姐强奸过，情爱也不完美；然而会让一个漂亮少妇动心，本身就是世间稀罕事。自己死死握住旧船票，硬要搭上新航船，到底为啥？她觉得自己应该好好地想想，世界不是为某个人设计的，自己顺应社会现实为最好。她今天穿得尤其朴素，项链和手镯放在皮包里，淡淡地画了唇，轻轻地勾了眉，她想回到往日的月晓玲，那时的月晓玲始终充满生活的激情和希望。

现在酒楼包房的名称挺有意思，就说二楼层面向江水这边包房吧，以团字打头一字排开：团圆、团聚、团拜、团结、团体、团鱼、团音、团粉……天南海北地团成一家人。月晓玲按老吴所说迈进了团圆厅，老吴转过头来笑眯眯地招呼她。

服务员端来香茶，老吴细细地看着月晓玲。她脸上发烧，急忙拿出随身带的小镜子照，以为有什么失常与尴尬处。老吴说你这身打扮，让我想去了当年做小面生意的你——哪是千万富翁？

这有什么不好吗？

好！非常好。我们的星娃见了肯定一眼认到。

她走前反复地和女儿商量过，怎样的装束最好。女儿说，你见的是儿子星娃，他印象是你往日岁月的风采，当然越贴近主题越好。她曾经给女儿描述过往日岁月的留痕，她湿润着眼眶说，那么艰难的时光都过来了，乖女呀，你没见过，也没经历。妈妈心酸而甜。

女儿本和母亲一道去酒楼，可走出房间，急响的电话要她去公司处理急事，而且非她莫属。女儿对母亲说，我几下搞定就赶来。

母亲给她说江边酒楼，她打断道我去过。急急地走了。她望着女儿宽厚的背影想，27岁了，还没个正式的男朋友，这次来大陆遇上合适小伙就好了，大陆人重情意。然而，千万别像我，鬼迷心窍。——不，不能这样说，母亲临终嘱咐，照顾好弟弟，我做到了。

老吴想问月晓玲上午和秋菊谈得如何，几次话到嘴边，都吞回肚去。月晓玲更难述说，能讲什么，难道老吴对秋菊还不了解吗？自己随口说建立车伤基金的事再言不尴尬？

这时，年轻的星娃跨进厅里，如空旷的深山里，投进一缕耀眼阳光。老吴起身介绍。星娃开始和继母握手，后来紧紧地抱在一起了。母子深情：是静看，细望，深想。

儿子说不是往日母亲宽阔的胸怀和神圣的母爱，我无论如何走不到今天。

她说全是你爸的主意。我是照领导的指示办。

哈哈哈……领导，在家里谁是领导？

星娃知道继母特别尊重父亲。男人在家听老婆的话，是当今的幸福时尚……继母给父亲留足面子。

这时月悦电话响了，问母亲在几楼哟，母亲回答了楼层。星站自告奋勇去接。

今天吴愤星全身铁路装束，他本来把会客西装找都找出来了，然而肖婷婷进门劝他说，穿铁路制服效果最好，挺拔魁梧，精神饱满，英武逼人，不管立在哪里都帅气。他似信非信，相信肖婷婷不会作弄他。一个女人穿什么最得体，最锐利的眼光是男人；一个男人穿什么最帅气，女人的点评最到位。何况是一个对你心仪的女人。

吴愤星在大厅巡视了一遍，没见时尚女子，在服务总台边，他看到熟人月悦东张西望。她可能也在等人？他向外走了一会儿，又回到大厅，见月悦焦急的神情，就问你找人吗？

吴站长，没想到在这里碰上你。月悦眉目灿烂。

我在这里接没见过面的妹妹。

我要去见没见过面的哥哥？

请问，你的母亲是谁？

月晓玲啦——

月晓玲——是我继母。

哈——嗬——哈两个年轻人先击掌，后叫唤，长长的拖声，惹得大厅人转目观望，保安也赶了过来……

月悦大方地挽着星站的手臂，朝二楼走去。来到团圆厅外，月悦说别慌，你先进去，别让妈高兴过头，她有高血压。她向楼廊走去，摸出手机就打。星站推开门，见母亲埋怨女儿，跟你说团圆厅，你怎么走到团结厅去了，她见儿子进屋说，你去看看，你妹走到团结厅去了。星站来到团结厅前给月悦递了个眼色，两人一前一后地来到团圆厅。

月晓玲说悦妹，这就是我给你说的星哥。月悦转过头故作惊讶地说是他呀。

怎么，你认识？

渝口火车站站长，铁公鸡一个，做什么都不让人。她睨了他一眼——不过太极拳打得好，个子高。

母亲说星儿，你们好久认识的，她可高傲了，你得让着她。

星站点头！他手捏成个拳头，放在腰旁向着月悦晃了晃，表示亲热，月悦伸出左手，小拇指弯着，向星站示意拉勾。两个年轻人的动作逗得妈和老汉哈哈笑。

见到星站，月晓玲对老吴的感激之情陡地上涌。不知道什么缘故，年轻时她不想要小孩，怕拖累。可到医院检查，断定她没生育能力，可老吴从没嫌弃过她。总笑呵呵地说，我们不是有星娃，不是亲生胜似亲生。谁知傻人有傻福，蛮女强奸了老吴，给他留下吴家的血脉，从这个角度讲，蛮姐虽然违法有罪，可还做了件好事哩。她觉得这辈子欠老吴太多了，在对阵秋菊的战争中，应该早早地自动退出为上，不然哪是明智人！

一家人的团圆温馨有序，天上的星光月色瀑布般倾泻在房顶窗台上，夜风一次次从窗口涌进来掀动桌上的盆花枝叶，吱呀呀地响，江面的船笛随夜风飘荡。情感使岁月增辉，岁月让情意醅醉。厅内四人的心幕上刻上四个大字——终生难忘。

5. 回到酒店，月晓玲对女儿说，你和星哥谈得来哈，又喝酒，又玩笑。老实说，对星哥的印象如何？感觉怎样？

月悦还看不出来母亲那点心事，她故卖关子摇头道，吹闲牛倒没啥，只是人太正统，呆板了。一家人见面，多随意温馨，他却铁路制服全身打扮，好像去站台上接车一样。

母亲反复地打量女儿，平心而论，单从人才讲，星娃比月悦强得多。没想到女儿对星娃这样个印象，非常失望。她说他忠于铁路岗位，也许青春才有力量。正统人干大事，圆滑人逗人乐。星娃是个可托付终身之人。

——我喜欢得不得了，他好可爱哟，我要把我一切的一切托付给我亲爱的星哥哥。月悦变着腔说。

你这个姑娘？月晓玲伸手去捏女儿嫩脸蛋。

月悦转身跑开。

母亲扑了空：你别跑，我又不吃人。

你不吃人，就是想把我送人？

送给谁？

还有谁，送给你儿子嘛！

月晓玲终于追上嘻哈打笑的女儿，在她胳膊使劲却柔柔地打了几拳：你个调皮女。

两人平静后，女儿正经地说，妈妈，你不要担心星哥婚事。他这样的男人，姑娘看上的还少？

他年轻站长，会没女孩青睐？我是说……她望了望女儿，欲言即止，她怕嘴没遮挡的女儿又冒出难听话。

如果说亲上加亲，是不是？月悦亮着眼睛把母亲心里话吐出后，忐忑不安起来。她对星站印象极好，在一起有种说不出来的自由快乐。尤其是星站的实在随意，让她看到另类男人的风采。从星站身边的守卫神肖婷婷眼里看，其他女人要在星站身上打主意，难！她对星站真好吗？她爱星站哪点？是地位潜力，还是英俊洒脱？如果仅如此，她就有机会了。因为人会变老，潜力是推断，钱可以代替这一切。一个大胆地想法升起。

她转弯抹角地约见了肖婷婷。

当肖婷婷走进"月亮之上"茶楼，见指名点姓要见她的人是月悦，倒抽股冷气。从旁人和星站的口中，她知道她与星站的关系。啥子东西哥妹？没半点血缘，到大陆来发展？是来大陆相亲哟？看哪个大陆小伙适合。尽管心海如潮，她却平静优雅地坐在鲜艳的红茶花下，绿茶的清香泌腑。

月悦大方地走过来，自我介绍。两人亲热地握握纤手，面对面坐：我哥在车站，谢谢你关照哟，月悦以主人身份单刀直入。

星站是你哥？从没听他说有个富足的妹妹。

哦，我也是才知道，才确定的。月悦简单地叙述了事情原委。她说：我想知道你对我哥的看法。

肖婷婷半信半疑，心道编嘛编，她想枝头沉甸甸的果子丰收在望，却有人说果子属于她的，气不打一处来，轻声却尖利地道：有必要给你讲吗？可能跟你讲吗？为啥要给你讲？她步步必争，寸土不让。

月悦见对方胸脯起伏，脸蛋红透，俏眼发火，心头又吃惊又好笑。天底下未必只吴站长一个男人？谁个就夺去了。她喝了口绿茶，静静地坐了会儿，淡淡的笑意挂上眉梢，缓和语气地说：当然讲不讲是你的自由，我也没有硬逼你开口的资格。我是从你对星哥的眼神里读懂你的心意。我也非常喜欢星哥。我们彼此交交心，见对方的诚意和力量，大家都有好处，你怕了吗？

肖婷婷怕过谁？她唯一担心年轻的星站走父亲那样的路。妈妈给她说过，年轻时的爸爸，事业心强，非常廉洁，是那可恶的腐败一步步把他引上不归路。妈妈临终前告诉她：终身与平庸和贫穷为伍，不是女人理智选择，但是权势与富豪的男人，你一定要守住他，不要滑向腐败的恶臭——这是你爸临刑前留给你的话，也是我一生的心得。星站是爸爸那样的能干男人，他也憎恶腐败，我一生守住他不受腐败污染，就是对父母上天之灵的最好祭拜。她说：星站是我生命的天空，看天，是我一生的守望。

月悦皱了皱秀眉，没想到眼前女子的话和她模样一样文质彬彬，气概不凡。她笑嘻嘻地说，再好的阳光、云彩能填饱肚皮吗，能送来洋房、小车和富贵吗？

勤劳在岁月大地上耕耘，收获是丰厚的，过去是这样，现在是这样，将来也一定这样。

如果换一种思维，我送你一张1000万元人民币支票，你扭过望天望得酸的脖子，在支票的田野里，免去勤劳的汗水，少有风险和烦恼，怎么样？

肖婷婷紧紧地盯住她，好像她是外星飞来的恶魔，要把晴天搞得乌烟瘴气，她呼地站起来，紧接着又坐下去，她按捺住起伏的心潮，细声而坚定地说：你以为钱就能决定一切，有支票要干啥就能干啥？她顿了下继续道：巨额支票在世人眼里是大富，可我看它只是一张纸，火一点就化成灰。哪能挡着我欣赏天空的美丽。

月悦哑然了，碰见这样的女人，还有什么话说。她想想，又说：你真要一生望天空的云彩或者星星？

肖婷婷侧转身望着她说，怎么，你也有如此的雅兴？

我想望可不敢望，你的圣洁压出我心灵中的小来。月悦伸出手来说，婷婷，祝你一生一世把天望好！但愿那片天空永远属于你。

谢谢。两个女人的手流动着坦率和真诚的情感。

第二十一章　无畏

1. 就在两个年轻女子为一个青年男人心颤交锋时，她们万万想不到这个男子遇上个挺大麻烦。

前天崔副站长值班处理了一件路外伤亡事故：一个肥矮的白发老头莫名其妙地死在了铁路线上，身上没有任何证件。本来这类事情的处理铁路有明确规定，稍微懂点铁路常识的人都清楚，但使吴愤星纳闷的是，他到段上开会，还没走到段机关就接到三个电话：有铁路局安全处打来的，有车务段安全科打来的，也有段领导打来的。一个意思：死者是原铁路分局的机关干部，现在铁路分局机关撤销后，不能人走茶就凉，死亡补助金要靠上线，超线也行。好大方哟，过去处理路外伤亡，为了给车伤者的家属争点同情费，吴愤星和路局有关人员没少打嘴巴仗。现在有关人员如此放话，死者肯定来头不小。

一同去段机关开会的肖婷婷，见星站接电话都忙不过来，心里挺着急。不晓得是谁向上级机关反映：吴站长革命斗志衰退，早上到江边公园去打太极拳，哪像个朝气蓬勃的青年干部，倒像个快退休的老头。开头吴愤星对此不予理睬，后来觉得不对味，整人之心不可有，防人之心不可无，慢慢地他早上去江边公园少了。没去江边公园，自然过家属区，目睹调车场的次数就少了。而肖婷婷不同，她的单身宿舍就在江边公园附近，上下班必经过家属区。她前两天就看见一个肥胖老头在铁路边上转来转去，神经兮兮的。"快嘴妈"拉着她说，肖姑娘，我敢打包票不出三天，肯定要出事。肖婷婷喜欢逗小孩玩，来往中和家属们搞熟了，大家把她当作自家的闺女，有什么都爱给她讲。

你从哪里看出来的？肖婷婷问。

"快嘴妈"故作神秘地伏在她耳边说，你认识对面那个胖老头吗？他可是个呼风唤雨的人物，方圆十里哪个不晓得？

肖婷婷想套她的话，故意说，你吹吧，我就不晓得。

你肖姑娘才来几年啰，我们长住这里的，谁个认不到他，分局有名的"土王八"，这回分局机关撤销遭下课了，跑到他二房这里来，又是哭又是叫的，好多人兴高采烈地看笑话。

他有二房？啥意思？

肖姑娘，你有文化，是装哟。二房都不懂，外面彩旗飘飘，屋里红旗不倒。二房就是外头飘的那杆彩旗。

哦，他那个样子，长不像冬瓜，短不像葫芦，会有人给他当二房？送到厨房铲垃圾，还嫌他动作慢了。

人与人不同，花有几样红。肖姑娘，谁都像你一样的眼光？有些女人就不把自己当人，挨到河边沙滩土砖房里住的施小猫，才三十岁出头，个子也高挑挑的，每个月"土王八"给她2000元钱，就啥都由着野男人了。

施小猫的男人不管，"土王八"没有老婆？

施小猫男人不少，可搞不清楚哪个是正宗的。钱给得多的男人就是老大；"土王八"有多少个老婆，他自己都不清楚。高兴到哪里，哪里就是家。

恁个风流的"土王八"，如今像掉了魂，为何？

肖姑娘，你们上班的人该比我们家属晓得多。现在铁路搞改革，专向那些歪人、坏人、恶人、脏人下手。"土王八"被精简下来了。他待在施小猫屋头三天三夜没出门，后来两个人因钱吵得天翻地覆。从那天起，"土王八"就在铁路边转，肯定要出事，我跟你打赌。

肖婷婷笑而化之，心里却有点稀罕，到办公室上班了，间或伸出头向窗外望：会出什么事，未必"土王八"搞列车颠覆。他敢？那是什么呢？要在铁路上找死，用得着吗，现在的日子多舒坦，谁知天亮就传来消息，"土王八"死在火车轮下了。

亲爱的星站，你知道这些情况吗？

星站确实不知道。他到路局参加中间站站长统考后才回来。

走出会议室，吴愤星心里嘀咕：啥事都要领导挂帅，像统计这样的专业会议，叫肖婷婷参加就行了，哪用得着陪坐两个多小时，还要不要人干工作？

肖婷婷刚要同星站一起走，告诉他最新消息，马副段长在门口伸出头向星站招手。星站叫肖婷婷自己回站，他去马副段长那里，什么事不清楚，什么时候能回站也不知道。

马副段长五十四五岁，头顶全秃，身体硬朗，话语急快。如果不知道他身份，光看他语言动作，肯定认为他是个"火爆老头"。不晓得因脾气异常，还是运气不佳，他当了二十几年站段副职，就是差那么一步进到说话算数，签字生效的正职领导。这次段党政主要领导到北京开会，临行前把全段行政权力交给他。他过了几天说话响当，签字算数的瘾，把个三十岁出头的下属叫到办公室来谈事，还用转弯抹角？他说吴站长，你回去把昨晚车伤事故的处理报告送到段上来。

主报段安监科，抄报铁路局安全处。

你先回去把报告送来我看了再说。

嗯。吴站长不愿多说，也不能多说，人家是叫你把报告送来他看了再说，报告没送来，你有什么可说，你能说什么呢？

领导当久了，马副段长练出一套办事的"硬功"，自己想说的话下属说出来，自己点头同意，既显示了民主作风，又不失身份。昨天深夜发生的车伤事故，各个站都能处理，哪用得着他费心？只是今天天快亮时，小姨妹打电话说"土王八"遭轧死了，要姐夫为他做主。马副段长没好气说要我做主，你早该和他断绝关系，你就看上那几个钱，不听你姐的劝。

分局机关撤销，我就同"土王八"宣布断绝关系，他死皮赖脸要来，我有什么办法。马副段长的小姨妹是施小猫。

对知名人士"土王八"，马副段长是清楚的。他也在分局机关待过嘛！当时"土王八"不胖，对人和气极了，虽然没本事，但和分局主要领导关系不一般，几次都要把他下放到站段，不知怎么的，命令都打印了，他不去也就不去，没人管，也没人说。工资、奖金照拿。后来听说他练了啥子"王八功"，经常不吃不喝地爬着，一爬就是几个小时，脑壳越爬越圆，肚皮越爬越大，眼睛越爬越瞎，手脚越爬越粗短，他常爬后坐起来，嘴里叽里呱啦说胡话。这次改革，撤销分局机关，"土王八"惨了，没有了颇丰的收入，谁还买他账？妻子早离婚；儿子进监狱判了无期徒刑；和"土王八"好的几个女人，听到他失官的消息，没一个再见他的面。他死缠烂打地到施小猫家赖着。马副段长刚上班，老婆就打来电话，希望老公看在夫妻的情面上，帮小姨子一把。

我能帮她什么？我去把"土王八"变活呀？

你没那样本事。你晓得不，结果施小猫和"土王八"扯了结婚证的。他死了，铁路多赔点钱，不就帮上忙。

这一点马副段长没想过，他也想不到，施小猫不说，哪个晓得施小猫是现在死者的家属。

你少给我找麻烦，你妹那么不听话，她现在想起有个姐、姐夫了。马副段长话虽这么说，心里打起鼓来：铁路车伤赔偿弹性很大，话说得好可以过来点，话说不好可以过去点。实际上作为一线领导的作用很大。吴愤星来段开会前，他已说过意见，叫他往上线靠。为了加深印象，他十分严肃地把星站叫到办公室来布置此事，明白人还不知道领导的意图？

吴愤星知道领导意图，也打算照领导意图办，他回站看过崔副站长起草的事故报告，正准备在上面签字，送给马副段长，肖婷婷进来了，她向星站述说了自己在家属区听到的一切。

有这样的事？吴愤星非常吃惊。如果说肖婷婷反映的群众意见属实，这份车伤事故处理报告就完全失实了。

铁路明文规定：如果在铁路上自杀身亡者，铁路不负担任何费用。马副段长可能不知道死者的情况，吴愤星打电话把情况向马副段长汇报。

马副段长打断他的话说，别想当然，要有证据。他说吴站长呀，你在铁路工作时间不长，有些事情不明白——对老同志、老领导的意见一定要认真考虑。有些事情是你们一线领导一句话就解决了的，非要分那么清？水清了鱼都养不起。再说，你已经听说了，死者是原分局机关干部。分局机关撤销，分局机关干部就有人自杀，你说真这样传出去，会造成什么政治影响。世人会怎样看铁路，看铁路的改革。你是站长，也是党员，要有政治敏感，必要的政治觉悟。

一席话把吴愤星说得云里雾里。他不知道处理车伤事故，怎么就与政治挂上钩了。按章处理就缺政治觉悟了。政治这个东西就像橡皮糖，什么都可以联系，什么都可以沾上。是我不懂政治，还是马副段长用政治吓人，他苦笑着。

这时，他父亲吴愧仁也打来电话，说关于昨晚车伤事故之事，要与他面谈。这是吴愤星求之不得的，他知道父亲见多识广。这件事到底怎样处理最好：既不得罪领导，也不破规矩。

2. 老吴这几天心情极不好，不知道为什么余秋菊没跟他打任何招呼就把她放在屋的生活日用品全部收走了。老吴问为什么？她说不为什么，说收走了心头安逸些。老吴怕节外生枝，要和秋菊办结婚手续。秋菊说我不嫁你了。另有打算。

这是为什么？是不是月晓玲对余秋菊说了什么？她问月晓玲，回答没说啥呀。秋菊是他至爱。他再打电话找秋菊，电话成空号了。烦人呀，烦人！为什么你月晓玲就要回来？回来又要和秋菊见面！叫你不见你非见！你没回来，永远是一个想念多好！他觉得自己也有责任，为什么不早点和秋菊把结婚手续办了。秋菊另有想法，他无话可说，她完全有条件和能力找个比他强得多的男人！如果再和月晓铃破镜重圆，心头添堵：秋菊的离走不可能和月晓玲无关，不然秋菊犯神经？她才还到四十岁呀！

吴愧仁从车站值班员嘴里知道渝口站昨晚出了车伤事故。前两天他就看到"土王八"在铁路区间转悠。"土王八"认不得老吴了，老吴可认得他。从年轻时搭偏偏住房开始，老吴就领教过此人的厉害。然而世事多磨，如果说"土王八"知道他有今天，以前处事也不会做绝了！老吴专门到铁路边看过他的神态。头大如斗，脸泡浮肿，动作迟钝，神情呆木，嘴里叨叨自语。老吴悄悄地抵拢他身边，听他说啥话：王八，王八，土王八。王八长生不老，王八雷打不动，王八火车轮轧不烂。他边念边爬在钢轨上让火车开过来轧。老吴硬把他从钢轨上拖起来，衣服裤子都汗湿了。老吴给顺口站有关人员打过招呼，千万要小心，碰上麻烦倒霉！

儿子车站碰到此事，他心里惦记着。他听儿子讲了情况，感到真棘手。老吴不担心得罪领导，马副段长硬要此车伤处理靠上线赔偿，叫他写张字条，责任必须明确。他是担心每年处理车伤，自杀人员一分钱都没给，如果"土王八"特别处理传出去了，都来找铁路闹怎么办？那些寻情自杀、神经病自杀、患绝症痛苦难熬自杀……虽然人不多，可其家属、亲人有背景的不少，这些人中，有的本来喜欢聚闹和跳蹦，平常没找到借口，现在有这等状况，还不大显身手啊。

"土王八"的尸体火化没有？老吴问，只要尸体处理了，事情就好办了。

今天早上按无名尸处理火化了。哦，爸，你觉得如何处理好？

你是车站的当家人，会没主意？如果……要听我的建议，也不是没得：你已经把情况向马副段长汇报了，现在把"土王八"自杀的材料收集足，就别管它了。总会有人找你，而不是你找他。

吴愦星想也是：有些事，你越找，麻烦越多，冷一冷，放一放，也可能有转机。

事情转机没有，可真有人急坏了。马副段长打了几次电话找吴愦星，要他从全局、从政治高度来处理这件车伤事故。吴愦星就是不吭声。第三次电话后，吴愦星把处理报告送到了马副段长手里，附录了七份"土王八"自杀的证明材料，且证明人都摁了红手印。马副段长看后脸色发青：一个年轻的站长四季豆不进油盐，敢如此无视自己意见。他狠狠地盯住年轻的脸，你把报告放在这里，你要这样报，不如不报。

马副段长，报告写得不对，你说怎样写好？

你……站长，写报告，要我教？他顿了一下说，你们站以前的车伤处理报告，谁写的？

副站长老崔写得多，有时，我也写。

那你叫崔副站长起草报告，把我的意见告诉他。

你的啥意见？吴愦星问。

我的意见，你还不明白，怪不得报告写得如此。

吴愦星不开腔了。

这时林副书记跨进办公室。从表情看有重要事和马副段长商量。马副段长说吴站长，算了，你不要给崔副站长讲了，我直接打电话找他。

吴愦星走出办公室，心里嘀咕：不管你找谁，要我颠倒黑白，说愧心的话，办不到！不是我怕负责任，本身就不该如此吗。吴愤星有个大学同学也在三等站当站长。一次上级的一个领导叫他在车站自有资金里做一笔劳务费奖给有关人员，他做了。后来，财务检察查出此事违纪。那个叫他办事的领导说我叫你干，你就干呀！你的脑壳、觉悟、素质到哪去了？你不干，我能把你怎样，我会把你吃了？你怕我是假，怕丢脑壳上的官帽是真。搞得星站的同学哑巴吃黄连——有苦说不出来。

马副段长授意崔副站长写的报告送到吴愤星面前，要他签字。吴站长干脆说，不同意，我不是这个意见。

50岁出头的崔副站长，是个现场的实干家，典型的见风转舵人。他笑着说，吴站长，上头领导说怎么办就怎样办，以后日子好过！为一件莫名其妙的事情得罪直接领导，用不着！

老崔，我向你请教一下，接原则处理车伤，怎么就莫名其妙了？

崔副站长自知说漏嘴，赶忙说，吴站长，是我没把话说清楚；我是这样想的，就是把"土王八"报成不慎抢道死亡，你和我有什么损失，车站的利益有什么损害？

过去处理的那些在铁道上自杀的家属和亲人找到车站来闹怎么办？吴愤星不快不慢地问

管他的，一律不承认给"土王八"钱了。他们敢闹，铁路派出所会不管？哪个敢来阻碍铁路运行，鸡蛋碰石头？崔副站长说得挺自在。

吴愤星呼地从座位上站起来，脸色发青，他转过头望着窗外，他不愿意对比自己年长20岁的副手发火，可实在忍不住了，还是转过身大声说，老崔，我这个人仕途浅，可是非观念有，不愿睁起眼说胡话。不然，活在世上有什么意思？

3. 崔副站长对他的直接领导佩服却常看不透。按理说，车站的事应该吴站长拿主意，他无条件服从。这回是马副段长直接给他下的任务。他看不起马副段长的为人，却感激他曾为自己分房说过话。崔副站长给吴愤星当副手两年多，他是第一次提反对意见，不，应该是按上级领导办事，是下级吴站长有不同意见。在权力大小对比中，大权始终胜于小权，有权的人绝对比无权的人说话管用。吴站长，你懂这些吗？怪不得车务段领导班子中对你有看法的人不是一两个。崔副站长心里说。

崔副站长收起车伤报告，回到自己办公室，他知道像吴站长这样的年轻人固执起来，十头牛也拉不转。马副段长知道此情后，非常气恼。他再次把星站叫到办公室，十分和蔼地说，你看过崔副站长起草的车伤报告，有意见吗？

崔副站长没跟你说我的看法？吴愤星语气平和，两眼望着对方。

他说，你原则上同意了。

不，我是完全不同意。

即使"土王八"和你有仇，也是死者为大嘛！如果说，他生前做了什么对不起你的事，在这里我向你赔礼道歉。

马副段长，我没见过"土王八"，更说不上有什么仇。因此你对我的赔礼道歉用不着。我这样做，是在为铁路着想，凭着自己良心办事。

那我不为铁路着想了，我办事没良心了？马副段长说话声音高起来了，你呀，太狂妄了，目中无人。跟你说，吴愤星，你不要以为自己有大学文凭就了不起，你才来铁路几天，晓不晓得处理事情要原则性和灵活性相结合？懂不懂得怎样为人？

实事求是，办好事情，就是我为人的底线和标准。吴愤星顿了下又说，我是懂得少，资历浅，但社会上仇富仇官的情绪流行，我是知道的。

马副段长心微微一颤。前几天他看过铁路局一个通报：某铁路医院与安监部门勾结私吞车伤治疗费用，几个站段级领导都被检察院逮捕，事发是群众举报的。

吴愤星说马副段长，还有一个情况，向你汇报一下。据群众反映说，以前在铁路上自杀者的家属或亲朋好友，数十人，已经秘密聚集在河边的铁路旁，一旦"土王八"获得赔偿金，他们立即向铁路索要同样金额，少一分都不行。否则，就打起横标拦铁路火车。据说，他们横标上写的是，星站从包里拿出张纸条念道，死者不分三六九等；活人决不让死人下贱；谁下贱死人，糊弄活人，他就是坏人……

你怎么知道这些情况的？

家属区有个"快嘴妈"，她和车站经济计划员肖婷婷像母女一样。肖婷婷昨晚来说的。今天早上，我悄悄去看了下，真有些人聚集在河边的平坝，三五成群地围在一起叽咕，比手画脚的，情绪激昂。那些人过去处理车伤时打过照面，有点印象，好几个都是出名的上访"钉子"。

马副段长倒抽口冷气，脸色苍白，额角渗出虚汗：真闹出事来，就倒大霉了。他镇静会儿说，他们怎样知道要给"土王八"补助？谁个吃里扒外，作内奸？

这件事情，是有人公开说的呀。

谁？他怎么知道的？

星站拿起桌上杯子，接连喝了几口水，又起身拿起马副段长面前的不锈钢杯到饮水机前接满水，放在他面前，再把自己杯子倒满水。然后靠在沙发上说，我也很纳闷，她怎么知道要给"土王八"补助金，而且向众人打保票，赔偿金是3字头以上的5位数。

他是谁？

施小猫。就是住我们车站附近的一个无业妇人。她说她是"土王八"的老婆。

她真这样说……她敢向群众这样讲？

这个女人昨天到我办公室来过。

你认识她吗？

不……我不认识。

她开始给我拿言语，叫我大兄弟，说只要懂得起，按上头的意见办，她绝不会亏待人。

我问她上头啥意见？你怎么知道上头有个意见？

她神秘地对我说她是谁，说她要想办到的事没有办不到的！后来我明确了态度，简单地陈述了"土王八"自杀的证词。她一下翻脸了，骂那些证明的人天打五雷轰，不得好死。说我一个小站长，不通人事，她要我下课（撤职）就下课。我想她吹牛吧，就说等着下课。我见我不吃她那一套，就变副模样，一下倒在地上，披头散发，又哭又闹。肖婷婷和"快嘴妈"赶来，好不容易才把她拖走。

马副段长脸黑一阵白一阵，神情一片灰。末了，他说你编嘛，你编……

你说谁在编？星站眼睛喷火，感到羞耻和污辱。

马副段长说，你听窗外飘过的音乐，那些在坝坝头跳舞的老头老太还不会编？

哦。——吴愤星站起来望着不远处的滨江公园，一群老人随着音乐翩翩起舞，嘴上说，他们哪里会编，顶多是照着别人编好的套路跳。

当天晚上，马副段长把老婆狠狠骂了一顿：说她没事找事，尤其是施小猫，以为姐夫是天皇老子，要办什么就能办，胡扯！天底下谁个傻？她不就是要钱吗，你给她点就行了。

我给她钱，我凭什么给她？你自己在铁路混了几十年，连个毛头小伙都赖不活，往我们身上发气算什么本事？

马副段长一掌击在桌子上，茶杯跳了起来，他要发威大骂，突然眼前一黑倒在了椅子上。老婆知道是火气攻心，惹发晕病，赶忙拿出药片塞进他嘴里。过了好一阵，马副段长才清醒过来。

老婆说，我这就去把施小猫打发了，不准她进我家门。她走到屋门口转身留下一句话，不过，你的兄弟妹子也休想跨进屋门槛。

你说什么呢？马副段长又激动起来。

老婆转身说，我没说什么，啥都没说呀！一切照你的主意办，行了吧？

照我的主意办？马副段长朝着老婆的身影吼，要是听我的话，你妹哪会有今天！

从此马段长再没问渝口站"土王八"车伤处理之事了，当然是他派人悄悄地了解吴愤星讲的车伤自杀家属或亲人聚众之事属实之后。可他心里极不舒服：平心静气讲，吴愤星的做法没什么错，他在关键时刻摁住了突发事件，从某种意义讲，他还有功。但年轻站长有功，谁有过呢？是我吗？我没贪没嫖没赌，天天守在段上，头发都快掉光了，我为的什么？吴愤星，你就不体谅老同志一下！非要争个输赢！没有我们这些老同志帮忙，你能赢到哪里？他把前几天纪委转过来的匿名信和照片又拿出来看了：吴愤星啦，你帮助我这个老同志没滑下坑，感激你，我也应该对你认真一点才对。因为你是个敢作敢为的好苗子，形象和作风问题可不能大意。他打电话请林副书记到办公室来一下。

第二十二章 过错

1. 第三天车务段纪检室方主任和行政刘监察来到渝口站找吴愤星站长谈话。两位中年机关干部，见吴愤星年纪轻轻就身居要职，佩服里夹着酸溜溜的妒忌，此刻有着几分幸灾乐祸。吴站长对二位热情接待：无事不登门吧。

经过简单客气寒暄后，纪检主任把一张照片递给了吴站长：请你回忆下，照片上的情景到底怎么回事？

吴愤星接过照片看后，并不吃惊，半个月前，他就看到此照片了。那是他在现场巡视回来，在客运候车室转弯处的墙上看见的，立即扯了下来，拿回办公室细细地看：照片是那次农家乐他和肖婷婷睡在一张床上，他拉住她的手，她的头扭向一边。谁干的偷拍这种无聊之事？那天晚上他到底和肖婷婷做了什么，他真的想不起来了。肖婷婷那天怒骂了几句，也再没提及此事，也许乱来了，她不好意思开口；或许根本就没乱来，只是拉拉手，脸和脸没挨在一起，更莫说嘴对嘴了……照片贴出来的目的：肯定是曝光二人行为不轨，胆大妄为！到底乱没乱来？不轨在哪点，天知道，地知道。当时他一头雾水，怎么也想不明白，现在也没理清楚。过了几天，他值夜班回来，走到站台花栏处，一个花盆从楼边高处落下来，全靠他躲得快，不然脑壳开花见阎王去了。花盆砸地声惊动了间休室的人，纷纷跑出来，气愤地吵吵嚷嚷：肯定有人搞鬼，没吹大风，花盆怎会从天而降？谁和星站有仇？

此后吴愤星把许多事情连起想：一帮社会混混偷盗铁路运输物资，车站配合公安机关狠狠打击，他在现场亲自抓到两个跑得慢的盗贼。因此这帮人对他恨之入骨？那次恶棍们派"香草艳杀"设强奸陷阱，被勇敢的白玫打跑了，——报复吗，笑话！大千世界，正邪较量，谁怕谁？头掉了碗口大个疤，二十年后又是条汉子，何况，现在不是坏人横行的世道。只是对不起肖婷婷，坏了她名声。吴站长想把此事向车务段领导汇报，又不知怎样说，该不该说。肖婷婷姑娘家脸皮薄，这样的事知道的人越少越好。尤其是她本人。

其实此事肖婷婷早知道了。她不是从公众墙上得到照片，是有人把照片和一封信从她宿舍门框底下塞进来，她下班回来捡到的。她看到照片脸皮发热，秀眉扑扑跳，心里道：你个星站，这回搞到满城风雨！她又想这个家伙哪阵哪点照的相？为什么要照？妒忌我跟星站的关系，还是别有目的？特别是她看了和照片同来的信，更觉滑稽好笑了。信告诉她赶快觉醒，星站玩弄妇女，道德败坏，脚踏两只船。车务段漂亮的女干部陈思早喊她老公了，你还和她睡在一起，难道你愿作老二？她把信扔在地上，用脚踩，狠狠踩，简直是胡说，无中生有，别有用心。

陈思的事，她再清楚不过了：那次陈思负伤后，确实叫过星站老公，然而星站回去后对她说，婷婷，你帮我个忙好吗？

肖婷婷听星站如此称呼，如三伏天吃西瓜特别舒畅甜蜜。

她说你讲，只要做得到的。话出口立即后悔了，男人要女人做的事，真的能做，敢做吗？她脸上飞起朵红云。她又立即羞自己怎么想到那些方面去了呢！姑娘的心秋天的云，云有红有白，有荤有素，自然得很！婷婷，你何必自责！

那天吴愤星说婷婷，世上我只相信你，也只有你知道我的心。明天我去看陈思，跟我一路好吗？婷婷握住他的手，点点头，赶忙转过身去。害怕情不自禁扑过来，那股男人的气息太诱人了。她看见窗外的花朵向着她笑，飞起的云和鸟儿也向着她笑，就是静静的树也仰着枝条向她献媚哩。她的生命出现蓬勃春天，她的气息从来没有如此轻灵柔软，她的眼光从来没有如此清澄闪烁，一波暖暖的泉，一曲悠悠的歌，从遥远的地方，静静地，慢慢地传来，涌来，奔来……

从那以后肖婷婷尽量陪星站去医院，他送去的鸡汤是她婷婷的杰作；他拿去的毛巾，是她婷婷亲手买的；就连陈思用的餐巾纸，也是婷婷自己喜欢的。当时好似没事的陈思，结果头部受伤，昏迷了3天才清醒过来。

陈思才醒过来时看见星站和肖婷婷，又喜又气。她依稀记得昏迷里喊吴愤星老公的话，羞涩地说谢谢你。眼睛看都没看肖婷婷一下。吴愤星要说缘由，旁边的医生摆摆手，示意叫他别说刺激话。吴愤星只好笑着脸凑了过去。旁边的肖婷婷大不了然：装疯卖傻，怎个想男人，想老公。告诉你，星站是我的，你休想夺过去！她狠狠地瞪着白绷带里的陈思，见她嘴唇干燥，眉毛萎枯，脸色苍白，眼睛无神，话语有气无力，气息凌乱，心软了：你叫吧，随便怎么叫都可以，只要你心头好过点，痛得轻点，不管怎么说，我是好人，比起你陈思来好得多。

陈思出院那天，听医生说起她昏迷中叫吴愤星站老公的事，觉得好笑极了。如果她伤不好，星站就一直是她老公了。那怎么对得起一直精心照顾她的婷婷姐姐。她对肖婷婷说，你就这样相信星站和我的关系，他不会成为我老公？

你和星站是你们的事，我和星站是我们的事。如果连品德都不了解，没有起码的信任，在一起有什么意思。他能把我带到你身边，说明他心里亮得很……

如果说另一种德性，醋意大发，陈思说不定硬要向星站发起进攻，然而，肖婷婷的宽容大度，以柔克刚，陈思从心底服了。

肖婷婷没有陈思想的那样高尚。那天晚上，星站叫她一起吃饭，嗓子喊哑了，肖婷婷死不同意。她回到宿舍泪水湿透了枕巾：你个星站好风流，你对陈思没意思，她会那样叫你？尽管星站对她的解释合情合理，她总觉得自己命不好，心仪个男人，就有这样多的女人来争。开始是那个月悦，现在又出来个陈思。干脆我退出算了，找一个平庸的人做伴侣，就没那么多烦恼。然而她又寻思：星站心头明显装有我。要不然，关键时刻能想到我？——对付何干筋嫖娼，他爸到站来和职工对话，还有护理陈思……如果说他心里没有我，绝不会这样做。婷婷呀，婷婷，你呀，应该相信自己的感觉，要有自信心。有人争抢的男人才有爱的价值。

如果说星站不是站长，你会关注他吗？她苦笑了，说不清楚。天下女人，谁不想生活高贵、体面、幸福，然而这种机遇有多少？这样的憧憬多少不是梦？她感觉自己从梦里走向现实，然而现实并非都是鲜花和笑容。苦涩和忧虑，担心和牵挂，总时时伴随着蹦跳的心。她想起哲人的一句话：要辉煌，生命就痛苦些；要快乐，生命就平庸些。从这个角度看待生命，她觉得不满足：快乐和辉煌难道就不能结伴，平庸的生命就真的没有痛苦？吴愤星如果不是站长，而是一般工人，他具有优秀素质和高尚境界，我们也可能走到一起。普通工人娶妻购房，生子读书，赡养父母，在生命的道路上负重前行，拮据和平庸常遭受富足和高贵的羞笑……现实就是现实，吴愤星就是站长！那些不着边际的去想它什么？她捏了捏自己发烧的脸。

夜很深了，肖婷婷的思绪却分外清醒，像这种失眠，她来到渝口站是第一次。来站快5年了，没碰到星站前，她是惊恐远行的小鸟，只从电话里得到舅舅、舅妈的安慰和快乐。她承认星站给她快乐和希望。当她全部身心地走向星站，却看到了他的阴影和缺陷。为什么要去抱那个陈思上车到医院，随便找两个人抬她走不就行了吗？她喊你老公时你为什么不申辩，是不是认为当漂亮女人的老公是一种荣耀和享受？星站呀，你这么做不伤我心使我痛苦吗？

当她起床喝了两口开水再躺下时，又问自己怎么这样不讲道理：为什么这样做，他解释了，医生也证明了。她深刻理解了另一位哲人的话：真正的爱情是盲目而自私的。我真的爱星站，就应该一爱到底。能不能得到他是第二位，真正地爱他这才是第一位的。不真正地爱他，怎么可能得到他？尤其是他的心。你爱他，心就随着他的心跳动，他的希望就是你的希望，他的视觉就是你的视觉，肖婷婷，你做到了吗？她在模模糊糊的叨念里慢慢地睡去。

2. 第二天早上，肖婷婷做了半个小时的面部按摩，浮肿的脸才逐步恢复自然。她送报表到统计室，路过站长室，小心翼翼地站在门边向里张望，星站正聚精会神地看文件，一块石头落地：照片之事，他肯定不知道。今天她上楼送报表后，意外地看见车务段两位机关干部向站长办公室走去，心一下子又悬了起来：是不是照片之事呢？

她这次猜对了。谈话正进行哩。

刘监察说，请吴站长把事情经过说一下好吗？

吴愤星把在沁园农家乐醉酒经过原原本本讲了：喝醉了人事不省，是哪个照的相，这样做什么意思？

你问我们，我们问谁呢？方主任说。不追问你和床上躺着的女人什么关系，光这张照片也说明不了什么问题，只想提醒你，一个基层单位的主要领导行为一定要检点，人的形象重要哦。

吴愤星痛悔地说，这事是我错了，从那天晚上后，我滴酒没沾了。他想了会儿说，有个请求，希望组织能考虑。

说嘛，吴站长，你不要把这件事情看得过重，人生谁能无错？

不要惊动照片上的女人，人家姑娘一个，还没安家。她是个好人，关键时刻帮大忙。千错万错都是我个人的错，你们在照片上看到的，她的头一直朝着另一个方向，不管是谁照的相，出于什么目的，不要再给她造成伤害行吗？吴愤星眼里噙着泪水。

行。你的这个请求我们回去向领导汇报，应该说办得到。随后方主任给吴愤星透露了去沁园农家乐找孔老板的情况：孔老板反复说你吴站长太死板太固执太传统太守旧，派两个靓妹去摸都没摸一下。说你身边那个漂亮女人太顾你了，是不是爱上你了哟？还说一个绰号叫"雷管"的打杂工当夜偷了柜台里的钱和他人的手机跑了，现在都没找到。

林副书记和马副段长听完方主任和刘监察去渝口站找吴愤星谈话后，陷入了沉思：这个吴愤星重感情，体谅人心，怪不得逗女人爱，陈思叫他老公之事，机关上下谁人不知？他倒好，又和肖婷婷睡在一张床上，这样生活缺乏检点，过分了吧。

林副书记说，吴站长敢干，能干，对这样的年轻同志严是爱，松是害，生活的缺口，情感的迷惑，影响着政治坚定。不摆正组织与个人关系，上级与下级的关系，怎么能挑起肩上重担？他讲了前次渝口站请吴愧仁与职工对话是先斩后奏。

马副段长对吴愤星不愿多说，处理车伤一事吴站长与他意见相左，实践证明吴站长是对的。现在说吴站长，错在哪里？会不会鸡蛋里挑骨头？但他转念想，年轻的吴站长能出以公心，组织上培养教育我几十年，还瞻前顾后吗？他爽快地说，林副书记，我们找吴站长谈谈，响鼓用重锤，不是敲得更雄壮吗。

两位领导找吴站长谈话并不顺利。吴站长太直率了，心里装的话全端了出来：车站周边环境复杂，少数坏人滋事不断，你们知道不；年轻干部爱个人就没选择？对受伤人谁会见死不救；你们叫我当站长就要相信我的决策！三个人谈到太阳偏西，相左意见谁也说服不了谁，气得两位领导额角青筋直跳；马副段长两次拍桌子，林副书记把杯里的茶水噗地倒进垃圾桶。最糟糕的是，就在谈话快结束时，一个中年妇女推开办公室门，走到两位领导面前嘣地跪下双膝，大声叫冤，哭诉吴站长把犯错职工往死里整。

两位领导的脸色非常难看，大声道：吴愤星同志，这是怎么回事？

吴站长说等会给领导汇报。他扶起妇女说，你的困难知道了，我不是说了吗，一定解决，但陈向顺要返调车场上班，这几个月肯定不行。

你们领导评评理，这个车站是他吴愤星开的吗？他要谁上班谁就上班，要谁下岗就下岗，独断专行没王法。

肖婷婷闻讯赶来把妇女劝了出去。

接着吴站长向两领导汇报陈向顺发生事故苗子，进行按章处理的经过。

我的吴站长同志，你要做思想工作呀。

什么话都说尽了，什么办法都试过，她就要丈夫陈向顺上班，也许是我无能，真的。他两手一摊，有些无奈。

无能？无能就别待在这位子上！能干的人多得很，马副段长突然冒的话，自己都感到吃惊。

干哪样工作都要活人，做啥子事都要吃饭。吴站长不怕威胁。他说的是真心话。

林副书记说，吴愤星同志，今天同你谈得够多了，你自己好生想想。有什么新认识主动和我们讲。

吴愤星没去找二位领导，他没想明白自己到底错在哪里，没想透彻，去说也说不出所以然来！

三天后，马、林二人向车务段党政正职汇报了情况，结果是：下令撤去吴愧星站长职务，调安全科任工程师，主管路外伤亡事故的处理。

吴愤星会不会想不通哩，他没犯撤职哪条？

干部就只能上不能下？吴愤星是这种人，才真没出息！两位党政正职会意地笑了。

宣布吴愤星撤职调走，在渝市车务段，尤其是渝口站放了个惊天动地的响炮。据说"碰头旋"、"雷管"等社会混混们为庆祝此事醉酒通宵。一线职工众说纷纭，说什么的都有。副站长老崔天天在吴愤星身边，做什么事都参与研究，吴愤星离站那天，他抓住他的手眼泪哗哗流：就真的无法挽回？你就去给马副段长、林副书记做个深刻检查，大丈夫能伸能曲。

吴愤星拍拍他肩说：人生就是一块砖，组织要怎搬就怎搬。

在吴愤星调走，崔副站长代理站长时，崔副站长也行动了一次：他按马副段长对处理"土王八"车伤的要求，写好处理报告，签上自己名字报上去，遭到马副段长一顿狠批：你这是什么意思？吴愤星调走，就是没按我的意思处理车伤事故？对处理"土王八"车伤事，我感谢他还来不及呢；你行使职权就是不管青红皂白地按上头的办？要你这种人有何用，顶多是个传声筒，收录机。跟你说，报告拿回去，不行！原先我还打算让你代理站长看看，现在明确跟你说，你当站长不合适！

崔副站长撞了一鼻子灰，半天没搞懂吴愤星调走到底为何？他原想顺着马副段长，日子好过。没想到这样做又错了，官场险恶。他狠狠地抽了自己耳光：没事找事做！

马副段长回到家里，出奇地看到丰盛酒菜，妻子和施小猫笑眯眯地望着他：这吹啥风啦？

俩姐妹齐齐地站起来说，祝贺马领导，终于显神威，把反对的愣头青下了课。

老马眼前一黑，急忙抓住门把手才没倒下去。妻子见他脸色异常，拿起救心丸塞进他嘴里。老马清醒后，抽泣地说：你们让我省心，多活几天好不好。吴愤星调动工作，关你们啥事？又关我啥事。世界上就只有你整我，我整你？就没有其他需要和原因？按你们的眼光看出去，人人都是唯利势图的自私鬼，吃饭屙屎的可怜虫，天底下没有一个好人！混蛋，无知，浅薄，糊涂！

妻子战战兢兢地拿热毛巾给他擦脸，施小猫强装笑脸给他按摩。他推开两个女人的手。

当晚两个女人不管怎样劝他，说吃饭与吴愤星调走各是各的事。她们是开个玩笑。但老马坚持不动席上的饭菜，自己去下了碗清汤小面吃：一定要把握住自己。

3. 吴愤星撤职调走消息传来，肖婷婷开初认为绝对误传。当今领导开明，哪会这样做？可证明属实后，她看不懂企业，看不懂社会，看不懂人了；星站这样的人都遭撤职，谁个不寒心？她想看此时的星站，然而去了几次办公室都没见着，打他的手机，也不在服务区内。别人不知道，肖婷婷清楚：星站做哪件事，不是想的车站，想的他人，可到头来遭这样的下场。可能因生活不检点，酒后与自己同睡张床，或者要女朋友脚踏两只船，这些作为基层主要领导来讲，肯定是缺点，影响形象，但不至于遭撤职，天底下有没有公理？她拿起那张照片勇敢地走进了车务段纪委书记办公室。现在机构精简，党委林副书记兼纪委书记，见肖婷婷气嘟嘟地进门后，林副书记笑着问，有事呀，请坐。

肖婷婷纸里哪能包得住火？一屁股坐在沙发上，摸出那张和星站睡在一张床上的照片说，这件事，不是吴愤星的错，那天晚上是我喝醉了酒，误入了他的房间。遭人暗算。

谁暗算你了？我给你做主。林副书记暗喜。

我知道是谁早告发了，还有今天？

林副书记沉默片刻后，大胆地问，吴愤星对你非礼了吗？违背他人意志，性质就变了。

肖婷婷陌生地望着林副书记：你为什么对这件事感兴趣，是不是要把吴愤星搞成强奸犯，关入监牢才满意。她想：你算什么？当年我哪种人没见过，在我舅舅面前，你小菜一碟。

林副书记被呛得脸发青，他万万没想到这个年轻女工话如此犀利。他问：你今天找来有什么事？

我向组织汇报，照片的事，错在我，不在吴愤星。

林副书记想了想问：那么……你和吴愤星什么关系。

他是领导，我是他手下的工人。

就是如此？

你对他和我的隐私感兴趣？——告诉你吧，他是我的恋人，未来的老公。不……只要他愿意，我立即嫁给他。

哦……是这么回事啦。林副书记对肖婷婷的直爽尤其惊喜。现在的女孩就是不同，敢说敢为。如果是这样，这张照片就没意义了。

你希望它有意义吗？她反问。

他望了对方一眼，耐心道，对你和小吴来说，没意义了，对其他来说，却不一定。

她点点头：我就搞不明白，我和愤星在一起，别人哪个晓得，而且照相。

——你真要和小吴结婚？林副书记转过话题问。

不可以吗？是不是他现在不是站长了，浅薄！

我哪是这意思！小吴的工作能力强，有事业心，全段上下谁不清楚？只是……

——只是我喊他老公对不对？陈思推开半掩的门，进屋道。她听说星站遭撤职，心头很不是滋味。她怪自己脑壳受伤，心不做主，张起嘴巴乱说，搞得吴愤星玩弄女孩感情似的。她必须站出来说公道话，不然八辈子都欠人。还有以后碰到吴愤星的妹妹白玫自己哪个说嘛？白玫和孙海平一直与她保持联系，两人在孙海平家乡开创的事业非常火红，成为当地的知名人士了。此时她把吴愤星当时救自己的情景原原本本地向林副书记讲述一遍。林副书记被陈思所言感动，看法迅速扭转。

肖婷婷伸出纤手与陈思玉手握在一起，都为一个男人心跳。两人又亲热地拥抱了一会儿。然后眼光齐刷刷投向林副书记：不撤愤星行吗？错都是我们呀！

林副书记读懂她们的眼光。淡淡地说：对吴愤星的岗位调动是组织的安排，不是个人行为。你们应该相信组织。

你一定相信我们，说的全是真话。两人说。

不信你们，信谁？信少数人的传说！林副书记说：你们应该向小吴同志学习，不管什么岗位都是革命工作的需要，我们的岗位没有高低贵贱之分。

两人出了门，噘着嘴：唱啥高调，撤你林副书记，比吴愤星不如！

4. 吴愤星接到调岗命令，没有思想准备，——组织决定了，能说什么呢？他当时忍着泪给父亲打了电话。父亲赶来，摸着儿子的头说，人一辈子要走不少单位，干很多不同的工作。碰到许多意外和曲折，我就是最好的证明。他提高声音道：至于别人怎样看，怎样说，一点不重要，关键自己心头要明白，到底为什么领导要动自己岗位？是做错了什么吗？或者真如领导谈话所说，新的岗位尤其重要。

两父子关着门，慢慢地仔细分析。对儿子，父亲是知道的，他不会瞒什么。可对铁路全局，对现在铁路碰到的急症，父亲就不清楚了。好在父亲心胸开阔，总用无愧于心，无愧于人来调节人生的坐标。儿子说他去安监室管车伤事故，一下提起了父亲的兴趣。儿呀，这可是你爷爷和我，几辈人的希望。让铁路少出车伤事故。你把这件事做好了，比当站长强得多，你爸爸我高兴，你亲爸亲妈也会在那边夸你，你爷爷婆婆九泉下会笑醒。

吴愧星大学毕业论文就是《谈预防和减少铁路车伤事故的构想》，现在理论和实际工作联系起来，真是幸事。他忘记了失去权力的痛苦和旁人莫名其妙的同情和质疑，把毕业的论文拿出来重读：有些观点和设想非常好，有的论据在实践的考证下显露出无奈的苍白。铁路在如何发挥最大效率同时，预防和减少车伤事故是众人之望，时代所需。铁路必须这样！

吴愤星到机关上班后，经常到沿线巡视现场，收集关于车伤事故的第一手资料。他知道肖婷婷找过他，两人见面说什么？她对自己好，希望有所上进，而自己在仕途上失意了，她能理解吗？哪个姑娘不盯着事业中天，阳刚体面的男人？——暂时冷一冷再说吧！

那天，肖婷婷终于在江口站公路与铁路的平交道上找到了吴愤星。她说我就那么讨厌，你电话都不接？

吴愤星说婷婷，对不起了，有些事情没做好。

一个人，谁能无错？没有缺点和错误的人，很危险。因为无错也就隐藏着大错。你错在哪里？想过吗？

我想不明白，也就不愿意想了，难得糊涂也许是我目前最明智的选择。

肖婷婷细细地打量着眼前心爱的男人，人黑了些，精神却非常饱满。她想，这样不顾升迁荣辱的男人，一定要给他找个公道。有什么理由去找舅舅、舅妈……只得这样做了。她转过头，细声柔情地说，愤星，有个事情，我要同你商量。

什么事？吴愤仁专注地盯她，担心自己哪个地方没处理好，又出岔子了。

她说愤星，我们结婚吧。

吴愤星吃惊地望着大方爽快的她，心快要跳出胸膛，然而激动和快乐瞬间即逝，强势男人的自尊冒出来：同情我，安慰我，可怜我？用得着吗？他冷静地问：现在结婚适时吗？

结婚是我俩的事。你愿意，我愿意，我们就结，其他无所谓。

话这么说，可结婚，我没想好，也没准备。让我想想好吗？

你是不是惦记着陈思，还有你那个月悦妹妹。

看你说到哪去了。我的心你难道不知道吗？

就是不知道！知道了，你就跟我结婚。

这时一列旅客快车从身边呼啸而过，铁路边草尖摇曳，吴愤星赶忙转身护住婷婷，让她不受旋风卷起的杂草灰尘吹打。她随手抱住他腰。两颗年轻的心相拥跳动。

不远处，几个赶场农民背着背篼有说有笑。他拉开她的手。温柔地说：婷婷，你容我想想，好吗？

你不准跟月悦走。

你知道她的想法了。

当然知道。她行得端，走得正，哪会搞暗的。你被撤职，她带你走是合情合理的。

那是她的想法，并不代表我。你想想，我生在大陆，亲人都在这里，我到海峡对岸去能做啥？就算月悦和继母有钱，钱能办到一切吗？不管走到哪里，我心里牵挂着亲人，尤其是你。

婷婷很感动，柔柔地握住他手。

哎，你父母是做什么的？你叫我和你结婚，未来的老丈人、老丈妈都不晓得？

我——父母都逝世了，——现在唯一亲人就是舅舅、舅妈。

哦，可怜的婷婷。他拥过她肩，要是没人，他肯定会送去热吻。

阳光撒在铁路钢轨上，两只蝴蝶绕着野花追逐飞舞。她转身把手伸进他胳膊弯里。俩人肩靠着肩慢慢地走着。婷婷想：就这样淡定从容地走到老，多好多幸福。

当天晚上，婷婷决定豁出去了，在关键时刻，一定帮心上人一把。

第二十三章　求助

1. 肖婷婷给舅舅打电话，说有急事找他。舅舅说有什么事，说就是了，听着的；或发封邮件，或约网上聊天，非要跑上千里？没事做？

不行，我就和你当面说。她摁断电话。

舅舅吃惊了：这个外甥女又惹什么麻烦了？当年婷婷父母竭力主张她和一位市委副书记儿子婚配，她开始未置可否，结果见面后，说什么也不干了，跑到舅舅这里来躲起，死死地抓住舅妈的手呼喊救她的命。

婷婷只一个表哥，舅妈把婷婷当亲生女儿看。舅妈抱着她发颤的双臂，吃惊打气道：别哭，别慌，光天化日之下，哪有吃了熊心豹子胆的人，敢来伤害我的乖女婷婷。她帮她擦净眼泪。

婷婷告诉她：那个高官的儿子是个"瘾君子"，见面就把她按在床上强迫发生性关系，并抓住她头发把毒品往她嘴里灌，好在儿子的父亲发现屋内响动异常，才踢开门救她出虎口。婷婷母亲去质问"瘾君子"，他嬉皮笑脸地说，我是爱婷婷发疯了，跟她开个玩笑，搞得好玩的。婷婷的父亲气得脸发白，却不敢放一个响屁，因为他有许多证据在"瘾君子"的父亲手里。婷婷说什么也不回家了。吵嚷着一辈子住在舅妈家。就在这时，婷婷父亲腐败东窗事发，被政府很快处以极刑。不久她母亲也悲伤逝世。从此，婷婷对腐败疾恶如仇，特别是母亲临终前转告了父亲的遗嘱。婷婷扭着舅舅帮忙把她调到千里之外的偏远铁路小站，一切重新开始，与过去划断。一晃五年多了，特别是近两三年，婷婷看到吴愤星抗拒腐败的特有气质，心突突地倾倒过去，把全部的情感和思念毫无保留地献上。她暗暗地发誓，不管她和星站的关系以后如何发展，能不能成为一家人，只要愤星保持抗拒腐败的高洁心灵，她就是他最好的朋友，一定在关键时刻帮他。舅舅是铁路局有实权的领导，要帮忙十有八九是能帮上的。

肖婷婷到渝口站好多年了，不管车务段、还是渝口站都不知道她的舅舅在铁路局，更不知道她舅舅是谁。保密是她和舅舅、舅妈间的君子协议。

逢年过节，或者大休班时，肖婷婷也到舅舅、舅妈家走走。表哥在英国读书，她愿意多陪陪舅舅一家人。然而，她陪舅妈多，与舅舅很难见次面。铁路局管的线路、车站遍及三个省和一个直辖市，尤其是节假日，领导往往在基层一线与职工共度良宵。舅妈非常关心婷婷的婚事。每见次面都拿几张男子的照片给她看，说是什么主任、站长、书记的儿子，硕士生，博士生。婷婷没见吴愤星前曾经动心过，也去见过两个男子，本人和家庭条件都不错，可就是耍不到一起来：几句话说完，就问会不会打麻将，诈不诈得来金花，斗不斗得来地主，只要聚集开战，不过零点绝不收兵；或者到迪吧疯狂蹦跳，一身臭汗，满脸灰尘，还你搂我抱地嘻嘻哈哈。她感觉这样的娱乐总差点什么。在明亮灯光下阅读时尚报刊或者世界名著，品茗香茶，欣赏清音乐，或者游览名山大川，放飞思绪，享受自然美景……男子的再次约会被她委婉地拒绝了。她那颗冰冷的心没感染昏玩的热力，反而增加了忧郁和朦胧。见到年轻的吴愤星，她最初是反感的：年纪轻轻就身居要位，不晓得是哪个的"关系户"，然而，当她知道吴愤星的身世和背景后，一种说不出来的清新掀动她烦躁的心。她开始注意吴愤星的举止，不光是他外表英俊洒脱，也不全是他身居领导位置，一个青年人的定向和热力应该放在何处，吴愤星作了最好诠释。当她看到吴愤星对路局检查组何干筋软打整，对"土王八"铁面无私的冷静处理，对自己爱打牌的缺点尽力控制，她觉得吴愤就是值得她追求的人，值得终身守护的人。万万没想到的是，吴愤星莫名其妙地从领导岗位上跌了下来，威信全无，脸面扫地，而且有人要把他劝到海峡对岸去。她心慌而急了，使出最后的撒手锏——求舅舅帮忙。

2. 她在去舅舅家的途中，反复想了如何开口，精心地策划了三套方案，可敲开家门后，脑壳空白一片，不晓得那套方案妥当了。

舅妈开门后发现她脸色难看，在回答舅妈问话时，她从兜里摸手绢擦脸上的汗珠，喷香的花手绢明明在外面包里，却好像长了脚不知道跑到哪去了，她里里外外找遍，没见踪影，是不是下车擦手后没放稳，落了。而在寻找手帕的慌乱中无意地把她和星站睡在一张床上的照片抖落下地。她红着脸去捡，舅妈眼快，一下抢在手里，她要抢回去，舅妈兴趣浓了，她拿湿毛巾给她擦汗，然后把捡起来的照片，拿到窗下看了又看，忐忑不安地地问：你是不是有了哟？

有什么了？婷婷话出口，感觉舅妈问话所指复杂，心想退到最后，再向前进，会于主动，她点了点头。

那个家伙是谁？是不是照片上这个无赖？想占我们婷婷的便宜，没门！

婷婷一阵心跳。脱口而出：他不是无赖，是站长。

站长就能强占女工？你看，这张照片就明显表明你不愿意吗？脑壳扭在一边。衣服裤子穿得好好的。他是哪里的站长，跟我讲，我告诉你舅舅，马上把他下课送到派出所。

舅妈，你别大惊小怪好不好，你怎么就知道他强迫，我不愿意。她感到脸发红。

你恁个挑的女娃，一个站长就把你眼瞎了。他爸是不是大款？或者高干。

什么也不是，他爸是火车司机，他爷也是铁路工人。

他是不是动歪脑筋，把生米煮成熟饭了，威胁强迫你。

舅妈，你不要说得那样难听吗，男女间除了占有就是交换，难道就没心仪和志同道合？

我不懂那些，但我懂得现在这个社会没有钱和权，啥事都难办。

你和舅舅结婚，你图他啥子，是钱还是权？

婷婷，看你说到哪去了，当年你舅舅穷学生一个，上班衣服旧得看不见原色，到食堂去吃小面，汤都喝得干干净净。我是见他勤奋，忠厚老实。可怜同情他，要不然谁会嫁给"臭老九"。

对了哟，你能嫁给臭老九，我就不能嫁给穷干部。

你呀你，枉你还在单位上班做事，现在市场经济，哪能和当年情况比。我是怕你嫁给没钱的人吃亏。婷婷本想再争一下，觉得没意思。舅妈这个人刀子嘴，豆腐心。以前不像现在这样。是舅舅的官当大了，她眼光也变势利了。她接过舅妈递过来的茶，喝了两口问：舅舅，什么时候回来？

他知道你找他。本来在家等你，可五分钟前，局里有急事，把他叫走了。你舅舅留下话，不管再忙，他都要抽时间，和你面谈的。……舅妈向婷婷招招手：过来陪我坐坐。

婷婷坐在她身边，舅妈轻声问：老实说，几个月了？

舅妈，你说的啥子哟。我说有了，是心头，又不是指这里，她摸着肚皮道。

见你脸色难看，愁眉苦脸的；又见你和男人睡一张床——还以为你肚里有了哩！她拍拍婷婷的肩，轻声说，真的有了，也没啥子，只要你情我愿。现在男女耍朋友，同居试婚的不是少数，你表弟，比你小三岁，就跟三个女孩试过婚，男女试婚又不丢人，是对婚姻负责嘛。

婷婷感到一种陌生的恍惚，——情感和肉体就那么随意分和，随意交媾？——人就动物一样，没区别了？——耻辱啦！她庆幸没受舅妈污染，能保住个女儿身，把自己完美地交给心上人，她坚定地摇摇头。

你不愿意试婚？那如果嫁错人，离婚就更麻烦了。

舅妈——婷婷拖长声音，声音里夹着娇憨和不满，我想嫁给他，牵手度时光。

舅妈捏了下她嫩脸，还像学生样浪漫，追逐诗的意境。乖女呀，你已经27岁多了吧。结婚安家现实得很，她偏头盯着她问，他——就让你动心，因为站长！

不，他已经不是站长了。

哦，站长都不是了。

为啥？

不为啥。

不为啥，组织上会把他撤了。你舅舅也是从铁路三等站站长开始，两三年一个台阶，步步向上，从来没有遭撤过。

那是舅舅，几个人能当上局长。

是他犯了错，还是领导故意给他小鞋穿？

不知道，他反正不是站长了。

他小子，路走得这样不顺，你还倾心他？

舅妈，我是嫁男人，不是嫁站长。她擦下眼角，顿了下说，要嫁他，他还不愿意嘞。

他是个什么东西，你看上他，他还看不上你，你跟他说你舅舅是谁了吗？

舅妈，这跟舅舅有什么关系，你越说舅舅是谁，他可能越不愿意了。

是这样？舅妈又拿起了桌上那张照片，反复地看，个子不矮，模样可以。她摸了下侄女的头，望着她的脸问：他哪点吸引你？

说不清楚，反正看到他我就快乐，有他在身旁就踏实。他受委屈，我心头就难受。

婷婷呀，你这叫爱情，真正的爱情。确实很珍贵。哪个女孩初恋不是如此。然而世界上的爱情尤其是初恋最受不住时光和现实的考问。多少人不是悔恨自己，最终相伴了颓废和孤独。婷婷，——你要三思啦。他现在都看不上你，以后更不会把你放在眼里的。

舅妈，你怎么知道他看不上我？我配不上他？

你不是自己说的，嫁他，他还不愿意。

不愿意现在结婚，不等于没看上我。肖婷婷想起愤星关键时刻心都在自己身上，幸福地笑了。

不愿意结婚，你还笑？哦，是不是他比你小得多，你们姐弟恋。

舅妈，你不要乱想嘛，他三十一岁了。

从年龄上看，你们二人倒般配。嗯，是不是没有房子？

这倒不是问题，他父亲分了套铁路的三室一厅的房屋，常年无人住。

那还等什么？他是不是外面有女朋友了，你是他选择之一。

追他的人当然有。可他心在我这里。

你就那么有把握？

心灵的眼睛不会错。——婷婷想起了那天愤星用身体给她挡住列车驶过的灰尘，嘴如含糖。

夜很深了，舅舅还没回来，只来过一个电话，说现场出了点事，晚点才回来。舅妈每天晚上的电视连续剧雷打不动，她看得直掉眼泪。婷婷一路上走累了，一觉醒来，太阳已经从窗户钻进了屋里，在鲜艳的盆花上笑哩！

3．梦里的婷婷哪里晓得昨晚深夜，她舅舅回来跟舅妈的谈话。

这些年变得势利而浮躁的舅妈对丈夫说，这次婷婷回来是找你帮忙的。你一定要帮，别推三推四的。

丈夫问：她说了帮啥忙没有？妻子细想，昨晚和婷婷吹了哪么久龙门阵，乖女真要说帮什么忙，她却说不出来。这不能怪舅妈，是婷婷故意打埋伏。她觉得现在的舅妈和以前不一样，刁钻，尖刻。除了舅舅外，她谁也看不起。而且经常朝外放话。自己要说的事，她未必懂。她跟舅舅传一道，不如直接给舅舅讲。有些话一传就可能变样。因此，不管舅妈如何问，她到底找舅舅做什么，一直就不亮底牌，只是顺着吹一些舅妈关心的事情。好心的舅妈向丈夫下了死令：婷婷去铁路基层站段五年多了，你把他调回铁路局机关，这样大个机关还放不下一个年轻人。一个平常职工的调动，还不是你局长一句话。

丈夫半信半疑，虽然没和外侄女面谈，但从来没听说过她要到局机关的事。他从亲身经历深知，年轻人到大机关来并不一定是好事。多在基层感受一线群众生活，对认识社会，对个人价值的取向都有好处。如果说没有铁路基层十多年工作的磨炼，现在自己担任的工作能这样得心应手吗？

丈夫问妻子：婷婷真那样要求？

她没说出口，你就不会为她着想吗？

第二天下午，舅舅抽时间和婷婷面谈了。婷婷眼里的舅舅永远是挺拔高大，气宇轩昂的。舅舅削了个苹果递给婷婷，她接过来说：哪……还在麻烦你，舅舅。

小婷婷，什么时候学会客气了。婷婷笑着，露出雪白的牙。舅妈打麻将去了，邻居三缺一，喊了几遍。

听你舅妈讲，你不愿意待在渝城小站，要调到局机关？

舅舅，没那回事，进局机关，我想都没想过。婷婷一阵埋怨，舅妈真是乱弹琴。

那你找我何事？

舅舅，我是替人喊冤的。

哦——舅舅细心地瞅瞅面前外侄女，什么时候晓得替人打抱不平了，以前在家可是两耳不闻窗外事，一心只读圣贤书。舅舅的眼光使婷婷很不好受。她起身给舅舅杯里倒上茶水。红着脸说：舅舅，我实在看不下去了，才来找你做主。

什么事这样严重？你们不是有单位，有组织，有领导？

当官的整人，好人受气无处伸，希望找个包青天。

舅舅摸出一支烟,眼睛问婷婷能抽吗？婷婷立即讨好地拿起桌上的打火机，要给舅舅点上。

舅舅说，谢谢，我自己来。舅舅抽烟是深思熟虑的习惯。他吸了两口，转身打开了客厅的窗户。婷婷埋怨自己竟然如此粗心，就没想到这一点。舅舅说，从你过去的话语看，你对在渝口车站上班，感觉挺不错的，尤其是你对那个……叫啥子？

……吴愤星。

对，对，吴愤星。不止一次在我面前夸奖他聪明能干。怎么，他欺负你了。

他敢？她停了一下，小声自语：他能欺负我，求之不得。

处事老到的舅舅立即看出外侄女对年轻站长的特别。试着问：他不敢欺负你，就是你欺负人家了，或者他遭别人欺负了。

对，对！舅舅，不，不，舅舅……她语无伦次：他遭人欺负了，活天冤枉。

舅舅无声地笑了：这个小婷婷呀，准是为她心上人喊冤叫屈。前次全局开中间站站长会议，他那专门问过秘书，渝口站站长是谁？顺着秘书的介绍，他把吴愤星细细地打量了一下：一表人才，配个肖婷婷还是可以的。

舅舅，你说嘛，一个人兢兢业业，事事都为单位大局着想，却被莫名其妙地撤职，你说不冤吗？

不当站长就冤了？我们的干部就只能上，不能下了？组织上有组织上的考虑嘛？舅舅暗想：前次局务会要求渝市车务段在预防路外伤亡事故方面拿出可行的实施方案，是不是动年轻站长就是为这事。现在铁路的公检法交给地方统一管理，只是时间问题。已经有两个县的法院接受了路外伤亡事故的责任赔偿审理。判铁路的部分责任，经济赔偿每件数目都在6位数以上。虽然这件事仍然有争论，可是发展趋势，必然如此，谁也改变不了。

　　婷婷见舅舅表情淡然，一副官腔，满嘴大话，心头很不是滋味。她想：也难怪舅舅，他对吴愤星了解太少了。她立即像打开闸门的江水把吴愤星如何对何干筋嫖娼软打整，坚持对"土王八"按章处理避免激化矛盾，还有亲自抓盗贼差点遭报复丢掉性命等，一口气讲了下去。她准备到舅舅这里来的三套方案，不管哪套方案都有以上内容，她说得流畅，动情，擦了两次眼角。

　　舅舅细听外侄女的叙述，不时摸出个小本子记上几句。他万万没想到，我们的年轻站长有如此的觉悟和处事水平。他把茶杯倒满水递给婷婷，叫她喝了水再慢慢讲。肖婷婷看到舅舅关注的神情，越讲越起劲，差点把她找吴愤星办理结婚手续的事都冲口说了，她好容易刹住车，却把耳根涨红了。末了她问舅舅：这样的人撤职去当个啥子工程师，公不公道？

　　舅舅想了想，逗着外侄女道：你对他有感情，肯定眼里全是优点，他就没有不足和缺点？

　　他是活人，当然有，譬如爱打牌，现在改了，以前爱喝酒，酒后嘴巴上乱说。但是自从出那次事后，愤星就滴酒不沾了。

　　哦，真出事了？婷婷！舅舅觉得外侄女直爽活泼真可爱，继续逗她。

　　4. 婷婷干脆从衣袋里拿出她和吴愤星睡在一张床上的照片，把在沁园农家乐发生的一切原原本本地告诉了舅舅。最后特别强调：从那以后，星站就滴酒不沾了。真的，苍天可以作证。

　　舅舅拿过照片细细看了后问：你从哪里拿到它的？

　　婷婷回答了来由。

　　舅舅站起来，脸朝着窗外：这是明显的报复。两个年轻人喝醉酒，没怀歪心的人谁会关注？看见了躲都躲不赢，哪还会去照相四处宣扬。这说明，这个天不怕地不怕的年轻站长，已经触及某些人的根本利益。那些人要想方设法搞臭他，搞垮他。车务段撤了年轻站长的职，似乎那些人阴谋得逞，实际上对能干人是保护。如果像婷婷刚才说的那样，吴愤星值夜班回来差点被莫名其妙落下的花盆砸死；又有人设美人计陷害他，斗争复杂尖锐。与恶邪斗要不怕牺牲，但要避免牺牲，尤其是优秀人才。他说，单就这一条，撤吴站长就有理由。

啥子哟？舅舅，你们是官官相护，他就不能和恋爱对象睡在一张床上啦。

舅舅想如实解释，可又觉得不妥。现在的干部苗子，需要各个方面锻炼和考验。他转过身来把烟蒂扔进烟灰缸。轻声问婷婷：现在小吴同志工作如何？

你问愤星现在的工作，投入得很。他告诉我，当年他大学毕业的论文就是写的《谈预防和减少铁路车伤事故的构想》，他正用心把理论和车务段实际相联系。不少人为他莫明其妙地遭撤职掉眼泪，他却不当回事，好像撤站长与他无关，撤的是别人。天底下真有这种"木"人。

这种"木"是坦率、忠诚。你听说过"大智若愚"，"大隐于市"吗？外圆内方的人才是真君子。处处斤斤计较，生怕自己吃亏了，生怕官帽丢了，一天脑壳不用在做好工作上，全部心思用在保官帽上，这样的人当官何用？当个官能做出什么？

婷婷心里有种说不出来的轻松和快乐。她推理反问：愤星从中层干部降为一般干部还是好事了？

舅舅笑了说，这是你说，我可没这样说。

舅舅，职工可不像你那样想，官撤了就是做错了事。好人升官，庸才降官。你身为一局之长，体谅下普通职工的心态，体谅下基层干部的追求。

是钢放在水里淬淬火，会更加坚硬；是泥捏的粑蛋，不压也会垮。你要相信组织，相信群众，相信人心。俗话不是说苍天有眼嘛。问问苍天，它是最讲公道。

苍天太远太虚了，我只知道愤星受到委屈，对他不公道。舅舅，求你救他帮他。

你要我怎么说，说你们车务段处理错了，只有我婷婷的准丈夫对。

谁要他当准丈夫。

那我更不好说了。

舅舅，求你给渝市车务段打个电话。

婷婷，你要搞清楚，车务段是一级组织，不是哪个人说了算的。你一定要相信组织。

你不帮他，我就跪在你面前不起来。婷婷说着噼地声跪在了舅舅面前。

舅舅发火了，大声说：你这是做什么，是威胁我吗？跟你讲这么多，你为什么听不进去？他气得嘴唇发抖。

这时打麻将的舅妈回来了，见婷婷跪在地上，一把拉起她：还没嫁人的大姑娘，别人晓得了成何体统。

不，舅妈，舅舅不帮忙，我就跪下去，跪到他答应为止，说着放声大哭起来，声音撕心裂胆。

舅妈问舅舅：昨晚说好帮她一把，为何反悔了？

她说的根本不是你讲的一码事。舅舅把今天婷婷说的话简要讲了。

两夫妻望着外甥女伤心模样，心里发酸，泪水在眼眶打转：谁说"70后"的青年没有荣辱价值观，谁说他们只贪图享受爱钱……一个火车司机的儿子……一个三等车站的站长，竟有知书达理的女子为他动情……难得啦。舅舅走上前扶起外甥女说：我要管，莫说婷婷是我们的乖女儿，就是路见陌生人的难事，我也会管的。天下应该是清廉人的天下，天底下的人应该生活得快乐幸福。

婷婷破涕而笑。站起来拿出给舅舅、舅妈带的小礼品：茶叶、蓝白相间镶灰珠的发卡。

舅舅拿着龙井茶叶筒，看上面精致的图案，仿佛想起什么问：婷婷，你认识一个叫吴愧仁的人吗？

吴愧仁，惯星的父亲，顺江站的事务员。你有事找他？

不知道你晓不晓得他到渝口站与职工对话的事？

我知道，我还参与了安排——怎么出问题了？

你担心出问题？我听了对话会全部录音，他说得很好，合情合理。

婷婷悬着的心落了下来，她告诉舅舅，这次对话会后，星站受到林副书记批评，再也不敢组织此类活动了。

林副书记批评什么？

说星站不懂全局，工作不分轻重缓急，事前不向党委请示。讲传统文化没有先例，错了谁负责。

舅舅不开腔了，他知道自己的每一句话都可能给外甥女产生影响，她都可能把自己的话作为与他人辩论的根据。他从内心对林副书记的批评不以为然：没做过的事就不能做吗？学习传统文化，用高境界的中庸之道，能够调和与抚平多少矛盾哟。建设和谐社会，离得开传统文化对人心灵和道德的滋润吗？林副书记呀，你连这点都没看透。看来要批评的人不是年轻的吴愦星而是你。他说，林副书记的批评，是他个人的看法，也可能对，也可能错。不过有一个好消息，可以提前告诉你，那天听了吴愧仁与职工对话的两个外国人，已经发函到局里，邀请吴愧仁去他们国家交流中国的传统文化。

有这样的事？婷婷高兴得跳起来。我回去就告诉他爸。

他爸，隔两天就是你爸了。舅妈故意笑她。

婷婷红扑着脸，羞涩地转过头去。

舅舅说，局里原则上同意吴愧仁出去。铁路工人走出国门，交流传统文化，是好事，也是光荣！但讲什么，怎样讲，要动脑筋了。当然，这些我们都不用担心，吴愧仁毕竟肚子有货嘛！

肖婷婷带着舒心笑容返回渝口站。

婷婷走后，舅舅回到书房拿起电话准备给渝市车务段第一管理者通电话，想了会儿，又把电话放了下来：相信组织，相信群众多数，不是讲给别人听的，自己就要带头做到。婷婷关心的吴愦星是金子，就一定会发光。我们生活在金子发光的时代，还怕英雄无用武之地？

第二十四章　横祸

1. 就在肖婷婷找舅舅帮吴愦星时，一个横祸从天而降：白玫与丈夫在家乡投资兴建的饲养场因连日暴雨引发泥石流山体滑坡，几百头猪和饲养设施全部掩埋在石块泥浆里，值班的三个年轻人当场牺牲，孙海平因住在镇上的家里才逃过一劫。当孙海平听到饲养场出事的消息，双眼发黑，一屁股坐在地上，妻子双手在他眼前晃动，他都没有任何反应，白玫使劲拧他的手臂，揪他耳朵，后来干脆端来冷水从头上泼下去，他才哇地叫出声来，睁开眼睛。修建饲养场时就有老人对他说，那块地虽然出脚方便，旁边有溪流，但山顶上的陡坡土质松软，如果不出事则罢，出事肯定是大事。当时为了早日建场投产增效，孙海平和他的合作伙伴抱着侥幸心理上马，谁知遭到老天爷的严厉惩罚。

惊魂稍定的孙海平赶往出事现场，白玫同去，把孩子交给了保姆，趁夜冒雨赶到饲养场，事故现场已被有关人员用塑料标志带牵成大圈保护起来，两人说明身份后进入圈内，见猪压在房架木板石块和山坡滚下的泥浆石头里，已没一头活的，办公室、会议室、工人宿舍、发电房、饲料间等房屋无踪无影，煤气灯下除了泥土石块还是泥土石块，凄凄惨惨一片悲，两人顿时放声大哭，天老爷呀，你为什么这样无情无义，一辈子的积蓄和心血全完了。旁边几个熟人劝说着他们，事情发都发生了，再难过也没用，保住人才是大事。三个牺牲的工人已经从泥土石块里刨出来，放在木板上，孙海平伸手在每个人鼻前试探，没半点呼吸。白玫摸出自己的手帕擦死者的脸，哭泣着说：兄弟啦，你先前还好好的，为什么就这样走了，我们对不起你。旁边的人好不容易把白玫拉到一边。死者送走后，抢险的人陆续赶到，孙海平两口子始终在现场跑来跑去，做这做那，浑身湿透了。暴雨到第二天下午才停了下来。县、镇、村的负责人来了，说了许多安慰话，孙海平两口子神情木木的，连一句感谢话也说不出来。

政府灾害救急补助款发得很快，可那点钱顶不了事。三个死者的家属成天围着孙海平，开口闭口要死者赔偿的天价，乡镇、村领导给他们做工作，说办饲养场的孙老板也是受害人，他受的损失最大。

家属们脸一横说：我不懂那些，只知道亲人给孙老板打工死了，他不赔够钱，就把人还来。

死都死了，到哪去还你。

他不拿够钱，你讲理，你的亲人去死一回看？

那天没轮到我家娃当班。

你就说得起狠话，我的人死了，我就要够钱。

我再狠，也没你开黄腔，把亲人当东西卖，要天价。

你说谁把谁当东西卖……劝的人和死者的亲人吵得呜嘘呐喊，几片坡上都听得到。

两眼红肿，眼圈发青的孙海平被人扶起来，他颤抖着声音说，死者家属说的数目，我照赔，给两个星期时间凑齐钱好不好？我就是倾家荡产，砸锅卖铁也绝不少一分钱。

死者的亲属们不吼了。有个"大块头"片刻后说：人家孙老板都说照数赔，关你们旁边人啥事，吃多了胀得慌？

你说谁胀得慌？一个小伙子冲过去就抓他衣领，"大块头"猝不及防被拉摔在地上，两人滚抱在地上扭打起来，好几个人上前拉架，才把两人劝开……

白玫听丈夫说死者的赔偿数目，倒抽冷气，她不是痛惜钱，而是两口子现在是真没有钱了，投资饲养场时，几个沿街门面和茶楼已经卖了，现在家底掏空，就是城里也只剩下一套旧房子和一辆半新的普通轿车，卖也卖不出几个钱。她对丈夫说你装大装傻，赔完了，拉一屁股账喝西北风去？

我们再倒霉还有人在，别个人都没有了哇。我一辈子最怕做亏心事。对死者，我没有什么可做，也做不了啥。他们亲人需要钱，为什么就不满足他们的家属？

好，好，好，你做好人。我不管你了，你要怎么做就怎么做。反正我还有份铁路的工作，实在不行我就回去上班。两口子第一次吵架，吵得天昏地暗，桌子板凳嘣响，气得饭也不吃了。保姆带着快两岁的小孩到一边玩，从不插一句嘴。保姆相信孙老板一家的为人，也不担心自己拿不到工钱。

孙海平两口子回城凑钱了，先卖了汽车，后卖了旧房，吴愧仁和吴愤星闻讯赶来安慰两口子，也借了点钱出来，可数目缺口大；孙海平向银行贷款，可没有财产抵押，根本不行；找生意朋友借，不是找不到人就是推口说自己资金奇缺，正要找人借钱哩。

就在孙海平走投无路的时候，他碰到第二个同居试婚未孕的女人洪苹，这女人与他生活了6个月，各种办法都想尽了，就是怀不上娃娃。分手时，孙海平给她一大笔钱，她拿着这钱开了个超市，经济独立后身价也上涨，嫁给了区政府的一个科长，谁知这个科长官不大，家安得多，洪苹知道自己在科长安的家中排第四，非常气愤，把自己知道科长做的丑恶事全向区纪委揭发了，科长入狱后判了个死缓，她也彻底解放了。她是从熟人的口中无意间知道孙海平落难之事。她把孙海平和科长对比，觉得孙海平还算个男人，男人好色人之本性，可要做到明处，讲究个做人底线。哪像可恶的科长瞒到把人当傻儿整，既霸占色，还图钱，玩阴的一套。这天她在街上碰到孙海平，喊了几声他才答应。也难怪，钱大气粗，钱是人的胆。面前的孙海平哪有当年那种风流潇洒，没几年嘛，人好像矮下了一截，头发少了许多，脸上的肤色粗糙，一双大手不像过去那样安静放在两腰旁，而是不时拿到腹前搓。

哦，是洪苹呀，好久没见越来越漂亮了，社交场中的恭维话从孙海平的口中飞出。

嗯，海哥，还那么精神，听说你遇到难过的坎。

坎是大，大得想都想不到，可不一定就过不了，这不正在找朋友帮忙呢。

你呀，真是死爱面子活受罪，我早听人说了，怎样，要不要我帮一把？

这几年你发财了？

发财不敢说，可帮人出得了手，走，到我那里去坐坐，喝两杯？洪苹见到孙海平一种奇怪的念头冒了出来：当初她和孙海平为了有个孩子，做爱的时间、地点、姿势不断变换以及购置的专用工具设备不少，享受的销魂快乐刻骨铭心，后来孙海平换了其他同居者，断绝了和她的往来，她又和其他几个男人做过性伙伴，然而不管怎样都没有超过孙海平，她时常梦想着与海哥鱼水之欢的情景。现在机会来了，哪能轻易放过。

孙海平犹豫了会，跟着洪苹走了。两人进了洪苹居所，房子不大，但摆设还可以，洪苹领着孙海平在屋内转了一遍。孙海平感到满屋女人饥渴的荡气，尤其是他在卧室门口边朝里望时，看到几张健壮男人赤着上身，只穿内裤的大幅照片，全身一阵燥热，莫名地紧张起来。自从他和白玫结婚后，与自己过去的性爱习惯完全划断了，尤其是他知道自己亲生父亲的为人后，更决心做一个忠诚的好男人。在白玫怀孕和生小孩后的几个月里，他办事在街上行走，几次被一群女人拉着胳膊进美容院去耍耍，他开头推阻，女人还是拉着不放，最后他摸出电话要打110了，女人们才散去。此时，洪苹大方地脱去外套，穿得很随便地从内房走出来，涨鼓的乳房和肥圆的屁股故意显摆，嗲声嗲气地说，你也去洗个澡。

洗澡，为什么？

你还跟我装，我俩身上的任何地是秘密吗？洪苹心里打算，你孙海平是以钱占我色和身，今天我以卵画弧，以其人之道还治其人之身，只要玩得销魂过瘾，借笔钱给你是可以的，可得加上条件，以后随喊随到。

孙海平站着没动，随后坐在了沙发上，自己端起杯子到电水壶旁倒水喝起来。

洪苹说多倒点，我也渴了。

孙海平端着温开水递到洪苹面前，洪苹喝了两口水，把杯子递给他，随势拉过他的手摸自己的乳房：你检查一下说实话，变没变？她生不出小孩没跟上大老板孙海平，最初非常懊悔，时间久了，却暗暗高兴起来，觉得没生孩子的女人变化就是小，她常在那些生过孩子乳房下落腰杆变宽屁股变肥的女人面前故意显摆自己的身材。

孙海平拉回自己的手，说我手没洗脏得很。

那你快去洗个澡，或者我们洗鸳鸯浴怎样？

孙海平站起来说，对不起了，我今天有事。话后就往外走。

洪苹说，你不愿意接受我帮忙过坎？

你帮忙借笔钱给我，感谢万分，终身不忘，利息比银行多一厘，立字据，明年这个时候首先还你，孙海平停住脚步转过身来平静地说。

来，来，过来坐到。洪苹把他拉回到沙发上，我们之间还要啥利息，说得好，你表现得好，借你的钱，我都可以不要。边说边扑过去，手拉住他下体，你看看还要装硬气，它都翘了起来。

孙海平推开她，站起来说，钱，我不借了，请自重，好自为之。说完拉开门扬长而去。

他回到家半天不吭声，妻子问出啥事了，他不愿说，后来在妻子反复的催问下才如实说了。妻子搂着他故意地说，你就答应她，不是钱、人两得了？

是不是哟，这是你说的哈，我明天就去。然而，两人搂抱得更紧，就像初夜般激动。

焦头烂额的孙海平在渝市意外地碰到了三个死者的家属代表，想躲开已经来不及了，只好硬着头皮迎上去，来人齐声说：孙老板，你太难找了？我们问了好多人都说不知道你上哪去了。

你们放心，我答应的数目一定赔偿给你们，不是还有三天才到期限吗？

哪的嘛？不是那么回事。县政府来人找了我们，拿了政策本本给我们看，我们也想通了，就按政策规定赔偿，多的一分钱也不要。

那敢情好，我明天就把赔偿金给你们，你们还没吃饭吗，到了城头，我请客。

走吧，孙老板，喝两杯不？我们肚皮早饿了。

2.肖婷婷从舅舅那里回来，从吴愤星嘴里听到孙海平两口儿遭落难的消息，非常难过，陪着愤星去看过两口子，也把自己可怜的一点存款借了出来。白玫拉着婷婷的手，反复地打量她，看得婷婷都不好意思了。白玫说，哥，你的眼光不错，在我面前通过了，90分。

孙海平轻拍了妻子一下说，天仙一般，才90分，搞错没有？

90分孬了，我打的最高分了，那10分是看以后的行动。

你呀你，真是妇道人家，不会说话。要我打分，肯定在100分以上。孙海平说的真心话，他接触过的各种女人不少，可眼前的肖婷婷气质和形象难以用语言形容，怎么夸也不为过。

肖婷婷笑眯眯道：孙哥过奖了，我给自己打分，顶多70分，比及格多一点。要不然愤星的眼光哪会斜我一眼。

愤星说，你们说就说吗？怎么又把我圈进去了。

……回来的路上婷婷告诉吴愤星，吴愧仁可能要出国，吴愤星盯着她说，小道消息吧？

婷婷对他说，官方消息，没掺半点假。

吴愤星揣摩：她从哪里知道的？随后笑着说，你有秘密不告诉我，我也有绝秘不对你讲。

聪明的婷婷哪会上当，她想只有和愤星办了结婚手续，才把舅舅的事给他说。有些年轻人巴心不得趋炎附势，可有的年轻人偏偏烦这个，最讨厌顺着势力往上爬，希望全靠自己力量打天下。愤星是哪种人，她不完全清楚。但多一事不如少一事好。她说你不讲，我还不愿意听嘞。

吴愤星和肖婷婷赶到父亲住处，见他脸色发青，一片浮光，眉宇间堆满忧愁，以为他担心孙海平两口儿的事，慢言细地进行安慰和劝导，见两个年轻人着急的样子，吴愧仁终于把自己忧愁的根由说了出来：

原来，余秋菊从他宿舍搬走东西后，他越想越不是滋味，几次到小学附近去找秋菊。那天他看到秋菊从学校门口出来，身边走了一个四十岁左右的男人，瘦瘦的，挺斯文。余秋菊看到吴愧仁后，礼貌地向他介绍，瘦男人是她的男朋友。

吴愧仁当时很狼狈，恨不得有条地缝钻进去。

瘦男人好像要说什么，被秋菊果断地制止了。

吴愧仁用变了调的声音说，祝你们幸福。转过身，泪水断线似地流。他回到宿舍，怎么也想不通，觉得这事肯定与月晓玲和秋菊的谈话有关。想过去的岁月，他病得再厉害，秋菊也没放弃过。他劝她好多次另结良缘，她仍然坚守在身旁。现在自己病好了，主动要和她牵手走进婚姻殿堂，她却意外地离开了，为啥？

更没想到的是，前天晚上，秋菊来到他宿舍，把近期为他整理的书稿送来了，并说老吴呀，你的业余爱好很有意义，一定不要荒废了。我不在你身边，肯定会有高人来助你的。

谁是高人？吴愧仁问秋菊多遍，她就是不说。老吴想了很久，过去秋菊从来没说过如此话，肯定是月晓玲在搞鬼。老吴全垮了，在床上昏睡了一天一夜。他问自己：有没有对不起秋菊的地方？对得起她就行了。自己难受是自己，谁叫你把友情当爱情了。在此间月晓玲来过两次。是秋菊打电话跟她说的。秋菊说月姐，我现在把吴哥完整地交给你，不要对得起人哟，特别是建立车伤赔偿基金事。月晓玲狠狠地抽过自己耳光，骂自己卑鄙、无耻！争夺男人采用了如此下三流手段。她知道自己对吴愧仁不只是爱，更多是报恩。她反问自己不做夫妻就不能报恩了？世界上名正言顺的夫妻只一对，但报恩的方式方法多种多样。她跟女儿月悦商量过，要把自己继承的那部分财产送给吴愧仁，让他拿着它为社会弱势群体做好事。

女儿开先感到诧异，数千万元哟，说给就给了？万一吴愧仁把钱拿去没建立车伤赔偿基金，自己挥霍了呢？

月晓玲用生命担保吴愧仁不是那种人。

女儿说万一他是那种人，怎么办，你要后悔来就不及了。

月晓玲道，他用了也该，谁叫你妈欠着他。

月悦后来想通了，父亲留下来的遗产，名正言顺一半属于继母，她要怎么办是她的事，何况，她拿去做救贫扶困的正事。从几次同吴愧仁接触中，她也认为他不是那种贪财心凶的人。于是巧妙地拿到吴愧仁的有关资料，约定时间悄悄地去公证处办理了有关财产赠送手续。

月晓玲见吴愧仁一次，心里就流一次血。多么好的男人。现在却孤单单的，躺在床上要喝点开水都得自己爬起来倒。不管怎样，她觉得自己有责任和义务让老吴晚年快乐幸福。幸福不光是物质上的满足，快乐也不只是嘻嘻哈哈，重要是心笑，是灵魂的畅快。她知道吴愧仁最大的心病，是欠着秋菊。谁能解除这个结，也只有秋菊！可是秋菊说什么也不愿意回到吴愧仁身边，她有她的十足理由！月晓玲不止一次地劝吴愧仁搬到她的酒店住，说互相有个照应。吴愧仁涨红脸说：你以为还是二十几年前？

二十几年前，生活是清贫的，日子是艰难的，然而心却是最幸福的。打拼总伴着太阳升起来，稳稳地落在希望的原野上。现在财富有了，心却孤单了。不，应该说，孤单的是自己，他的心已属于她人，属于那个文静秀气的秋菊副校长。这能怪他吗？没有理由怪他！

月晓玲知道自己随口之言，造成了一个奇怪的误区。她是误区的建造者，也是误区的受害者。没有秋菊突然从吴愧仁身边离开，她的心会如此痛吗？然而气恼的是，吴愧仁并不知道她心痛，一味地埋怨着她。她待在他身边，给他削的苹果，他不吃；把他放在被子外的手放回去，他立即就伸了出来；问他十句话，他很难回答一句。她流泪了，他看都不看她一眼。她有时想干脆走开算了，你生病与我有什么关系？你爱的人不愿回来，我有什么办法？话虽这样说，冷静一想，秋菊的离开，不是你月晓玲随口出言所成？她觉得自己真是个浑蛋！

她知道要彻底解决问题，自己就得从吴愧仁身边离开。她回大陆来已经满足了：祭奠了母亲，捐助了家乡，尤其看到恩人——前夫生活充实，像年轻人一样阳光；儿子星娃年轻老成，一副干大事的架子。特别是儿子从站长的岗位落下来，却遇事不惊，她由衷地喜欢。一个站长算什么嘛？人生只要拼搏上进，有好多个站长可当。在儿子被撤职的看法上，女儿有异。女儿说：干脆把星哥叫到我们那边去，他聪明大胆，细致敏锐，敢想敢干，要不了几年，企业就可能做大做强。

她坚持说：人各有志，要星娃走，难！

月悦旁敲侧击地做了星哥几次工作，都碰了软钉子。

月晓玲更加坚定自己看法：吴愧仁两父子是定力特强的男人。人有一强，也就难免有一短。月晓玲知道吴愧仁处处讲良心，重感情。如果当年他不是被自己的真情所动，绝不会走在一起。现在秋菊好容易和他走到一起了，突然莫名地离去，他能不悲伤？离开也是一种选择。不能天天在一起，不等于说不爱你。她打算把一切处理好后，回到海峡那边去，也许永远不回来。心却是安定幸福的。

这天她再次来到吴愧仁的宿舍，碰见了星娃和婷婷。她知道吴愧仁可能出国非常高兴，心想出国走一趟，心里愁云也许就散了。

其实肖婷婷带来的消息，吴愧仁并不陌生。几个月前，他就收到了外国友人的邀请信。他推说自己是铁路的普通职工，哪能说走就走呢？不是说不想去，是组织上安排去才能去。于是，另一份邀请函到了铁路局。

这几天，月晓玲的精心护理，使吴愧仁非常感动。他虽然马起个脸，话很少，心却温暖。他想：秋菊突然走了，自己怀疑是月晓玲搞鬼，可证据在哪里？退一步讲，她就是在秋菊耳边说了些什么，可秋菊自己要相信才行。你有什么见不得人的地方怕人说吗？他问自己：是不是蛮姐逝世和孙海平落难？这些事与月晓玲无关，不跟她讲，是让她省心。他又埋怨起秋菊来了，为啥离开我，总要说出个原因吗。

经过月晓玲等人的劝说，特别是孙海平夫妻落难柳暗花明，老吴心情好了许多。他拿过秋菊给他整理的近期书稿，胡乱地翻看着：没想到时间不长，他在各地报刊发表了不少作品，有的还获了奖。他翻到近期写的《意识、情感、情趣》，觉得当时自己就把话说得如此透彻，今天却无法做到。意识打磨意志，意志控制情感，情感催生情趣。意识不清醒，迷失方向，常常把狂热当美酒喝，当撞到生活的障碍，碰个大包，才知道哎呀，应该把问题想明白些。意志长成大树后，常听到情感在树下哭泣，责怪树荫没挡住岁月的风雨，让她的玩笑在意外里流失。情趣是永远长不大的娃娃，没有她，日子没有颜色。情感牵着情趣对意志承诺：不管贫穷还是富有，健康还是疾病，顺境还是逆境，我们听你指挥，不离不弃。意志放声大笑，从此长得又高又大。于是有了志气比天高的俗语。

我的意志能控制、指挥情感和情趣吗？老吴一下又一下地拍打着自己额头。

3. 一天天过去，病愈的老吴投入到儿子现在做的防止和减少路外伤亡的调查中来。

这天下午，吴家父子往野马坡隧道外的长弯坡道赶，因为最近几次巡视都没见到铁路安全警示板。问有关人员，回答说才安装的，又可能遭人撬了。吴家两父子经过走访，很快知道了警示宣传板的下落。就在他们胜利凯旋时，不远处传来一群孩子的叽叽喳喳声，一个熟悉的清亮声音闯入耳鼓：同学们，这是铁路轨道，一定不要在上面行走。火车开得快，开起来了跑都跑不脱。抬头闻声看见不远处的秋菊，吴愧仁如打翻五味瓶，阳光下的她依然漂亮，充满生命的活力。他梦见到她多次，她还是笑模笑样好像没发生事似的。此刻他眼睛湿润润的，悄悄躲进树荫里。

细心的儿子察觉父亲的异常，心想感情上的事谁说得清楚？就说肖婷婷吧，在身边没感觉什么，可离开她了，心里总欠着。婷婷向他提出结婚，他想过。只要她不见怪，也没什么，爸爸分的房子现成的，现在调到段机关，自己还可以申请经济适用房。只是委屈了她，像她那样出众的女孩，百分之九十的，都嫁给"背景人家"或者富二代，自己算个什么？当个站长不久就遭下了课，自己不计较，可她的面子呢？使人烦恼就在这点。他想不管以后日子怎样，能不能成一家人，都一定要对她好；就是做社会朋友，红颜知己，也是知心的那种。

见父亲坐在茶棚下，泡了杯绿茶，吴愤星思绪接着继续飞翔：一生命运如何，谁能说得清楚，就说父亲吧，他人好心善，却坎坷多舛，前次听父亲的一个同事讲，你爸能说会写，私心少，他如果懂得官场的潜规则，早就爬上去了。然而父亲却不这样认为，他说他没宏才大略，无超人素质，缺点太多，天生不是当官的料。只想日子从容简单，淡泊宁静，固守安详，世事随缘。父亲的生存理念，不能说错，但是不是社会和企业提倡的呢？儿子多次没想清楚。

太阳慢慢地滑向天边，金色的阳光迷恋着树林、房屋、大地，久久不愿离去，飘着草木花香的空气甜津津的。父子两人走在归途上。这时，父亲看见先前秋菊摸头夸奖的男孩和前次秋菊介绍的男朋友——瘦男人叽咕一阵分手了，不知出自何种心态，吴愧仁拦住男孩问小朋友，请问刚才和你说话的那位男同志姓啥？

小孩警惕地问，你是谁呀？

我，是你们余校长的熟人。别担心，我不是坏人。

男孩静神思索会，哦，想起来了，你到我们学校来讲过孔子、老子辅导课。

嗯，小朋友，刚才和你讲话的那个瘦先生姓啥？

小孩转身指着瘦男人的背影说，你说他呀？

对！

他是我爸。姓张。

吴愧仁犹如被人当头击了一棒，差点站不稳了，这怎么可能？他不是余校长的男朋友吗？

不要乱说，小孩生气了，手指着老吴鼻子，你不要乱说，余校长的男朋友在铁路上。话后气嘟嘟地走了。

这个秋菊搞什么鬼，弥天大谎！怕我扭住她不放，不，她是个有文化的明白人，肯定有苦衷，嗯，这事与月晓玲有关，一定要回去问她。

4. 没等吴愧仁找，月悦打电话来了，说妈妈发生意外，人快不行了。

这是怎么回事？月晓玲岁数不大，身体健康，没听说有高血压、冠心病之类的疾病？吴愧仁接到电话，不顾一切地往月悦说的医院赶。路上撞倒路边卖凉粉、凉面、豆腐脑的摊子，从兜抓把钱塞给摊主，拔腿就跑。摊主说要不了这么多钱，他早转弯绕巷没影了。到医院见到月悦，她哭成泪人儿，说妈妈正在手术。

意外是这样的：月晓玲午休后到附近美容院做了面膜，往女儿的公司赶。走到超市外头的拥挤路面，突然空中发生异响，接着掉下些纸块、瓦砾，路人发疯般躲闪，她也躲进了屋檐下，却看见一个四五岁的男孩，跌倒在地哇哇地喊叫，立即跑过去弯腰抱起，说时迟那时快，高空飞下根细长铁钎，她全力护住孩子，铁钎刺进她头部，男孩安然无恙，她当时倒在地上人事不省。旁边人群惊呼，有的打110报警，有的打120医院急救，有的指天道地骂咧咧……几分钟后，110、120赶到，路人从月晓玲提包里看到月悦电话，急忙告诉了她，月悦赶到医院，见母亲进入急救室，就打电话给老吴。

急救室外围了不少人：有新闻记者，有被救男孩的父母、亲戚，也有打抱不平的路人，指天道地发誓要把高空抛物者绳之以法。老吴听到知情者向记者滔滔不绝讲月晓玲的事，激动更心痛，机械地把一把把泪水洒向地面。月悦先捂住嘴，把哭声往肚里咽，听到被救男孩感谢恩人穿心入肺的哭喊，再也忍不住了，痛哭出声来，妈妈，你躲都躲开了，为啥要扑上去？

老吴说，她不晓得高空还要落物，就是晓得，她也会扑上去，她太爱孩子了。

被救小孩的亲人说：恩人脱险后，孩子就是她孙子，月悦姑娘就是孩子亲妈。人们把月悦和老吴里三层外三层地围着，七嘴八舌地说着尊敬、赞扬、宽心话。医院的值班人员多次劝说此乃医务重地，医生病人需要安静，人们才陆续散去。

经过五个多小时手术，医务人员推开手术室门，疲惫地走出来。月悦、老吴迎上去焦急地询问手术情况，一个高个中年医生摘下雪白口罩，低沉地说我们尽力了。因药物作用，伤者最多有半天时间，有什么话要说，请尽快吧。

月悦放声大叫医生，你一定要救活我妈，用最好的药，最先进的技术，要多少钱，我有！

中年医生推开月悦的手，无可奈何和同情地望她一眼，然后低头离去。

老吴一拳拳地打着走道边的木椅，嘎嘎地响。

与月晓玲相识的人都来了。鲜花篮和束束鲜花把急救室内外摆得水泄不通。

工人搬走了几次，才勉强挤出条通道。不相识的人也来了，富婆救平民家小孩，天底下最优美新闻，人世间最动人的绝唱。外面叽叽喳喳，医生护士无数次招呼，还是不管用。干脆打开医院会议室，让人们到里面去尽情地说。

月悦和老吴守在月晓玲身边。她苍白脸色，嘴唇干裂，眼睛闭着，眼皮间或颤动一下，各种监视器的屏幕曲线闪烁。时间嘀嘀答答，花香从窗口、门缝涌来，柔和灯光下，流淌着温馨的慰意。她终于睁开了一丝眼缝。

妈妈，妈妈，我是月悦啊！

晓玲，晓玲，我是愧仁啊！两人上前，一个人拉住她一只手，轻轻地呼喊。眼缝越开越大，终于露出含黑的仁来。她木痴痴地望着身边人，张了张嘴，又昏过去了。医生给她注射强心针剂。她又睁开眼睛，她向女儿伸出手掌，月悦知道妈妈的心意，没去拿开水，没递去削好的鲜果，却把公证处办的财产转让证书递到她手上。她无血的脸上掠过一丝遥远的轻松，向老吴传递眼色，他向前弯下腰，脸靠在她嘴边，她深深地吸了口气，用尽力气说，给你，我所有的继承财产，都交给你。拿去建立车伤赔偿基金吧，为那些不幸者做点你想做的事。

吴愧仁没想到月晓玲如此壮举，血狂流，脸通红，他手脚无措，激动地说：你……你这是做什么哟。

月晓玲把公证书递过去，吴愧仁犹豫着，月晓玲手无力地落下来，吴愧仁慌忙接过公证书，双手轻柔地抱着月晓玲，哭泣地道，晓玲啊，我生命中的爱人，你……你不能离开我，我不能没有你。我知道你的心，你说什么，我都照你说的做。一定把它做好做彻底。

月晓玲用手抚他的额头：轻声地说，仁哥，你是天底下最好的男人。别怪我伤过你的心。你应该有幸福，真的！如果说有来世，你一定要等着我。

晓玲哇，吴愧仁哭声放响了。门外一阵骚乱，以为到生离死别了，一对青年夫妻牵着四五岁的男孩推开劝阻的医护人员，进了屋，三人齐刷刷地跪在月晓玲床前，哭成一团。两夫妻说，好人、恩人，你饶过小儿的罪过吧，他在窗前玩，把铁钎碰下楼。千不该，万不该，你骂，你打，你用刀割，我们不哼一声，但你不能就此走了啦！

月晓玲曚昽里见三人衣着破旧，面容粗糙，便知不是富裕之家，尤其是男孩短紧的上衣露出瘦小胳膊，她仰了仰嘴唇，想说话却吐不出口，医生再赶紧注射强心针，她的气提了上来，对身边的女儿和老吴说，别追究他们的责任了，不要吓着孩子，这是天意，我命该如此。但有一点，你们一定要做。

你说，什么事？旁边人齐声问。

找来各种媒体，把今天的事反复如实报道三天，向人们敲响警钟。媒体要钱，给！

嗯，我们一定做。

两夫妻说，从今天开始，我们就带着小儿，到住宅区、街边、巷尾现身游说，整顺物品，管好小孩，讲究住宅文明，不可高空抛物。

月晓玲满意地点点头。

两夫妻牵着男孩走后，月晓玲提出另一个要求：见见秋菊。

秋菊在外地考察，得到吴愧仁叫单位传的电话后，早就在往回赶。此时余秋菊推门进屋，她眼圈红红的，把一人高的花篮放在一旁，上前一把握住月晓玲的手说，月姐啦，你太伟大了，我在车上、路上听到人们谈起你，没有一个不赞扬，不佩服。说你是爱的精灵，菩萨再世。要给你塑碑立传。

旁边人睁大眼睛，里面全是敬佩和赞扬的光。

月晓玲摸着她的手说，傻妹子，姐没文化，粗人一个，啥子星宿、菩萨的，羞死我了。你比我强。她侧身前倾拉过吴愧仁的手，把他放在秋菊的手上说，好妹妹，我把他交给你了。你一定替我关照他，疼爱他。他这种男人，虽然没有权力，没金钱，但心似金子一般，值得女人爱。

不，姐，你千万别说傻话，愧仁心中装着你。他和我们都需要你，离不开你！

月晓玲眼里亮光一闪，接着暗了下来。

医生，医生……屋内响起急促的呼喊声。医生闻声赶来给她做人工呼吸。她慢慢地抬起头来，嘴要说什么。

老吴低下身弯着腰，两手抱住她，月悦把耳朵抵拢她嘴边，断断续续传来轻微声：鸿——鹄——牒，我仿制那块，把它和我放在一起。

女儿点点头。刚满50岁的月晓玲安详地闭上眼睛。

第二十五章 人心

1. 亲人们陪着月晓玲走完人生最后时刻时，渝城车务段领导班子进行着一场严肃的思想交锋。

半年来，吴愧星走完了车务段管辖的42个中间站，185公里线路，拜访了与此相应的15个街道办事处、乡镇，访问了105个车伤人员生活现状。写出了13万字的调查报告，找出了引发车伤事故的65处隐患，提出了预防和减少车伤故事发生的10项措施。厚厚的200多页纸，文字、图表、数据清清楚楚。看完这些资料的人，没有一个不震撼，感到重压和急迫。车务段生产会议对此进行过专题研究。到会者思想认识不一：不少人强调现在工作多，任务重，什么改造铁路线路，准备列车再次提速啦；什么抓铁路运输效益，稳定职工队伍啦；什么抓安全生产，防止铁路行车事故发生……至于火车轧伤、碾死个人，按章处理就行了，哪有必要兴师动众；个别人更说，铁路修起来开火车的，不明理的极个别人硬要在上面走，就像长江没盖子，个别人要往里面跳，有什么办法……

主持会议的马副段长敲响敲桌子，大声说，别强调客观，用老眼光看新事物，现在什么年代了，上上下下都讲以人为本，如今你轧伤人，撞死人看看？

不好处理啦。渝口火车站新站长李进思说，上个月火车轧伤轧死两兄弟，都是农村人。被轧伤的哥哥在医院住了半个多月，出院后跑到车站赖着就是不走，要车站赔付被火车碾死的兄弟的赔偿费。这老头拿出一份报纸，上面登着一个地方法院判决的火车碾死一人，铁路车站负部分责任，赔偿抚恤金15万元，要车站也付给他同样的钱。车站哪来钱？闹了四五天，铁路公安和当地村干部都赶来了，反复工作，事情才有了结果。车站办公室桌子、柜子，车站食堂的冰箱都被老头砸坏了，现在还没找到钱修。

你们大家说，对这类事情到底怎样办好？是头痛医头，脚痛医脚，还是下决心治本？安全科长问。

当然标和本一起治最好哟。李进思说。

那就按吴愤星报告中的建议那样：集中资金，组织专人，铁路和地方、铁路职工和路外群众一道，上上下下齐心整治半年或者一年，肯定大见成效。

钱哪里来，谁来抓这项工作，现在一个萝卜一个坑——到会者你望望我，我看看你，都不哼声了。

干脆就叫吴愤星来抓，他对预防车伤事故有独到见解，情况又熟悉。

恐怕不行，这项工作牵涉面广，他机关科室一般干部，人年轻，资历浅，有多少人能听他的。前段时间，他在现场搞调研，顺便处理了几件违纪违章事，被处理的几个工人就指着他鼻子骂，要他小心点，早晚遭放血。

要按章办事，哪有不得罪人的。我看呀，吴愤星就适合干这项工作。

未必。我说马副段长亲自抓就行了，吴愧星跑跑腿还可以。我们两个赌一把，同样一件事，马副段长出面和吴愤星出面效果完全不一样，你信不信？

我相信，马副段长是领导，吴愤星干事，话的分量和官位成正比。谁敢得罪领导？谁愿意得罪领导？

马副段长摇摇手说，越说越远了，回到正题来。他顿了一下继续说，至于谁出面组织抓落实，由党委定。大家就别在这个事上费心了。吴愤星？吴愤星嘞？马副段长眼睛巡视到会人，他怎么没来？

行办曹主任回答：段长，你说开中层干部会，他是一般干部，没通知他参加。

哦，哦……马副段长拍了拍自己额头，埋怨自己记忆减退了。

其实车务段早有不成文的规矩，像这样的专题业务会议，有关业务人员可以到会。曹主任想到这个问题，故意没通知吴愤星。他对吴愤星有一种说不清道不明的感觉。按理说他比吴愤星到铁路上班早，自己的父亲在市建委任职，为单位修建房屋立过汗马功劳。然而他觉察到在单位主要领导人眼里，对吴愤星这小子的印象极好。他专门调查过吴愤星背景，知道他是一个普通铁路工人后代，亲生父母还是被车碾死的，一个可怜虫，稍微松了口气。吴愤星被免去站长，调到安全科任一般干部后，他暗暗高兴，如果说吴愤星牢骚满腹，从此萎靡不振，他会如三伏天吃西瓜，仕途上少了竞争对手吗。谁知吴愤星这小子，不但没倒，还干得津津有味，特别是看了吴愤星写的一系列调查材料后，曹主任感到了一种从来没有过的盖天压顶的潜在威胁。在吴愤星复印材料上，他就耍了点小聪明，吴愤星一上复印机，机器就卡壳吃纸，或者油墨不均，管复印打字的陈思到办公室，他就安排她去干别的事。本来，吴愤星那点资料，两三个小时即可，可足足让他整了两三天。那次陈思迷糊里叫吴愤星老公，曹主任知道后伤心怄气极了，他自认为手下以工代干的陈思是他任意挑逗调教对象，他试着约陈思外出吃饭玩耍，第一次陈思去了，可走在街上或者进酒店，人们的眼光使她极不舒服，因为曹主任个头仅到陈思耳朵，皮肤黑，人又胖。走到哪里，似乎都有人指指点点：鲜花插到牛粪上了。曹主任回到家里，不管妈妈如何呵护，就是一张脸不展眉头，厚嘴唇愁得滴下水来。妈问急了才劈头盖脸地丢出一句：谁叫我是你和爸的儿，丑得伤心。妈妈只得抹眼泪了，她丈夫漆黑，肥短，当年救过自己一家人命，不然哪会嫁给他。生个儿子不像自己，如他爸翻版。以后曹主任约陈思外出，陈思说什么也不干。她迷糊里叫吴愤星老公，也有黑夜里盼天明之意。

2. 马副段长想：亲自抓预防和减少车伤事故不是不可以，可自己年纪五十好几了，再干也上不去。如果找个能干的年轻人，赋予他权力，挑起这份担子最好。他把自己的想法向车务段党政主要领导进行了汇报。

段长和党委书记相视一笑：水到渠成，瓜熟蒂落，事情该提到议事日程了。吴愤星从站长降为一般干部，权力离开手，他会怎样对待？我们的干部是干工作，还是当官？在如此严峻的考验面前，两人真担心年轻人垮下去。当时听说吴愤星的一个叫月悦的妹妹让他辞职到海外去管理企业，两人更是捏着一把汗，几次想把吴愤星找来挑明意图，可都忍住了——好花自己开，壮苗经风雨，如果他真要走，也是人各有志。半年多过去了，两人庆幸没看走眼，把吴愤星送来的长篇调查报告看了又看，都批上自己意见。马副段长组织生产会议专题研究后，吴愤星提出的整治措施更加具体完善。由谁来组织实施，现在该摊牌了。

长期决策重大事情的主要领导都养成了民主习惯，彭段长笑着问马副段长：你觉得怎样组织实施好？

组织临时机构，指派专人实施，

下面的人不听招呼，或者阳奉阴违怎么办？

给组织者权力，行政手段，经济制裁、思想工作一起上。

给他多大的权力？像实施关键层——中层干部，才会把此事真正当成一回事？还有你说组织临时机构，过一段时间此事又冒出来，再兴师动众整治？不能搞运动，要进行常态化管理。

马副段长听出彭段长的话中话。那我亲自抓好不好？

党委刘书记摘下鼻梁上的眼镜，和蔼地说，老马呀，不想再给你加担子，你一天事还少吗？如果说换一个思路，让年轻人上来展施下才能，行不行？昨天铁路局正式文件到了，我们车务段领导班子差一名行政副职，从本段干部中提拔一位上来专门抓这项工作好不好？

好哇，好。马副段长说的真心话。

那好好地考虑一下，你在指挥生产第一线，最有发言权。完了我们与干部科合计一下，提出具体人选。

经过领导核心人员几次碰头，提拔人员有三个。第一个是渝口站现任站长李进思，42岁，大专毕业，任过安全科长、教育科长、中间站长，只是最近到渝口站半年多，出了两次一般事故，政绩上美中不足。第二个是行办曹主任，大学本科，38岁，群众关系不错，长期在机关工作，加上父亲有能力为单位办事，如果提拔此人，车务段修的职工经济适用房选址，地方政府会大开绿灯，不足是曹主任没一线工作经验。第三个是安全科安全工程师吴惯星，31岁，大学本科，任过运转车间副主任、中间站长。优势是对预防和减少车伤事故提出了整套治理方案。不足的是现为一般干部，要提为段一级领导，跳过了一级。党委扩大会议讨论了两次没结果，最后采取举手表决，9个到会人员投票，每个候选人一人得三票。怎么办呢？这是刘书记、彭段长没想到的结果。他们想当时撤吴惯星，是不是搞错了，给他留个安全科的副科长，现存就不存在跳级破格提拔了。然而，如果那样，——年轻人的素质能让人有现在这么放心吗？两个主要领导反复分析了举手表决前领导班子成员的发言：林副书记说吴惯星大局意识不强，办什么事情不懂得请示汇报，实例是他在渝口站搞职工对话会这样大的事情，都先斩后奏；狂妄自大，不把老同志、老领导放在眼里，如他和马副段长找他谈心，态度极不端正，事后又不承认错误。工会范主席说，吴愧星事业心强谁也不否认，但说话做事，随意性强，缺乏领导干部原则性，实例是他把工会下发给重点困难职工的补助金平分给一般困难户，造成三人集体上访。他当站长时曾在大会上承诺，给渝口车站旧房大面积改造，他调走后承诺没兑现，对车站造成极坏影响。马副段长倒说吴愧星是个头脑清醒不可多得的干部苗子，由于吴愧星行动上抵制他当时的错误决定，才让自己没犯下严重错误，他举了处理"土王八"死亡例子。

看人看主流大节，要相信干部职工多数：车务段的主要领导决定，开一次职工代表联系会议，三个提拔候选人上台述职，到会职工代表对此评议打分。民意结果为提拔人选的重要依据。

此事一传出，活动最积极的是曹主任。他用工作之便给中层干部送苹果，给职工代表补发上次会议的加班劳务费。职工代表问，以前开会没补助，上次却有了，为啥？曹主任解释：上次会议到吃饭时间没吃饭，是自己失职，现在补上，给一个改正机会，一定要谅解哟。他感觉竞争对手是吴愧星，为了会上争取多票，专门收集吴愧星的毛病，集成一张纸，发给可能参加会议的铁哥们，每个人塞上红包，说事成后再奖。李进思对述职弃权，他最近一直在反思，前任吴愧星在车站管理上那一套，非常实用，自己上任后没强调执行，个别地方还做了修改。结果呢，连出两件一般事故，羞人呀羞人，自己比吴愧星多干好多年，思路就没人家好，还去竞争车务段领导干部，真不害臊！吴愧星接到干部科要他在职工代表联系会上述职的通知，正在现场给车伤病人送温暖。继母月晓玲逝世后，他非常悲痛。继母出殡那天情况又让他特别感动：一个平常的妇女，沿途上万人立在街边流泪送别。人群里举着的几副黑字白底横标，刀一般刻进他记忆：阳间大道你不走，一腔热血洒小路；世间富婆多，唯有你最富；幼儿记住你的情，铁树也能开大花……吴愧星和父亲、余秋菊完成月晓玲生前嘱托，对调查到的105名车伤患者，根据不同情况，以"鸿鹄"车伤基金会名义落实首批资助。开会前一天才回到机关。敏感性特强的肖婷婷对他埋怨极了：怎么不好好准备，在职代会联系会上的述职，关系到你一辈子前途，就不放在心上？

吴惯星说，自己做的事，有啥准备的，眯着眼睛也讲得清楚。

肖婷婷手指亲昵地点他的头，你呀你，就没个轻重缓急，好的歹的，远的近的，大的小的都不搞清楚，胸无城府，你……难道就当一辈子的工程师了？

工程师不好吗？机敏的吴惯星故意一副呆傻，接着拍拍自己的衣兜，半开玩笑地转开话题说，婷婷，你不是说有件重要的事，催我们去办，现在可是时候，证件我带着。

什么事？——肖婷婷开头没想起，稍会明白过来后脸腾地红起来，心想这也是不能等的大事，就说，办结婚手续嘛？走哇，我的证件天天背在包里。

两人牵着手向区民政局走去。

办了结婚手续的年轻人住在了一起。起床后，肖婷婷反复调配丈夫衣裤的样式色差，她真不明白，自己男人工作这样多年，每个月收入也不差，像样的衣服裤子却找不出几件。她口气严峻地问，你的钱拿到哪去了？

丈夫虽然和妻子昨晚几番云雨，此时兴致仍浓，他搂住她腰，在她颈窝吻了一下，从贴身的包里摸出银行存折，然后递了过去。

妻看到存折上的数目，面容轻松开来，笑着转身踮起脚尖给他一个热烈的香吻。心头说：我的男人，放心吧，不管以后在哪个场面，你都会得体鲜亮，目光夺人。她暗暗决心全面武装丈夫衣着。

肖婷婷上午快下班时，李站长通知她下午去段上开职工代表联系会议。她进入会场时，会议室已经座无虚席。

3. 党委林副书记组织会议。在家的段领导全部到会。第一个上台述职的是曹主任。他今天穿了双增高皮鞋，一下高出许多，头发特意去做过，横七竖八的发丝栽在硕大的脑壳上，显出流行的动感美。彭段长、刘书记见了直皱眉头。曹主任显然准备充分，声音洪亮，语句流畅，说到激昂处脚尖往上用力，身体又增高一截，他在高处慢扭身躯，手指尖嗦嗦地抖了起来。林副书记上讲台给他倒了两次开水，暗示他掌握节奏，他却误认为给他加油鼓劲，越讲越激动，脸上的汗珠冒了出来，他比规定时间多讲了三分钟才恋恋不舍地刹住车，笑着抱歉地说，由于时间关系，做的许多工作，现在暂不说了。他朝着段领导坐的方向深深地鞠了个躬。转身离去，快到座位时，会场一个角落才响起呱呱掌声。

林副书记走上讲台说，第二个述职的应该是渝口站李站长，他因身体欠佳不能到会，他有个书面发言，大家可以传看一下。

彭段长说，不到会就算弃权，身体欠佳，岂能挑重担。

林副书记习惯地点点头。转身大声宣布，下一个述职的是安全室安全工程师吴愤星同志。话声刚落响起一阵热烈掌声。

经过肖婷婷精心打扮的吴愤星，走上台有一种说不出来的鲜亮，上下衣裤不名贵，配搭在一处，却显露出洒脱大方。说话一贯风趣的吴愤星一反常态，似乎有些怯场，他礼貌地向到会代表行了个礼，不高不低的声音说，这些年来，我想把自己的工作做好，却没做好。辜负了领导和同志们的希望。随后列举了自己工作粗暴，伤了职工心，处理不恰当的几件事例。

刘书记、彭段长生气了，打断他的话说，不是叫你做检查的。你要客观看自己，不足和成绩都要说嘛。

吴愤星迷惑了，从哪里说起呢？有点成绩也是领导和职工共同努力的结果，这些成绩能算自己的吗？马副段长非常着急，他说吴愤星，你干脆就说预防和减少车伤事故的调查报告如何产生吧。

谈到具体事情，吴愤星来劲了，话如滔滔江水哗哗流：发现作业线没防护措施呀，挑担背篼的农民不听招呼啦，少数干部对预防和减少车伤事故雷声大雨点小啦……整治措施关键是领导重视，投资足够啦……头头是道，有骨头有肉，不时引起会场一阵开心大笑。

林副书记敲了敲主席台，提示严肃点，捡重要的讲。吴愤星看了下表，收住话头，刚好时间到。

接着是对上台述职人员发表评议。冷了两分钟，会场静得针落地有声。林副书记启发大家，有啥说啥，不要有包袱，相信参加述职同志的觉悟。

左边角落里一瘦高个站起来问，吴愤星说，他与地方乡镇政府多次打交道，请问你收过红包没有？进了几次洗脚城。

到会者一下悬起心来，这哪是评议，简直是审问！

林副书记要制止，刘书记向他摆了摆手。人们的目光刷地聚集到吴愤星身上。

吴愤星平静地说，地方乡镇领导送过红包，我没有收，不敢收——因为怕单位领导晓得了受处分。会场哄地笑了。吴愤星继续说，洗脚城去过三次，我给了一次钱，被乡长退回来了。

马副段长说，这些具体问题，不要在这里扯，有什么线索、证据向段纪委反映嘛？不要随便猜想一个人。

渝口站副站长老崔站起来问，我可不可以说两句。

林副书记说，行呀，你是个老同志，了解情况多，吴愤星不是和你一起工作过几年吗？

崔副站长说，我们单位三个职工代表当班不能到会，委托我把他们的心意带到。他们三人收集了吴愤星当站长时被处罚的21个人的意见。

被处罚人会有好话？多半是骂爹骂娘，怨天怨地，林副书记赶忙打住道：这些意见别说了，把它交给党委，行政，相信组织。

不，我要说，不说出来，心头堵得慌。

彭段长说，有什么？让他就讲吗？天塌不下来。

老崔说，这21个同志在意见上都签上自己名，摁上手印。——他们说对不起吴愤星同志，吴站长处罚他们违章违纪行为时，和吴站长吵过，骂过，还动手打过。害得他——吴愤星的站长也遭撤职了。现在没吴站长严格管理，接连出事故，全站奖金遭扣，渝口站的人走到哪里脸上都无光。我们怀念年轻的吴站长，向他说一声对不起了。

说到这里，老崔泣出声来。他接着说，我们车站职工最佩服吴愤星啥？不只是他管得严，管得好，是他智斗检查组何干筋嫖娼赌博的事。在职工家属中此事流传出三个版本了。

哦——到会者心和嘴一齐响起来。

刘书记捏紧眼镜，鼓段长挺了下身板：人心自有天论。

此时门外闹麻麻的声浪放肆涌来，几个保安还没站稳脚，会议室门就被二十多个中老年男女推开，里面还有几个断胳膊，缺脚杆的残疾人。

——你们要干什么？会场的人一半站起来，大声喝问。

林副书记离开座位把进来的人往外推。被吓蒙了的曹主任回过神来急忙给铁路派出所打电话。

进入屋内的人形成半圆，七嘴八舌地：你们不能为难好人、恩人。我们有张嘴，我们有颗心，我们要说话。

我们开职工代表联系会议，跟你们有啥关系，你们是哪里的人？林副书记大声地吼道。

我们是铁路沿线居民、村民。我们自己或者亲人都遭火车轮子撞过、轧过。你们不能为难好人。

你们说的好人是谁？与会议有关吗？

好人就是他。人群指着吴惯星道。

吴惯星想起来，进来的这伙人都是近一段时间打过交道的车伤患者及其家属。他上前说，你们别来这里吵闹，我们在开会。

要说，天底下要有公理。好人不该受难。

出去，出去，闻声赶来援助的机关人员，边说边把来人往外推。

刘书记、彭段长交换眼色后说，让他们讲，是白说不黑，是坏说不好，是恶说不善，——心胸坦荡的人，没有啥不可公开的？

一个妇女上前道：我们穷人最讲良心，你们铁路上那个站在台边的青年是大好人，她指着吴惯星，隔壁赵婆婆车伤患病卧床不起，臭不可闻，儿女都不管，大前天，他带人把老人背出屋晒太阳，屋里打扫得干干净净，末了还送给老人一个大红包。说是什么"鸿鹄"车伤基金会援助款。他与赵婆婆无亲无戚，图个啥？赵婆婆听说高个青年人有难，一定要出面帮他，我好说歹说才劝住她，赵婆婆说，不帮好人一把，死都不瞑目——做事昧良心，要遭下地狱。妇女眼圈红红的，擦了擦眼泪。

挂着拐杖的一个黑瘦男人，挂了几下拐杖上前说，前几年我和火车抢道遭撞断腿，不怨你们铁路，怪自己没文化，不懂世上规矩。这些年伤痛发了恼火，外出打工的儿女不管，敬老院进不去，每个月要几百块钱啦。前不久，就是前排那个高个小伙，送来"鸿鹄"车伤基金救助款，让我进了敬老院。这样的好人，不感谢，谢谁。

哪来个啥子"鸿鹄"车伤救助基金？马副段长问。

吴愤星望了望台上的领导和台下的职工代表，犹豫了一会儿，才简略地把继母生前赠款托付父亲的事说了一遍。全场静下来了，随后响起嗡嗡议论声。

此时，铁路派出所周所长带着五六个民警赶到了，汗流浃背，气喘吁吁，见会场没发生抓扯扭打，心放下来。

马副段长小声问：谁嘴巴恁个长，把公安都叫起来了，怕事情搞不大？

见多识广的周所长圆场道：我们是专程来向车务段领导和职工表示感谢的。

——派出所跑来感谢，为啥？会场上百余人瞪大眼睛，竖起耳朵。恨不得把周所长说的每一个字吞进肚里。

周所长走上讲台，摸出一张照片，大声说：就是这张照片帮助我们破了个大案。

啥子照片？多数人丈二和尚——摸不着头脑。个别人好像想起什么，说，哦，是这张照片呀，好像见过，见过！

周所长说，其实这张照片也没得什么伤大雅的，一个男人和一个女人睡在一张床上。这个男人是谁，听说是一个叫吴愤星的同志，谁叫吴愤星，我不认识。

吴愤星站起来，举起手说，是我，所长给你添麻烦了。

周所长走过去握住他的手说，吴愤星同志你受委屈了。还有照片上那个女同志……

吴愤星嘿嘿地笑。

周所长说，这张照片，犯罪嫌疑人，把它四处张贴，目的是败坏吴愤星同志名声。没想到却帮了我们忙，我们以此为线索，顺藤摸瓜，抓住了照相人。他供出一个盗贼铁路运输物资的团伙，我们一举抓获犯罪嫌疑人23名，追回被盗铁路运输物资价值300多万元。我们派出所立了集体二等功。

会场响起雷鸣般掌声。

掌声落停后，周所长把几个警官叫到前排，一起向吴愤星行礼。

吴愤星两手在胸前摆动，嘴里说，使不得，使不得，这是我的缺点，当时我喝醉酒了。现在想起来，都是个错误。

周所长说，吴愤星同志，你现在完全放心。那群犯罪嫌疑人供认，当时他们对你恨之入骨，是你挡住他们的财路。这些罪犯如"碰头旋""雷管""香草艳杀"等全部落网，再不会出现你半夜值班回来天上莫名其妙落下花盆之事了。

会场响起"嘘"的长声。

周所长说，照片上那女同志，你要多安慰她。她的名声伤害不比你小。她是谁？到会场上来没有？

吴愤星说，她——是我的妻子。他抬起的手臂又放了下去，本想给大家指认一下谁是婷婷，转念想，算了，别让肖婷婷脸红难堪。

这个吴愤星哪阵结婚了？关心他的人惊得张大嘴巴。

……

非参会人员退出后，职工代表进行评议投票，当场宣布评议结果：到会代表87名，吴愧星得50票，曹主任获得24票，李站长获得10票，3票弃权。会场再次向起热烈掌声。林副书记宣布职工代表联系会议结束，随着人们离座起身的椅子哗哗声，几个代表打趣地说，曹主任今天会议又超时了，有没有加班劳务费？

曹主任黑起张脸，横眉瞪眼道，问我，我问谁？车务段掌火的人在呀。

马副段长宣布，食堂准备有便饭，欢迎代表们用餐。

人潮响起哄笑声。

第二十六章　远行

1. 会后第三天，车务段主要宣传点贴出了干部提级晋职公示：吴愤星从一般干部破格提拔为渝城车务段段长助理（副段长待遇）。公示标明有意见者可向段纪委反映。七日有效。

　　这一消息震惊全段，尤其是手握点权力的中层干部，全身好像被无形鞭子猛抽一阵：不搞点实干业绩，啷个爬得上去！无背景靠山的吴愤星，人家是干出来的。曹主任来了个一百八十度大转弯，见了吴愤星十米之外就满面笑容地伸出友谊赞许的手。他拍着吴愤星肩膀说，全段上下谁个不赞扬你，我都是投你的票。哎，我早就想和李站长一样，弃权，可总得有个人陪伴你走完竞争路，我可是明知无为而为之哟。他脸不改色心不跳，越说越起劲，伏在吴愤星耳边：听说你结婚了，是渝口站那个肖婷婷？不错，不错！结婚可是人生大事，啷个办，你只要说一声，哥子我全力以赴。

　　吴愤星点头后又摇头：结婚证是拿了，办不办，怎样办还没来得及想。我自己愿望是不办，开个茶话会告知亲朋好友，吃点糖就行了。

　　这怎么行嘞，在车务段你可是有头有脸的人，等着向你表示祝贺人不少，不可冷了同事、朋友们的心。此时，马副段长向吴愤星招招手，他才脱开身。

　　今天早上党委林副书记和马副段长碰了个头。说意见箱里有人揭发吴愤星贿赂到会代表。马副段长不相信，可林副书记却认为，什么事情都可能发生，要不然一个车务段职代会联系会议，会有那么多人到会场，一起帮吴愤星说话。

　　马副段长说，一切都要有证据。另外，我看吴愤星不是那种人。

　　林副书记摇摇头，又说但愿如此。他真有点搞不懂，吴愤星在述职时那么谦逊、沉着，自己都觉得他冒傻气了。傻人真有傻福，越是傻人城府越深。这小子是哪阵操练出来的？

　　派出去的调查人员，很快有了结论：那伙赶到会场的人系车伤患者或者家属，是渝口站一个外号叫莽娃的职工半开玩笑告诉他们的：你们还不赶去帮吴愤星忙，"鸿鹄"车伤基金会的补助就拿不到了。事关切身利益，哪一个不像枪打的鸟儿般跑得飞快？另外装卸车间三个代表承认，物流公司孙老板给他们一人千元红包，叫投吴愤星票。他们收了红包，心虚，怕事情败露，就投了弃权票。

　　2．这些天来最高兴的要数肖婷婷，她梦里打哈哈。车务段贴出干部提职公示的当天晚上，她就把消息告诉亲爱的舅舅和舅妈。对舅舅关键时刻鼎力相助感谢万分。舅舅说，要感谢，就感谢吴愤星自己吧，没有良好素质，谁帮得了。他不愿说没给车务段领导打电话之事，免得伤外侄女心。肖婷婷还告诉舅妈已经和吴愤星办了结婚手续。叫他们一千个放心。舅妈说，哪天把你老公带到家里来耍，看看是啥样人，叫我们的婷婷如此动心。

婷婷说男的，两只眼睛，一个嘴巴，一个脑袋，两条腿。说完自己先笑起来。她对舅妈说，我老公现在都不晓得我舅舅是谁。

真的，你这个小女子，嘴巴硬是包得紧。

他是跟我结婚，又不是跟舅舅的权力结婚。

你总不能一辈子瞒着他吗？

当然，哪次舅舅出差来渝城，我再跟他说。

就在肖婷婷兴奋无比时，另一件麻烦事向吴家人袭来。行办曹主任得知孙海平贿赂职工代表之事，沉思良久，喜上心头：他从别人嘴里知道孙海平是吴愤星亲戚，如果顺着孙海平这条线去做文章，还找不出吴愤星的红疤黑迹？只要吴愤星倒了，顺着投票的多少，就该他上。关键是孙海平有没有违法乱纪的事，如果有，与吴愤星联系得上不？他在屋里走来走去，烟抽了一支又一支，他妈在外厅喊吃饭已三遍了，他吭都不吭一声。

母亲以为出事了，拿起钥匙打开房门，屋内的烟雾扑向她，呛得她咳嗽不断。她说儿呀，你做啥，门、窗都不开。

曹主任从室内冲出来，向外跑去，留下一句，你们先吃饭，别管我。

曹主任想起了性伙伴洪苹的起家与孙海平有关，想从洪苹嘴里打开孙海平的缺口。曹主任的性伙伴有三个，洪苹是他最得意的，他在洪苹身上花的钱也最多。他把洪苹约到大山深处偏僻的农家乐，两人洗完鸳鸯温泉澡后，就疯狂地做爱，曹主任知道要从这个女人嘴里掏出点东西，必须使出一些手段。那天孙海平对洪苹的拒绝使她怀恨在心，今天曹主任的努力，让她非常开心，然而她没忘记关键时刻狠捞的生存宗旨，故意把头偏向一边，装出对曹主任说的事不感兴趣。

曹主任摸出一叠现钞塞在她光溜溜的身下，她把头转过来，还是不吭声，曹主任又拿出一叠现钞放在她平滑的小肚腹上，她把两叠钱收进红色的提包后，才两手勾住曹主任的头，胸部抵着他肥短的胳膊，伏在他耳朵边叽叽咕咕地说了一阵。

曹主任皱着的眉头舒展了，两手不停地在她背上搓揉，心里说就要赌一把，万一如愿嘞。

洪苹搂住曹主任还要销魂，他用力推开她，说把事情办妥了，再好好陪你。

曹主任离开洪苹后直接赶往货场，通过关系很快查出孙海平公司在货场的发货单，照货单找到库房的货，塞给货运员红包后走进库房内打开了货物包装，也活该孙海平落难，货物与货单不符，还夹入了国家严禁运输的危险品。曹主任按捺住兴奋，悄悄对货运员说，跟谁都不要说我来过。曹主任把自己的生产值班调到了第二天，他联系了路局货安稽查室主任、派出所长，说接到群众举报有违法运输，半夜零点过，曹主任带领一帮人浩浩荡荡地直扑早瞄准的货物仓库，把违法运输抓了个正着。办这批货物的经办人眼镜张得到曹主任放出的消息早跑得无踪无影，立即把承办货物运输的单位法人孙海平传唤到派出所问话。

孙海平主要精力放在家乡的发展后，公司剩下的一点业务全交给眼镜张打理。他打电话找眼镜张关机了，他叫白玫去找，白玫跑遍了熟悉的各个场所和地点，鬼影子都没见到。

铁路派出所长是个刚到岗的年轻人，抓到违法运输，他感到正是显示能力和建业绩的好机会。不管是谁来说情，一律不见面。年轻所长问孙海平愿罚款还是拘留。

孙海平想了会儿说，关就关吧，谁叫我管理失职，用人不当。

白玫和吴愦星知道后，劝孙海平罚点款算了。

孙海平说，不，我就是要坐次牢，要不然一辈子难长记性。

儿子向父亲要了本他著的《草根哲思》，说现在有时间好生读一读。孙海平拘留10天期满，他从父亲著的书中得到不少的启示，受的教育很深。

孙海平被拘留的第二天，车务段纪委和行政监察办公室就接到一封封匿名信，揭发孙海平之所以敢胡乱作为，搞违法运输，是依仗着他兄弟吴愦星的权力，要想孙海平不再乱来，必须铲出他的保护伞。每封信都在三页以上，列举的事情翻来覆去，又多又杂，对吴愤星去拘留所看孙海平的时间记得尤其清楚，去提的什么东西，东西有几种，每种东西什么颜色，都说得明明白白。车务段纪委林书记感到检举信有些荒唐，去拘留所去看亲戚就犯错了……然而无风不起浪，群众的反映也不能不当回事……

吴愤星的晋升搁浅了。

非常敏感的肖婷婷，打电话找舅舅，接电话的舅妈说舅舅出国考察了。

什么时间回来？

不知道，可能还要过段时间，婷婷，什么事？

急得走投无路的婷婷就向舅妈说了实话。舅妈开始非常冒火，说肖婷婷胆子太大了，耍个朋友连舅妈都没见过，就敢去把婚结了（其实前次婷婷给她说过结婚之事）。

肖婷婷说对不起了舅妈，下次一定把愤星带给你看。

后来听说吴愤星的提职遭莫名搁浅了。舅妈的官太霸气冲了上来，顺口道，不睁眼看看，我们婷婷的男人就那样好欺负？

婷婷的舅妈和渝城车务段彭段长是麻将朋友，彭段长每次到铁路局开完会后，都要到鲁局长家坐坐吹吹牛，然后约上几个品位相当的人搓几圈麻将，婷婷的舅妈就是其中之一。这天夜里，婷婷的舅妈拨通了彭段长电话，彭段长一听声音立即记起了是局长夫人，赶快问啥事？

说好久没见面了，手发痒了，是不是找个地方搓几圈麻将？

彭段长何等聪明的脑壳，他想：局长夫人第一次深夜打电话绝不只是搓麻将，肯定有事，就说大姐，有何事情要兄弟跑腿？

有个事情呀，我们老鲁一直不准我给你说。

彭段长着急起来，以为是他提铁路局副局长的事有了眉目。

局长夫人沉默了一分钟没说话。

彭段长更急了。

不说算了，还是不说为好，要不然老鲁出国回来又要骂我了。

彭段长心想，你半夜打电话来说事，还装？就说大姐你瞧得起我，放心我就说，不说就算了。

其实也是芝麻大点事，你只要不让我家老鲁知道就行了。

行，彭段长当即承诺。

局长夫人告诉彭段长他的亲外侄女名叫肖婷婷在渝城车务段的渝口车站，最近和一个叫吴愤星的青年人结婚了，彭段长一定要严格要求他们，帮忙教育，该说就说，该骂就骂，严是爱，松是害嘛。

彭段长一听吃惊不小，赶快说你放心好了，帮助年轻人成长，是我们老一辈的责任，一定按你的意见办！

局人长夫人再强调一句：一定不要我们家老鲁知道哟，不然我又要遭上政治课了。

放心，我知道。彭段长说。

第三天，拖了一个多月的吴愤星晋升为段长助理的决定贴在了段机关最显眼的地方。

3. 就在肖婷婷为丈夫晋升努力时，她的公公吴愧仁悲喜交加：月晓玲的意外早逝，痛得他三天三夜闭不拢眼。她走得从容而伟大，平凡而永远。要不是她身前定了"鸿鹄"车伤基金名，他肯定坚持用她名字命名。余秋菊天天陪着他，她记住了月晓玲临终的话，帮她疼一疼眼前这个五十几岁的男人。他值得疼！怎样疼都不为过。秋菊直接给妈妈说，她要结婚了。

妈妈担心地说，你结了婚，救你幺叔那个铁路男人啷个办？

凉拌！我就那么傻？

妈妈说你别做亏心事，事上只有人亏我，我就不要去亏人。

那天秋菊挽着吴愧仁胳膊走进妈妈家门，秋菊妈爸惊喜无比，嘴巴笑圆了，又杀鸡又推豆花。从不喝酒的秋菊爸陪着女婿喝得满脸通红，还手舞足蹈地唱起山歌。老两口问办结婚手续没有？秋菊和吴愧仁拿出两张红红的结婚证放在桌上，老人们拿过来看了又看。又问：哪阵办酒？

不办？愧仁是铁路上的人，国家企业就得新事新办。

两个老人说，不办就不办，你们的事你们说了算。其实，他们想的是结过婚的人再办酒，办得再好，也没人称赞——反而容易勾起旧事，何苦？

吴愧仁是在顺口站公示栏里知道儿子愤星提职为段长助理的。愤星的亲生父母，还有他的爷爷、婆婆在九泉之下知道此事，不知道多高兴，会激动得从地里钻出来，在地上、天上、树上大笑哩！吴愧仁认为这是愤星一步步干出来的，当然不知道也不可能知道局长夫人帮忙了。吴愧仁得知儿子和肖婷婷办了结婚登记，喜得眉开眼笑，他也把自己和秋菊结婚的事说了。

愤星拉着父亲和妻子往院坝走，他要他们看看天是什么样子，啥好事都让我们碰上了。其实天仍然是那块天，头顶之上，仰望之中，只是蒙蒙云层消散去，留下湛蓝无比的高远。

又是一个暖情融融的下午，吴愧仁夫妻把儿子、媳妇叫到一块，吴愧仁像当年他父亲一样，拿出紫黑色小木箱，打开小木箱的锁，从箱里面拿出红绸缎包裹着的四方形黄盒子，打开盒子，把白丝绸包着的拳头大小的闪着淡绿色光的"鸿鹄牒"展现眼前，宝牒上方左端铸仁字，右端铸智字，中间一行四字：无愧于心；宝牒另一面上方左端铸忠字，右端铸恕字，中间一行四字：无愧于人。并像当年父母考问他一样，考问儿子、媳妇上述何意思？没想到愤星、婷婷回答得比当年他们回答父母还圆满。

吴愧仁点点头，放心地把"鸿鹄牒"交儿子、媳妇保管，算完成老一辈交接。

吴愧仁说，我和秋菊再婚，肯定不办，你们二位如何？

吴愤星没吭声。这几天知道他已结婚的不少同事、朋友纷纷跟他开玩笑：结婚不请客就是缩头乌龟，王八脑壳，瘪三，烂龙，就是你吴愤星以后当了再大的官，发了天大的财，也没人理你认你沾你；静悄悄把婚结了，不要说做兄弟，就是朋友都没得做了。行办曹主任更是，拍胸膛要给吴愤星操办婚事。因为曹主任记住他父亲的话，在仕途官场，权力大小就是行动的风向标，只要顺风，小船可以开进大航道，如果逆风，大船也许翻在小河沟。他妒忌吴愤星有张英俊脸孔和高武身板，不然，那个美丽温柔的肖婷婷就可能扑向自己怀抱。自从他买了增高皮鞋后，就是脚后跟打起血泡，也从来没停穿一天，他常挺起胸，昂着头让那些浅薄的女人看，阳刚男人，有没有我？不少夜晚，曹主任在家整夜无眠，他想自己不能和吴愤星抗衡，但可以顺他的风，搭他的船呀。他哪天高升了，位置不是要人顶？他帮助说句话，比十张嘴管用。哦，吴愤星、肖婷婷结婚了，吴愤星说不办酒，不晓得是真不办还是假不办，是嘴上说不办还是心里实际想办。有个国企的副厂长，结婚净赚了50万元。吴愤星、肖婷婷就不动心？作为领导的下属，就要说领导想说而不敢说的话，做领导想做而不敢做的事。他下定决心，再找吴愤星谈谈。没想到吴愤星这个粑耳朵男人耳朵粑得完全彻底，曹主任找他谈结婚办酒的事，他一竿子打给肖婷婷，说她说办我就办，她说就不办我就不办，在家绝对服从领导。曹主任战战兢兢地找到肖婷婷，结果大家想得到，曹主任碰一鼻子灰不说，还被上了一堂深刻的政治课。

肖婷婷为什么坚持不办结婚宴？怕麻烦，怕热闹，怕见人，不对呀，她做事耐心得很，办事大方得很。在丈夫一再追问下，婷婷把自己父母的事简要地说了，哭得死去活来。

你害怕我像你爸？我可不一样，我是从小苦水泡大。

我爸还和敌人面对面地打过仗呢？腐败是给权力者特制的温香毒药，吃起舒服安逸浑身透亮灵魂飞扬，星哥，你不要高看自己，认为自己是钢铸铁打的，五毒不侵百菌不沾，天底下多少英雄好汉没冲过这阎王殿鬼门关，成为驴尿狗屎猫粪，你如果被腐败摄去魂儿，非要去和历史的垃圾、百姓唾沫中的渣滓打堆，我宁愿先一步死在你面前。丈夫咯噔一下，浑身冒起鸡皮疙瘩，仿佛一股巨大气流向他铺天盖地冲来，给他从里到外筑起一道无形的防护圈，他惊骇感动又踏实。再次深情地端详美丽的妻子，想了想，转开话题柔声地问你有个舅舅，在铁路工作，他在哪单位？

肖婷婷犹豫再三，还是把已到嘴边的话吞回去了，该说的话迟早要说，何必非得现在，她满脸柔情地敏捷地削好一个鸭梨，递给丈夫：到时候，我约舅舅来见你。

要早点说哟，对老辈子孝敬不周可要遭天打雷劈。

妻子轻拍他的胳膊说：晓得，晓得，我的好老公。苍天有眼，众生有灵，雷劈错了，劈开对面山上的石头，也不会错打到你……

吴愤星任段长助理后，大刀阔斧实施既定方案：铁路沿线普遍安装1.8米以上顶部弯曲的草绿色防护网；人车抢道的地段劈坡盖沟修人行便道；铁路与公路的平交道口，组织立体交叉改造……吴惯星接触的事越来越多，找吴惯星的人越来越多，悄悄拜访吴惯星的人来往如织。

肖婷婷调到车务段货运科，与丈夫在机关同一幢楼上班，可见面比在渝口站还少，她心着急，可想舅舅、舅妈也是一样，很少在家吃饭，也就不当回事了。自从丈夫身居要职后，质量不菲的家庭或个人生活用品不缺了，有的是丈夫提回来的，有的是朋友同事送来的，有的是八竿子打不到的亲戚托人带来的，细心的妻子警惕性极高，对每一样物品，她必须打开仔细看看，秀鼻闻闻，纤手摸摸捏捏，问东问西，清楚来龙去脉。一次她发现屋里突然冒出来一筐苹果，想丈夫不喜欢吃这种水果，哪会去买，自己也没开腔吃苹果，丈夫也不会给自己买，就把那筐苹果提到桌子上来，一个个拿出来看究竟，问题果然露出：筐底有个苹果特别大，拿起看空壳特轻，苹果里好像装有什么，手指伸进去夹，拿出塑料袋包着的银行卡，上面标明20万元。她大惊失色，秀眉乱跳，指尖发抖，全身冒冷汗，最担心害怕的事发生了，她想起父亲一步步陷入犯罪的不归路，不就是从不足为奇的第一步开始的吗？这事丈夫知道不？也许知道，也许不知道，应该说不知。知道了，假苹果还会大模大样地无所羞耻地躺在筐底让人观赏。——不管他知道不知道，必须把握住第一次。他给丈夫发了个短信，说自己身体不舒服，要他立即回家。丈夫赶回来了，见她黑着一张脸坐在沙发上，鼻子眼睛缩成一团，伸手摸她额头，不发烧，问哪里不好？她把假苹果拿出来扔在桌子上说，这里不好。

哦，好大个苹果，哪来的？

我还要问你呢？这是谁送你的苹果？要你帮他干什么事？拿这样大个臭蛋来炸你，不要你老命才怪！她眼里喷出火，腮帮突突跳，手指尖差点到他鼻子了。

心中无鬼的丈夫特别地冷静，定了定神，把她手轻轻地握住，拉下来，笑嘻嘻地说，我的好老婆，别生气，你让我想想，这苹果里面有毒药？你说它臭，没有味呀？他揉了揉鼻子，把苹果拿到鼻前使劲吸气，装出挺认真有样子说，没气味啦！

这是炸你灵魂的毒弹，它的腐臭味道你闻不到？藏得深嘞，可味儿一冒出来，直往你灵魂里钻，想遮遮不住，想拦拦不了，想甩脱更不行，你吞了这颗臭蛋，不是死无葬身之地，就是遗臭万年。她把银行卡递过去：你看。

吴愤星看到银行卡上面的数目惊骇得脸色变青，仿佛被人浇桶凉水，从头冷到脚，脊背凉飕飕的：这是哪个人干的，如此大胆地拉共产党的干部下水？明目张胆，气焰嚣张地搞腐败，他摸出烟，目光严峻地深深吸，凝神聚气地慢慢想，烟圈在屋内静静地飘，烟雾从窗口往外慢慢地跑。他从瘦筋筋的秦镇长想到肥头大耳的李乡长，从嗲声嗲气的马主任想到说话如吵架的刘厂长……一个个冒出来，一个个又被否认掉，最后锁定矮小腿短的朱老板，因为他多次踮着脚请求吴愤星把鬼道湾人行道加宽工程给他做。昨晚天擦黑时，一个十来岁的小男孩，在回家门口拦住吴愤星，说有个朋友送给他一筐苹果。他当时忙着接电话，转身看小孩，眨眼就不见了，随后把苹果拿进屋。没想到苹果筐里有"灵魂炸弹"。

怎么办？妻子问，火辣辣的眼光烧着他。

他极不自在地红着脸，沉思会说，我打电话问朱老板，是不是他送的苹果？如果是他，就叫他赶快滚过来把苹果拿回去，不要伤天害理害人害自己。

不是他送的嘞？

不可能哟，只有他条件差、心子大，一锄想挖个金娃娃。

不管是谁送的，立即交到纪委去，不能半点犹豫，妻子上前一步，两手叉腰，娇嫩的身躯涨满劲。她想着妈妈跟她说的后悔话，当时如果把送给父亲的第一笔贿赂交到纪委，也许就堵塞那个洞，悬崖勒住了马，河边站稳了脚。

丈夫说：能不能缓缓，好事不在忙上，问清楚后再说。如果真是朱老板送的，举手不打笑面人，叫他拿回去就行了，何苦跟他过不去？听说他黑道上有染。

你五大三粗，顶天立地男子汉一个，怕他吗？

怕他——他是什么东西？那次花盆从我脑壳边擦过眼睛没眨一下，他——这个苹果能把我怎样？

你不怕，是不是——存在侥幸……你把软肋亮给他，他就越缠你，越脏你，越挖你，越啃你，千方百想计控制你，或者嬉皮笑脸地求你哄你骗你，最后吞下比今天更烈的毒药，从此听他摆布，成为他谋利的工具。

好，好，好——妻子，老婆，别上纲上线了！丈夫两手晃动，对方正气喷在他脸上，他理亏地低声音说，好婷婷，听我一句，这卡我肯定不收。但事情不能做绝。

做绝——在生死存亡的大事上，你不绝，它就绝。走，别说了，我马上拿到纪委去。婷婷穿好衣服，往外走时，拉着丈夫一道出门。犹豫不定的丈夫挪了几下身体，犟不过妻子，最后只好迈动了双腿。

翌日，车务段纪委公告栏出了一则消息：失物招领，近日，某人拾得苹果一筐，内有东西若干，请互为转告，望失者及时到段纪委办认领。苹果放得发黄枯萎，最后霉烂掉，也没得人来认领。

然而谁也没想到的事情发生了，三个月后，肖婷婷在加班回来的路上，被两个蒙面歹徒刺伤，歹徒第二天就被公安局抓获，供认送苹果的朱老板雇凶杀人报复。已被破了像的肖婷婷非常难过，他的舅舅、舅妈、同事、朋友来看望她，安慰鼓励她：额头留块伤疤，增加特别气质，比以前更漂亮了，更具魅力。屋里寂静时，她问丈夫：我真比以前更好看了？

丈夫展开双臂抱住妻子，脸贴在她脸颊上说：我的婷婷最美丽，比任何女人都漂亮，……